光文社文庫

冷たい手

水生大海（みずきひろみ）

光　文　社

冷たい手

プロローグ

暗闇の奥が、ぼんやりと明るくなる。朝が来たのだ。

目が覚めればまた、地獄の時間が始まる。もう少しだけ静けさのなかにいたい。そうでなければいっそ、なにもわからなくなりたい。

暗いところが嫌いだった。眠るときはいつも、部屋の灯り(あか)を小さくつけておく。階段の電気も、廊下の電気も、切れていないかしつこく家族にたしかめる。

最初の夜は、ひと晩中泣いていた。暗闇には怖いものがうごめいている。そんな感覚が頭から離れなかったのだ。けれどもう暗い場所は平気だ。なにも見ずに済む。

自分のことも。誰かのことも。

雨の音が聞こえた。

聞こえるはずのない音だった。

1

夏休みが終わってほしくなかったと、客が言った。

宿題を残しているのでただただ焦っていたと、同僚が応じた。

照りつける太陽、潮の匂い、蟬の声。けれどいつの間にか短くなった夕暮れに、とってつけたような涼しい風が吹く。終わらない夏休みを求めた思い出を語る彼女らの瞳に、甘い感慨が見え隠れする。

突然の雨の音が聞こえた。緑の芝生が目の前に広がる。

国枝朱里は、盛り上がっている同僚と客から、一歩、体を引いた。

——誰かに手を握られた。冷たい手だ。

雷が鳴る。耳を塞いでしゃがみこむ自分の姿が見える。

幻だ。……わかっている。気のせいだ。……知っている。

朱里は強く目をつむり、せりあがってきたものを呑(の)んで息を整えた。

ふいに大声がした。通路でけたたましく子供が叫んでいる。幼い声が追いかける。その声で目が覚めたのか、客の押していたベビーカーの乳児が泣きだした。いやだ起きちゃったと客が値札のついた服を着たまま抱き上げ、同僚がハンドルについていた人形を振って機嫌を取る。あらあらあらと客の同行者の女性が幼児の手を引きながら戻ってきて、乳児を受け取ってあやす。おばあちゃんボクもボクもと幼児がねだる。

朱里の耳が、彼女らの声をとらえた。店に流れる音楽も入ってきた。もうだいじょうぶだと、そっとため息をつく。

八月の終わり。ショッピングモールの喧騒(けんそう)は、毎年やってくる胸苦しさを救ってくれる。忙しさの中に身を置けば、ふいに襲ってくる混乱から戻ることができる。

緑の芝生はもう見えない。視界に広がるのはいつもの店内だ。ハンガーラックにはアイテムごとに並べられた商品たち。ブラウス、スカート、パンツ、ワンピース、スーツと、秋の色でまとめられている。天板がガラスになったディスプレイ用テーブルにはセーターやカットソーが並び、夏物の最終セールをまとめたコーナーもある。別の一角にはドレスやそれに合わせるアクセサリーなどの小物が置かれ、ウィッグにもこだわったマネキンが数体、ポーズを決めていた。朱里が勤めるここアヴァンタイトルはホワイティグループが運営する中価格帯のブランドで、ファッションビルでの店舗展開が多い。コンセプトはモテ系女子。かわいらしさと品の良さが売りだ。

「あー、ボクかっこいいTシャツ着てるね。なんていう名前のヒーロー？　お姉さんに教えて」

朱里は身をかがめ、駄々をこねる幼児に話しかけた。と、背後から声がかかる。

「国枝さん、ちょっといいかな」

店長の細川に呼ばれ、朱里はレジカウンターの奥へと引っ込んだ。細川はホワイティグループの正社員で、朱里より四つ下の二十七歳。この店にいる正社員は、細川だけだ。残りはすべて非正規で、契約社員の朱里も待遇はアルバイト並みでしかない。

「あなた最近、よくぼーっとしてるよね。今月の売り上げが落ちてるの、わかってる？　あなたの名前のレシートが超少ないところをみると、あきらかにあなたが原因だよ。足をひっぱってるって自覚して」

レジに社員証を認証させるシステムがあり、誰がどれだけの売り上げを出したのか一目瞭然だ。ただし客が立て続けにやってきたときなど、なんらかの理由で接客担当が変わることもあり、レシートに残る担当氏名と売上高は必ずしもイコールではない。その誤差は誰しも知っていることで、今までの店長は細かく責めてこなかった。

「すみません。ちょっと夏バテで」

「無理しないほうがいいよー、いろんな意味で。限界感じてるなら、早めに言って」

細川の丸いピンクの頬がぴくりと持ち上がった。カラーコンタクトで大きくなった瞳のせいで、表情が読みづらい。

どういう意味だろうと、朱里は曖昧な笑いを浮かべ、首をひねる。細川はそのまま続けた。

「国枝さんって押しが弱いし、ノリ悪いし、もっとガンガンお客を褒めないとダメでしょ。お似合いですよーの声も、低いし。地声はしょうがないにしても仕事なんだからワンオクターブ上げて。うちのブランドはこう、友だちが買い物の相談に乗ってる感じで接客してるじゃない。国枝さんって大人すぎるんじゃないかな」

アヴァンタイトルのメインターゲットは大学生から若手ＯＬだが、下は中学生、上は四、五十代までいる。特にこのショッピングモール・ビバルディ国分寺にやってくる客はファミリー層が多く、都心部のファッションビルより客の年齢に幅があった。昔から大人びた顔立ちだった朱里は、二十代半ばになってやっと実年齢が見かけに追いつき、今は逆に若く見積もられるぐらいだ。細川に言われるほど外れてはいない。実際、落ち着いた対応の朱里についている客もいた。

「テンション、上げていきますね。お化粧も気をつけます」

「秋物の服ももっと追加して。去年のアイテムとは色が違うし。喋りができないなら着てアピールすることに徹するとか。せっかく身長が高いんだしさ」

店員は客に見せるために自店の服を着るが、制服として支給されるわけではない。自分で買うのだ。社販価格とはいえ毎シーズンの購入は財布に厳しい。だが必要不可欠な出費だ。朱里は黙ってうなずいた。

「でもやっぱ、キャラかな。国枝さんはうちの店より都心の老舗デパートとかのほうが合ってる。移ること、考えてみたら？」

ホワイティグループにはそういった場所に入店している価格帯の高いブランドもあるが、異動が可能なのは正社員だけだ。契約社員は個々の店に雇われていて、店がなくなれば職もなくなる。移ると辞めるは同義語だ。

そんな上品そうなところとても務まりませんよ、と口に出しそうになり、朱里は慌てて呑みこんだ。じゃあうちならできるとでも？　格下扱いなの？　などとつっこまれかねない。今月の売り上げが悪いといっても、七月がバーゲン月だったせいだ。七月は朱里もそれなりの成績を残している。通常の月も、悪くはない。

「来月は挽回してみせます。よろしくお願いします」

朱里は頭を下げた。

「待って待って、それ八月の残りは無視するということ？　あと一週間あるんだよ」

細川がわざとらしく首をかしげたところで、お疲れさまですという他のスタッフの声が聞こえた。店のようすをたしかめると、中年ながら整った顔立ちのスーツ姿の男性が、マネキンの向こうに見え隠れしていた。細川がそちらを見て、面倒くさそうに息をつく。

「残りの八月もサボらずやって。あと売り上げの件、上にも伝えるしかないから評価は下がると承知しておいて。——道長さーん、お疲れさまですー」

ここ国分寺市を含む北多摩エリアを担当するエリアマネージャーの道長が、客に笑顔をふりまきながらレジカウンターへとやってくる。朱里は場を離れた。すれ違うタイミングで道長が右手を上げる。

朱里は道長に会釈を返した。試着室のそばまで行って、接客を代わってもらっていた同僚の林に、おまかせしてすみませんと頭を下げる。

「国枝さん、呼び込みお願いできますぅ？」

朱里と視線を合わせないまま、軽く応じた林は、扉の向こうにいる客に着心地を訊ねた。この客は自分が担当するというアピールだ。最初に接客していたのは朱里だが、夏休みの話題に詰まっていたところに助け舟を出してくれたのは林だ。仕方がない。

一年前に細川が新店長としてやってきたとき、朱里は歓迎会に出られなかった。八月は毎年、体調が崩れるせいだ。だがそれが原因で、小さな溝ができたようだ。微妙な空気を同僚にも悟られ、飲み会の誘いもなくなった。もともと朱里はそういった催しに消極的なので、朱里自身に仲良くなる努力が足りなかったと言われればそうかもしれない。

溝は埋まらぬままだが、辞めるほどの理由ではない。考えても仕方ない、と朱里は通路の近くまで進んだ。アヴァンタイトルですいかがですか夏物最終処分七〇パーセントオフですよ十月まで充分着られますよ。通路を行く女性たちに、カップルに、家族連れに、笑顔を作り、声を高くして呼びかける。アヴァンタイトルがあるのは雑貨やファッションを扱うエリアの一階の端で、通路に設けた広場のような休憩スペースを挟んだ向こうはグルメエリアだ。輸入食材の店からコーヒーの香りが漂ってきた。試飲用のブースが賑わっている。順番待ちの客を眺めながら、誰かこちらにも目をやってくれないかと、同じセリフを繰り返す。アヴァンタイトルですいかがですか夏物最終処分七〇パーセント——

「——ぶりね」

声をかけられた。

いらっしゃいませとマニュアル通りの対応をしかけ、朱里は息を止めた。小さくうなずく。

「元気にしてた？」

「うん。朱里は？」

目の前の秋葉典子は、一年前と変わっていなかった。いや、綺麗になったような気がする。明るいピンク色の服のせいか、それとも化粧の仕方を変えたのだろうか。愛らしい仔猫のような顔は、しかし口紅程度しか塗られていない。

「まあまあだね。毎日同じことの繰り返し。典子はなにか、目新しいことでもあった？」

「そうねえ……。話、できるかな？」

「もうすぐ休憩。その先にあるフードコートで待てる？　それともファストフードの店のほうがいい？　何軒かあるけど」

「夜はどうかな。お店が終わるまで待つよ。私は遅くてもだいじょうぶ」

こぼれかけるなにかを留めるように、典子が唇を引き締める。

「ごめん、今夜はちょっと。難しい話？」

「あー、ううん。じゃあ、一番近いところってどこ？　そこのカフェ……、あ、パン屋さんだったのね。それは遠慮したいな」

「うん、店に近すぎるし。一番遠い店がいい。場所は――」

朱里が説明していると、咳払いが聞こえた。細川が白い目で見ている。典子が夏物処分品のカットソーの中からSサイズを探し、手に取った。さっと鏡でたしかめ、これもらうね、と言う。

「そんなに気を遣わなくてもいいのに」

小声で伝えると、典子は笑った。

「遣ってないよ。すぐに汚れるから、こういうのは必需品」

結婚するという典子の言葉は、思いのほかスムーズに朱里の頭に入ってきた。おめでとう、という言葉も反射的に出てくる。

「信じられないんだけどね、自分でも」

「どうしてよ典子。いいじゃない。よかったよ、本当によかった。相手はどんな人？　いつからそんな話になったの？」

アヴァンタイトルとは反対側の一角にあるチェーンのカフェは、ビバルディの建物の外へと直接出られる扉があり、そこそこ賑わっている。典子は窓際の席を取って待っていた。ガラス壁から射してきた光が、典子の顔をいっそう輝かせている。綺麗になったように感じたのは結婚が決まったせいか、と朱里は思う。

のろけだすのかと思いきや、けれど困ったように典子はうつむいた。

「知り合ったのは、半年……ううん、もう少し前かな。結婚の話が出たのは、一、二ヵ月前。ごめんね、連絡しなくて。いろいろ、忙しかったり、うん」

「はいはいはい。そりゃ大変だよね。相手はどんな人？　タレントで言うと誰似？」

盛り上げてみたが、典子は乗ってこない。

「結婚は、二度目の人。奥さんが亡くなって子供がいる。男の子。五歳」

「懐かれてないの？　プロでしょ」

表情の重さに、そう訊ねた。典子は保育士をしている。十年ほど働いているはずだと、朱里は三十一という自分の歳に一を足して計算した。

「懐いてる。もうべったり。私が園で預かってる子たちの話をすると、やきもちを焼かれるぐらい。毎日電話がかかってきて、お互いに今日あったことを喋って」

「大変だね、オンもオフも」

典子のことだから、どちらも全力投球なのだろう。

典子はとにかく真面目だった。大学に入ってから再会した典子と、その真面目さのせいで何度ぶつかったことか。

「翼くんの、……その子の名前なんだけど、半分は翼くんのために結婚する気になったの。ううん半分以上かもしれない」

「半分より上じゃダメじゃん。カレシがやきもちを焼くよ」

結局のろけなの？　と朱里は続けようとしたが、典子の表情は晴れない。

「翼くんがいなければ決心しなかった。本心だよ。……彼は、ちょっとだけ有名な人だから。室町延兼（むろまちのぶかね）って知っている？」

「その幕府めいた名前、どこかで聞いたような気がする。なんだっけ」

「室町紡績の社長。傾きかけてた家業を、品質やデザインの良さで立て直した人。テレビで紹介されたこともあったから、それかも」

ああ、と朱里は思いだした。同業者、アパレルの会社だ。ＭＵＲＯＭＡＣＨＩというブランドを持っている。ホワイティグループにとって最大のライバルだと、エリアマネージャーの道長も語っていた。海外の安い労働力を頼みに大量生産をするホワイティとは方向性が違うのではと朱里は思ったが、聞けば、室町は大学時代に、ホワイティの男性向けブランドでアルバイトをしていたらしい。道長がかつて勤めていた店で、さまざまなノウハウを盗んでいったと憤っていた。それを活かしたのか元々持っていたセンスなのか、ＭＵＲＯＭＡＣＨＩは今、先行き厳しいアパレル業界で注目を浴びている。テレビの特集番組で見かけた室町も自信に充ちた笑顔で、良いものを提供したいという作り手の気持ちと、本物を求めたいという顧客の希望が一致したのだと、熱く語っていた。

短い沈黙を、朱里は破る。

「少し意外。典子がああいう熱い人と結婚するとは思わなかった」

「……私も。あ、ううん、熱いってほうじゃないよ、普段は普通。テレビではテンションを上げているだけ。そうじゃなくて、彼が社長さんだったってこと。ずっと言ってくれなかったんだ。知り合ったのも、迷子になった翼くんをたまたま助けたのがきっかけ。翼くんが私に会いたがってるって言われて何度か会って、そのうちに……、うん、そういうことになって」

やっと、典子がはにかんだ。頬が赤く染まっているのは、ガラスを通した太陽の熱のせいだけではないはずだ。朱里は笑いながら典子の肩を叩く。

「翼くんのためなんて言っちゃってー。室町さんって人のこと、好きなんじゃない」

「ううん。ううんだって、あんな目立つ人となんて、やっぱり尻込みしちゃうし」

典子は首を横に振る。

リスクの高い相手にもかかわらず結婚しようと思ったのだ。惚れ込んでいる証拠じゃないかと喉元まで出たものの、朱里は呑みこんだ。典子のなかの複雑な思いが、翼を言い訳にしているのかもしれない。

「おめでとう。結婚式には行けないけど」

「うん……。籍だけ入れるつもり」

「それで済むの？　社長さんなのに」

「彼は二回目だから」

そう、と朱里が答え、また沈黙が訪れた。次の話題を探したが、なんの変化もない朱里には思いつかない。口を開かずに済むよう、アイスラテをストローですする。典子もカップのコーヒーを口にし、同じタイミングでテーブルに置いた。

「……今年は、朱里は、どうするの？」

窓の外を見ながら、典子が訊ねる。朱里もストローに視線を向ける。わずかに口紅がついていた。

「仕事を入れた。典子も仕事でしょう？　平日だし」

「うん。夜、会う？」

「やめよう。去年の二の舞になる。典子が救急車なんて呼ぶから、わたし引越したもの。今の部屋、玄関側に引越しトラックはおろか軽自動車さえつけられないんだよ」

「このモールの近くに引越したの？」

「とんでもない。職住近接は嫌。近所で誰かに会うなんてぞっとする。交通費がかかっても電車に乗るよ」

「飲んだくれられないもんね」

「そんなに飲まないって」

「なに言ってるの。去年のことだってお酒のせいだよ。……なんかやっぱり心配だな。ねえ朱里、ひとりで行ったりしないよね。その日の夜は何時に仕事が終わるの？」

「行かないよ。それに結婚するんだから、典子はもう思いださないほうがいい」

そう言うと、典子がまた黙り込む。

そろそろ時間だから、と朱里は立ち上がる。うん、と典子も残りを飲み干そうとした。

「典子はゆっくりしていけばいいよ」

朱里は自分の容器だけ持った。

「幸せになってね、典子。じゃあね」

「……なっていいと思う？」

本当に訊きたかったのはそれだけなのだと、典子の表情でわかる。目が潤んでいた。

「もちろん」

自分もそのうち続くから、とは言えなかった。典子もまた、あなたもねとは言わない。

朱里は手を振って、テーブルから離れた。

典子と会うのは、これが最後かもしれない。

紫色の灯りが、ベッドを照らしている。趣味が悪いなと、朱里は天井をただ見ている。

「おい、態度悪いぞ」

腹の上に乗った道長が動きを止めた。身体を離し、舌打ちをする。

「萎(な)えるだろうが」

くそっ、とつぶやいて、道長はテレビをつけた。紫色の空間にカラオケが流れる。朱里はリモコンを奪った。消して遠くに投げる。

「やめて。言ったよね。カラオケ嫌いなの」

「だったら気持ち入れろよ」

頭に手を伸ばされた。下腹に押しつけられる。朱里の耳に音楽が蘇(よみがえ)った。フレーズが脳裏で巡っている。

塞がれた口は、希望を歌えない。

見上げる道長の顔が、紫に染まっていた。口元から顎(あご)にかけて締まりなく弛(たる)ませ、うつろな目をして。

ゾンビみたいだ。

死んでいるのに動いている。生きていたときの動きをなぞる感情のない物体。

自分もそう見えているのだろうと、紫色が乗る手元に視線をやる。冷たい指が心地よいと、幾人もの男に言われた。

生温かいものが口中に流れ出て、ゾンビが力をなくす。萎えた死体。そばのタオルに吐きだすと、道長はまた舌打ちをした。

「愛がないなあ」

あるなどと思っていたのだろうか？　道長だって遊びだろう。昼間来たときに、道長は細川たちにスマートフォンで撮った子供の写真を見せて盛り上がっていた。妻は着付けを習い始めたという。

「シャワー先に借りるぞ。後だとおまえの使った石鹸の香りがつくからな」

トイレで口をすすげと？　このラブホテルにはバスルームにしか洗面台がなかった。

去っていく裸の尻を呆れる思いで見送った朱里は、鞄にペットボトルを入れていたことを思いだした。お茶でも構わないと取りだそうとして、ストラップの金具に指先をひっかけてしまう。治りかけのささくれが剝けた。にじみ出る血をぼんやりと眺める。

死んでなんていない。紫色に染まっていても、冷たくても、中の血は赤い。今日、典子の頰を染めていたのも、血の赤色だ。

典子は丁寧に時間を積み重ねていたのだ。典子のことだから、子供たちに慕われ、保護者にも頼りにされ、忙しくも充実した毎日だろう。この先を一緒に過ごす相手も見つけた。そんな誰かが欲しいわけじゃない。面倒にまきこまれるのは二度とごめんだ。

だけどなにをやっているのだろう、自分は。なにをやってきたのだろう、この二十年。行き当たりばったりのままこの先、同じことを続けるのだろうか。

朱里は服を着た。シャワールームのガラスを叩く。曇った扉が開いた。隙間から、道長が不審そうな目を向けてきた。

「帰る。さよなら」

戸惑った顔で、道長が湯気とともに上半身を覗かせる。

「なんて言ったんだ？」

「帰ると言ったの。もう会わない。さよなら」

裸のまま混乱する道長を置いて、朱里はホテルの部屋を出た。少し行けばタクシーも拾えるだろう。

2

「夏休みは取れないの？　区役所に勤めてる知り合いは、交代で休むって言ってたよ。刑事も公務員だよね。有休は同じぐらいもらってるんでしょう？」

　扉の向こうから、ゆきこの声が聞こえる。

　眞沢憲吾はテーブルの上を片づけていた。ノートパソコンにプリントアウトされた資料に筆記具に付箋。ワンルームの部屋では、食卓も作業机も同じだ。それでも寮住まいの憲吾からみると、他人の目を気にせず暮らせるのは羨ましい。

　ノートパソコンは、部屋に遊びにきた憲吾を見て、ゆきこがシャットダウンさせていた。以前、憲吾が間違ってキーに触って以来、ゆきこは近寄らせてもくれない。使っていないように見えてもなにかしらの作業をしているらしく、下手に動かすと一日の仕事が飛んでしまうと聞いて、憲吾も警戒している。外に漏らしてはいけない情報もあるそうだ。電源が落ちているのを再度たしかめて、窓に近い床の上に置いた。資料のほうはどうすべきか、憲吾はためらった。扉へと呼びかける。

「ゆきこ、この紙は動かしていい？」

「いいよー。ありがとう」

憲吾は斜めに重ねられた紙の向きをあえて揃えず、そのままの形で床へと移動させた。

玄関から部屋へ向かう短い廊下に併設された流し台に、ダスターを取りにいく。ゆきこは食器を用意していた。ジッパーつきビニール袋に入ったカレーが、レンジの中で温められている。時間のあるときに大量に作り、小分けにして冷凍するのだと聞いた。ごはんも同様にしているらしい。サラダは憲吾が来る途中で買ってきた。コンビニで用立てたと言うと、スーパーマーケットで千切り野菜のパックとトマト一個を買ったほうが安くて量があるとたしなめられた。一歳しか違わないのに、ゆきこはよく、姉のような口を利く。だが身長が一八〇センチ超えの憲吾に対し、ゆきこは小柄で童顔のため、一緒に外を歩くと逆に見られる。

背が高いという以外に指摘されがちな憲吾の印象は、なんといっても繋がりそうな濃い眉だ。よく見れば長い睫毛だとか、下唇より上唇のほうが厚いとか、そういった細かな造作は、見上げる人間の記憶には残らないとみえる。

「休みの件だけどさ。取得率が悪いから勧められてはいるものの、取れないままの人が多いんだ。それを差し置いてっていうのもなんだし、今年はなしでいいと思ってる。四月に配属されたばかりだからね」

「警視庁の捜査一課に配属されるのが念願ですー、赤いバッジが誇らしいですー、なんてドラマの世界みたいだね。眞沢巡査部長サン、当分、旅行は無理そう？」

ゆきこの軽口とともにレンジの電子音が鳴る。扉を開けたとたんカレーの匂いが広がった。食欲が刺激される。

「無理そうなのはゆきこも同じじゃないか。この間も連絡がつかなくて、倒れてるんじゃないかと心配したら、仕事場にずっと詰めてたっていうし」

「ごめんごめん。あのときは急ぎの依頼があって」

「まともに食べてるのか？　この袋に書かれた日付、ずいぶん前だぞ」

「消費できなかっただけ。食事は仕事場があるおかげで、忘れないよ。夜中でも誰かしらいるし、仲いい人に頼めばなにか買ってきてくれるし。もちろん、自分に余裕のあるときは同じことをしてお返しするの」

「情けは人の為ならず、ってやつか？　人に親切にしていれば自分に返ってくると」

「この場合は、武士は相身互い、じゃないかなあ」

「武士ねえ」

ゆきこの主な仕事はインターネットの書き込みに対するチェックだ。以前のアルバイト先でも似たようなことを任されていて、当時上司だった星野という男が会社を立ち上げた際に、ゆきこにも声をかけた。その会社、スターガーディアンは、仕事量に波があるため社員を雇わず、スキルのある人間への委託契約で作業を任せていた。ゆきこが言っている事務所というのも、スターガーディアンの名義で借りているブース貸しのシェアオフィスだ。星野や他のスタッフと一緒というわけではない。とはいえゆきこが使うデスクには同様の仕事をしている人が自然と集まっていて、顔見知りも多いらしい。

憲吾はかつて、星野に捜査協力を求めたことがある。年回りが近いこともあり、事件が終了した後も、ノリがよく強引な星野は折に触れて憲吾と会いたがり、その縁でゆきことも仲良くなった。

「星野に正式に雇ってもらうほうがいいんじゃないか？　ひとつの仕事が終わるまで休みなく働きっぱなしだなんて、いいように使われてるだけじゃないか」

そう口に出したものの、憲吾は自分たちも似たようなものだと気がついた。捜査一課の人間は、大きな事件が起きると管轄の警察署に捜査本部が開設されて泊まり込みになる。事件のないときは待機の当番として警視庁の庁舎内で書類の処理だ。交代で休みを取るきまりなど、あってないようなもので、自宅待機日はもちろんのこと、まったくの休日であっても呼び出しがかからない保証などない。

「お互いさまだよ。星野さんの繫がりと口先で動いてる会社だから、危なくなったら逃げられるようにしておかないと。Rats desert a sinking ship.（ラッツデザートアシンキングシップ） ねずみは沈みかけた船を見捨てるの。言葉は悪いけど、一緒に沈むほどの義理はないでしょ」

「よく言うよ。拝まれたら断れないくせに」

「だからこそケジメが必要なのよ。星野さん、それ知ってて頼んでくるんだから」

「あの人、調子いいもんな」

笑ったところで、食事の準備ができた。簡単だがふたりで食べればなんでも美味（おい）しい。つきあいはじめというのはそういうものだろう。互いの仕事の空き時間に短いデートを愉（たの）しむのも、パズルのようで面白い。

ゆきこが発泡酒を、憲吾がノンアルコールのビールを冷蔵庫から出す。いただきますと手を合わせ、スプーンを握る。

「その缶、ビールとそっくりだよね。憲吾が来るようになってから置いてるけど、間違えて飲んでがっかりしちゃった。炭酸だから残すわけにもいかないし、一缶飲んだらお腹（なか）がたぷたぷだし」

ゆきこはリラックスのために、度数の低い酒を一缶程度飲む。憲吾も飲めるほうだが、突然の呼び出しに備えて、ここではアルコールを口にしないことにしていた。

「ゆきこ、今日はもう仕事をしなくていいのか？」

「一段落(いちだんらく)ついた」

「電話したときは、緊急の案件でばたついてるって言ってたじゃないか」

「今ちょうど片づいたところ。それもあって、どこかにぱーっと旅行したいなーってなったわけ。面倒なこと放りだして、全部忘れてぼーっとできるとこ。緊急の案件なんて仕事、受けなくて済むようなとこ」

「ぱーっと、ぼーっと、って海外？」

「……それは、無理。国内でいいよ。あたしはここからここは仕事だけど、このあたりとかはだいじょうぶ。憲吾はどこが仕事？」

ゆきこが卓上カレンダーに指をさす。憲吾は笑った。

「面倒なこと放りだしてとか全部忘れてとか、言った口からそれかよ」

「そうだった。……ごめん、やっぱ放りだすことはできないね」

夜も昼もない仕事のようだが、ゆきこはいつも楽しそうだ。その明るく前向きなようすに、憲吾もがんばらねばという気分になる。希望の部署に配属されてやっと五ヵ月だ。吸収したいことも多く、興奮状態が続いている。

「僕も事件があると全部ズレるからなあ」

そっかー、とゆきこは唸り、ボールペンを取ってきた。カレンダーの上、先ほど指で示したところに印をつけていく。

「なんだよ、その印」

「だから仕事があるところ。あたしも基本、依頼が来ないと予定がわからないけど、先様に伺ってやっているルーティン作業もあって、そこは絶対に無理だから」

「そうじゃない。その、丸にプラスのマークのことだよ。田中ゆきこの田の字？」
○の中に＋を入れたマークを、ゆきこがカレンダーに書きこんでいた。
「これ？　あたしのマーク。ずっと使ってるんだ」

「職場ならともかく、僕とゆきこなら、普通、ケとユとかじゃない？」

「平仮名で？　カタカナで？」

「どっちでもいいよ。うーん、悪いけどやっぱり休みの約束はできないな。友だちと行ってきたら？」

「もう。ホントに行っちゃうんだからね。後悔先に立たずだよ」

ゆきこがむくれ、とたんに子供っぽい顔になる。

しっかりしているところと、子供のようなところの、両方が同居しているゆきこだ。そんなところに憲吾は惹かれている。

生活力があるというのか、地に足がついていて、ちょっとやそっとでは動じない芯の強さを持っている。害虫駆除にせよ電気機器の配線にせよ、たいていのことはひとりでこなせて、過去につきあった女性のように頼ってこない。仕事が入って待ち合わせをすっぽかしたときも、鷹揚に許してはくれたが、文句はきっちりと言う。だが淋しがりやのところがあり、ここは甘えられそうだという隙があると、幼児のように懐いてくる。そのアンバランスがおもしろい。

「先の予定はわからないんだよ。ゆきこが仕事と友だちを優先してくれればいい」

と答えたところで、憲吾の胸ポケットでスマホが鳴った。いつ呼び出しがかかるかわからない、などと思っていたせいで言霊でも呼んだのか、液晶画面に現れた発信名は、憲吾が所属する捜査一課殺人犯捜査第十四係をまとめる倉科係長だ。

「はい。眞沢です」

憲吾はゆきこに謝りの手刀を切り、間仕切りの扉から出て廊下に立つ。電話を終えたらカレーの残りをかっ込んでおこうと思った。次はいつ食事にありつけるかわからない。

3

九月一日。アヴァンタイトルにファーつきのダウンコートが再入荷された。最初の入荷は八月で、待ち構えていた数人の顧客にすぐ引き取られたが、ここからが勝負だ。街を行く人々はまだ半袖だが、季節に左右されるアパレル業界は、常に先取りを急がされる。

「おはよー。メッセージで送ったテレビ番組、見た？」

「見た見た。ニイナってすごい。絶対、敵に回したくないタイプ」

朝の品出しをしながら、同僚スタッフの林と定岡（さだおか）が盛り上がっていた。ふたりは細川よりなお若い二十代前半で、いつもきゃらきゃらと笑っている。ＢＧＭ感覚で彼女らの会話を聞き流しているばかりの朱里だが、思わず問いかけた。

「ニイナって、モデルのニイナ？　なにかやったの？」

え？　と手を止めて訊ねてきたのは、最初に話題を振っていた林だ。

「国枝さん、ニイナ好きですか？　それとも嫌い？　今までワイドショーの話に乗ってきたことないのに、珍しい」

「好きでも嫌いでもないけど、ほら、ニイナって、MUROMACHIのモデルやってたでしょう？　真っ赤な画面に布が流れてくるアートっぽいCM。あれが印象に残ってて」

朱里が答える。林と話していた定岡がうなずいた。

「去年のCMでしたっけ。すごい記憶力ー」

覚えていたわけではない。典子が室町紡績の社長と結婚すると聞き、ネットを検索して発見しただけだ。MUROMACHIのブランドキャラクターとして出ていたニイナは二十代後半とは思えないほど凄味のある美女で、シャープな表情が印象的だった。パリコレに出るとか出ないとかいう噂を聞いたような気がする。ワイドショーを賑わしているというのはその話題なのだろうか。いずれにせよCMは高級志向で、ホワイティグループとは方向性が違っていた。

パリコレの話なのかと訊くと、違いますよー、と林は言う。

「オトコ巡って、バトルって話です。で、そのオトコってのが、なんと室町紡績の若社長。うっそ、そうだったんだー、だよね」

「あたしは怪しいと踏んでたよ」

林に同意を求められた定岡が、楽しそうに笑った。したり顔で続ける。

「去年ニイナは、室町紡績の顔で、テレビでは必ずＭＵＲＯＭＡＣＨＩの服着てたじゃん。自分もデザインを任せられたとか言ってはしゃいでて。でも今年になってから急に、海外でがんばる宣言してＣＭから消えたよね。絶対なんかあるって思ってた」

「もう少し詳しく教えて。ニイナが室町の社長とつきあってたって本当？　誰とバトルしたの？」

朱里の勢いに、林も定岡も面食らったような表情で固まった。

「……詳しくって言われても。えーっと、別のことでインタビューされていたニイナが突然キレた、んですよ。つきあってたオトコを横取りされたとか」

「で、それを聞いたインタビュアーが前のめりになっちゃって、相手は誰かとかどんな状況かとか訊ねて、ニイナはべらべらと内情ブチまけて。ねえ、あれ、よっぽど腹立たしかったんだろうね」

ふたりは、顔を見合わせながら答える。

「そのつきあってた男が、室町紡績の社長？　横取りしたって人の話は出てた？」

朱里の質問に、林が困ったような表情になる。

「えーっと、結婚する予定だったのに、パリとかニューヨークとかに行ってる間に掠め取られたとかなんとか。んー、本人に近づけないもんだから、まず子供を手なずけて、そこから入り込んだんだ、だっけ」

典子のことだ、と朱里は悟った。だが典子に、掠め取るだの手なずけるだのという言葉は似合わない。どこか誤解があるんじゃないだろうか。

「他には?」

「あたしメッセージもらって、ネットにアップされた映像で見たんですよ。国枝さんも、それで見てみたらいいんじゃないですか?」

定岡が答え、林がスマホを手に続けた。

「ニイナ、ワイドショー、で、このアプリで検索すれば出ますよ」

「みんなー、そういうの休み時間にしようねー。開店時間、迫ってるよ。手、動かして」

店長の細川が声をかけてきた。

ごめんなさーい、と林と定岡が肩をすくめた。急いで残りを片づける。

ショッピングモール・ビバルディ国分寺の開店を告げる音楽が流れてきた。季節に関わりなく、アントニオ・ヴィヴァルディの「四季」から春のパートだ。全員で、通路を向いて並ぶ。

「今日も笑顔でがんばりましょう!」

細川が声を張り上げた。はーいというかわいらしい返事が、林と定岡から戻る。朱里もなんとか笑顔を作った。

昼休憩は、客のようすを見ながら交代で取るきまりだ。午後二時や三時にずれ込むこともある。

モールの外に出ても構わないとされているが、時間的に厳しく、多くの店の従業員はビバルディに入っている飲食店か、荷物の搬入口近くに設けられた社員食堂に行く。制服組、ビバルディの親会社であるスーパーマーケットの職員のための食堂なので、テナントの人間にとっては割高だが、それでもビバルディの中の一般客向けの店より安く、栄養のバランスにも気が遣われている。もっとも午後二時を過ぎると食堂営業が終わり、あぶれたものは長期保存パンなどの自販機を利用するか、持ち込みになる。

朱里が休憩に入ったのは三時近くだ。スーパーマーケットの一階食品売り場のスペースとテナントのグルメエリアの間にあるワゴンで扱われている、おむすび弁当を買って持ち込んだ。スーパーのレジに並ぶと時間がかかるので、朱里はいつもここだ。飲み物は食堂の自販機のペットボトル。福利厚生の一環で外で買うより五十円も安い。自販機の値段だけは、雇われた会社による区別はなかった。

半日が終わると喉もからからだ。館内は乾燥している。朱里は一気に半分を飲んだ。猫舌のせいもあっていつも冷たいお茶だ。銘柄も決めている。

カウンターの向こうに見える厨房には、すでにひとけがない。空いたテーブルも目立つ。食事を摂りにくる人たちは、ばらけて座っていた。朱里も他の人と離れて席を取る。

イヤフォンを鞄に入れていたのを幸いと、スマホでくだんの映像を捜してみた。再生された回数が多いせいか、検索の上位で見つかった。

テレビの深夜番組の新レギュラー紹介、という自局の宣伝のインタビューだったようだ。レギュラーのひとりの男優がプレイボーイとして名を馳せていたため、各人に恋愛の話題が振られていく。ところがマイクを渡されたニイナのようすがおかしくなった。涙ぐんだかと思えば突然キレて、アタシは裏切られたと叫びだす。でも彼は悪くない、あのオンナが悪い、アタシがいない隙を狙い、保育士の立場を利用して××くんを手なずけ、彼を奪った、とまた泣く。その××くんとは誰ですか？　と、インタビュアーの声がした。彼の子供です、天使みたいにかわいいの、でも離れていたのが悪かったのね、すっかりたぶらかされて。ニイナはそう訴え、カメラもますます寄った。取り乱した泣き顔がアップで映された。

子供の名前の部分には、ピーという電子音が入っていた。典子の名前はもちろん、室町の名も出ていなかったが、昨年モデルとして仕事をしていた会社の社長とか、家業を立て直したとか業界のエースとか、わかる人にはわかる表現だ。口が滑ったというレベルではなく、ニイナはわざとばらしている。

朱里は、もう一度同じ映像を再生した。

典子が男を奪うために子供を手なずける、そんなことはありえない。保育士の立場を利用、とニイナは言ったが、室町の息子は典子の勤める保育園の園児ではないと言っていた。なにより、室町のように目立つ人間との結婚など、典子は本来望んでいなかったはずだ。

室町は、典子とニイナを二股にかけていたんだろうか。ニイナもまた、なにを狙って自分の恋愛問題を訴えているのだろう。売名か、室町との復縁か、それとも傷つけられたとアピールしたいだけなのか。

朱里は典子に電話をかけた。二回コールして、保育園の勤務時間内だったと思いだす。メールにしようとして、なんと問うべきか悩んだ。休憩時間の終わりまで考えて、だが、直接話すべき内容だと思った。


何日かが経った。ニイナの顔をテレビで見ない日はない。

朱里はそれほどテレビに親しむほうではないが、出勤前にワイドショー的な情報番組を流し見している。各コーナーの時間が決まっているので、ここまでに朝食、ここまでに化粧、という目安になるのだ。

ニイナは暴露キャラというのか、某アパレルという表現で、室町紡績のことをあれやこれやと喋っていた。契約内容や悪口ではなく、社長がいかに自分に惚れていたかというエピソードだ。ＣＭで水を被らされ熱を出したと訴えたらディレクターをクビにしてくれた、高級リムジン車のお迎えがあった、隅田川の花火を貸し切りの船で見た、エトセトラ。そうやってのろけた後、幸せを奪った女を罵倒する。彼は自分のもとへと帰ってくる、いや帰るべきだと、悲劇のヒロインに浸る。

痛い女。それがニイナの印象だろう。その痛さを嗤いたい視聴者が多いのか、他に大きなニュースがないせいか、インタビューの際に周囲に映り込むレポーターの数は、日増しに多くなっていた。

遂に、顔こそ映されなかったが、社長の室町延兼にマイクを向ける映像まで流れた。

「話すことはないです、急いでいます、プライベートなことです。そんな室町の返答に、「プライベート。ではやはりプライベートな関係がおありだったんですね」などと、揚げ足取りとしか思えないようなレポーターの声が重ねられていた。

まずいかもしれないと、朱里は思った。

典子の元にテレビの取材は来るだろうか。名前は出るだろうか。典子はこの状況に耐えられるのだろうか。

出勤の支度を止めて、朱里はスマホに手を伸ばす。

今まで何度、電話をしただろう。だが典子は出てくれない。電話が欲しいというメールも送ったが、反応がなかった。今も電源が切られているようだ。

直接会いに行ったほうがいいだろうか。典子の住まいは練馬区(ねりまく)だ。電車の乗り換えは必要だが、そう遠くない。

その夜、残務処理で動きが取れなかった朱里は、翌日のシフトを早番に変更してもらった。細川から、デートの予定は計画的にと嫌みを言われたが、笑顔でかわす。帰宅後にもう一度典子に電話をしたが、やはり出てくれなかった。

翌朝、このところ習慣になっていた情報番組のザッピングをしていると、またもやニイナの姿が映った。

いつも怒った顔を見せていたニイナが、今朝は薔薇(ばら)色の頰にグロスたっぷりの唇で笑っていた。レポーターの差しだしたマイクに向け、高らかに宣言する。

「応援してくれてありがとう。みなさんのおかげで、アタシ、勝ちました。あのオンナが彼を諦めるって言ったの」

え、と異口同音に、テレビから声が飛び出る。朱里も同じ声を発していた。

どういうことですかというレポーターの問いに、ニイナは答える。彼女とは別れた、機嫌を直してくれ、彼からそう連絡があったのだと。復縁ということでいいですかと訊ねられ、温かく見守っていてくださいねと、うっとりするような笑顔を添えた。

チャンネルを変えても変えても、同じセリフで同じ笑顔が映っている。

よかったですね。もう一波乱あると思いましたが。男性は責任を取らないとね。もういいでしょう他人の恋路なんだから。各局がそれぞれの言葉で締め、では次の話題ですと画面が替わった。

4

その日、来店した客たちもニイナの噂をしていた。

「ニイナが出てたCMってアヴァンタイトルよね」

「おたくの社長、そんなに若いの？」

うちのブランドグループとは違うんですよ、と説明する。商品のタグには、それぞれ、ホワイティグループだの室町紡績だのという会社名が書かれているのだが、大半の客は見ない。洗濯の際の注意書きだけでも見てくれれば御の字だ。同僚たちは、客に合わせて驚いたり盛り上げたりと忙しそうにしていた。楽しげでもある。

「みんなゴシップ好きですからね」

林が細川に振る。細川は苦笑していた。

「ライバル会社の話だから笑っていられるけど、自社だったら大変。売り上げに響くだろうし」

「でもどんな服を作ってるんだろうって、逆に興味も持たれるんじゃないですか？　あたし、友だちに訊かれましたよ」

「その友だちは、ＭＵＲＯＭＡＣＨＩの服、買った？」

「んー、買ってないと思います」

「じゃあダメじゃない。興味を持っても購入動機には結びついていないってこと。ブランドイメージが傷ついたとまでは言わないけど、いい印象を持たれてないわけでしょ。やっぱり会社も人間も地道に信頼を得ていくものよ」

細川がしたり顔で林を諭(さと)している。

なにかにつけて嫌みをぶつけてくる細川だが、根は真面目なんだなと、朱里は視線を向けた。

「なに?」

細川は視線に気づいたのか、朱里に問いかけてくる。

「いえ別に。その通りだと思っただけです」

「どこが?」

「……会社も、ひとも、地道に、ってところです」

「そうね」

細川が意味深な笑いを浮かべていた。

午後になっても手が空かず、朱里は退店の機会を逃(のが)して結局残業となった。途中、トイレに行くふりをして典子へ電話をかけてみたが、繋がらない。

典子との連絡がついたのは深夜だった。向こうからかけてきたのだ。

「何度も電話をもらっていたのに、ごめんね」

静かな声が受話口から流れる。

「ううん。典子、だいじょうぶ？」

「もちろんよ。聞いてる、よね？　きっと全国の人が知ってることなんだよね」

なにを、という言葉がなかったが、典子と室町の破局を、というのは明白だった。

「そういうのに興味がない人はいっぱいいる。それに典子の名前は出てないから、誰にも気づかれてないよ」

「……まあ、ね」

「え？　なに？　レポーターとかが来たの？　変な写真撮られた？」

「インタビューはされていない。でも遠巻きに見ている人はいた。ふふ、有名人になった気分」

乾いた笑いが声に含まれていた。笑い飛ばしたいけれど笑い飛ばせない、そんな気持ちが伝わってくる。

「だいじょうぶだよ。典子は一般人なんだから。マスコミだって普通の人を晒すようなことはしないでしょ」

「マスコミは、そうなのかな、うん」

含みのある言い方が気になって、朱里は一歩踏み込んでみた。

「マスコミは、ってなに？　なにかあった？」

「朱里って、ネットに詳しい？」

普通に使う程度、と答えると、典子はアングラサイトの掲示板の名前を口にした。ネットに繋げられるのはスマホしかないと言うと、典子はじゃあ電話を切ってから見てと応じ、突然、声を高くした。

「正直ほっとしてる。私、プロポーズされたとき、どうやって断ろうかって悩んでいたんだもの。翼くんのことは好きだけど、でも室町さんのこと、そんなに好きだったかって訊ねられると、わからない。だからこうなってよかった」

「典子」

「あのね、私がやめるって言ったのよ。私からよ。自分で決心したの。ニイナさんに言われたとかそういうことじゃない。だって結婚したって疲れるだけだから」

典子の明るい声が気になって、朱里はあとでもう一度かけるから絶対に取るようにと念を押して電話を切った。教えられた掲示板を覗いてみる。

吐き気がした。

焦点を合わせそこなったのか極限まで拡大したのかわからないが、ピントの甘い典子の写真が載っていた。

本名も載ったのかもしれない。掲示板の発言は頭に数字がついていて、引用するとそこにリンクされる仕組みのようだ。とある発言に「別人だったらヤバいぞ」と書かれていて、リンク先の数字が載っていたが、該当数字の発言そのものは削除されていた。別の発言には、ある日の行動というものがあった。何時に家を出て、何時に保育園につき、何時にそこを出て、帰宅途中にスーパーマーケットに立ち寄って、という内容だ。保育園の名前は出ていなかったが、スーパーの名前はあった。それに対しても削除すべきという指摘があったが、まだ残されている。他にも数字が飛んでいるところがあった。なにが書かれていたのかわからない。

どれだけの人間が典子を監視しているのだろう。

朱里はめまいがした。どうやって調べたのか、出身大学や経歴を晒す発言まである。正しいものと間違ったものが混在していた。これを見る人は、全部を信じるのだろうか。典子は芸能人じゃない。書き込んでいる誰の知り合いでもないはず。なのに虚実まじりの情報が出回る。

二十年前、もしも同じようなものがあったら。

朱里は寒気を覚えた。幻の手に握られそうになり、両の手で二の腕を抱いてさする。

もしもあったなら。……自分は死を選んでいたかもしれない。

典子を晒すサイトは、画面をスクロールしてもスクロールしても続いていた。指先から毒が回りそうに感じ、朱里は画面を消した。

震える指で、リターンコールを押す。

「見たよ」

それだけ言うと、典子からはため息まじりの声が戻ってきた。

「ああいうの、楽しいと思う人がいるのね」

「……一部の人だけだよ。あんなの見てるの」

そう答えながらも朱里は、今日来た客を思いだす。同僚の林も定岡も、ワイドショーや動画アプリに詳しかった。彼女たちなら見るだろうか。ニイナを一角とする三角関係のもうひとりが誰か、そんなに知りたいのか。

「そうね。保育園の人は、知っているのか知らないのか、誰もその話をしない。……ああでも、触れもしないってことは、知っているのかな」

苦笑まじりの典子の声が聞こえる。

「結婚するって話はした？」

「なにも。翼くんはうちの園児じゃないし。だからなにもなかったと同じ。いままでどおりに過ごせるはず」

典子の声がまた明るくなる。朱里も勢い込む。

「そうだよね。ニイナの話も嘘ばっかりじゃん。通っている園の保育士さんが、立場を利用して近づいたかのような言い方だった」

「うん。でもお蔭で助かっているところはあるの。まったく知らない人には気づかれずに済むから」

「ほとんどの人は、気づいてなんていないって。だから典子も気にしちゃダメだよ」

不安を感じながらも、朱里は声に力をこめた。アングラサイトにあった「ある日の行動」を書いた人は、どうやって典子の一日のようすを知ったのだろう。それっぽく作った嘘なのか、典子の身近な人が暴露したのか……

「ありがとう、朱里」

「ううん。……あの、典子、行こうか今から。……行こうかじゃない、行くよ、行く！」

「いらない！　来ないで。いいから気にしないで。お互い仕事があるし」

「だけど」

「いいの本当に。私はだいじょうぶだから。……ただ、難しいと思った、それだけ」

「難しいって？」

「過去からは逃げられないってこと。じゃあね、おやすみ」

朱里の返事を待たずに、電話が切られた。朱里はかけなおそうとして、ためらった。典子はこれ以上話したくないということだ。泣きたくないのだ。そっとしておいたほうがいい。

過去からは逃げられない。

典子の声は震えていた。……知られたのだろうか。

幻の手が、朱里の指に触れてくる。冷たさに身震いする。目をつむった。

雨の音が聞こえる。雷の音が続く。泣き声に耳を塞ぐ。朱里は思わずテレビをつけ、ボリュームを上げた。

うるさいという文句なのか、隣室との境の壁から打撃音がした。

5

憲吾の属する警視庁捜査一課殺人犯捜査第十四係倉科班は、板橋区常盤台（いたばしくときわだい）で起きた殺人事件の捜査にあたっていた。

三十七歳の主婦が自宅のリビングで刺し殺されたというのが現場の状況だ。顔見知りの犯行と思われたが、人に恨まれるような心当たりなどないという。息子の誕生をきっかけに夫の親の家を改築し、夫婦で越してきたのが半年前。憲吾の担当は、被害者らが以前住んでいたマンションとかつてのアルバイト先のある、三軒茶屋（さんげんぢゃや）での聞き込みだった。しかしこれといった成果が上がらない。ちょうど近隣で空き巣の被害が頻発していることもあり、住民からはそちらを早く捕まえろという筋違いの文句まで言われる始末だ。

「人に恨まれるような心当たりなどない、なんて本当かよ。気の強い女だったたって話も出てるじゃねえの。三十年前は女剣士だったというしな」

憲吾と組んでいる板橋署の原田（はらだ）巡査部長が、青いタオルで額の汗を拭（ふ）きながら言った。日焼けした肌に、拭いたそばからすぐに次の汗がにじんでくる。憲吾も同様で、九月の太陽はまだまだ凶暴だ。

「三十年前ではなく二十七年前から十九年前です。被害者が剣道と出会ったのは小学校四年生。高校三年生でインターハイに出場し――」

「あげつらうなよ。眞沢さんは細かいおひとですねえ」

原田がねっとりした口調でからかってくる。

「失礼しました」

憲吾は素直に頭を下げた。先輩からは、地の利のある所轄署の刑事に協力はしてもらうが主導権は捜査一課が持つ、と教えられている。だが原田のようなベテランを相手にするのはなかなか難しい。原田は多くの所轄署を渡り歩いていて、三軒茶屋を管轄する世田谷（せたがや）署での勤務経験もあった。一方、憲吾は捜査一課に入ってまだ半年弱、刑事としての経験も三年ほど、歳も原田より二十歳下の二十八と、原田に振り回されがちだ。

原田は手がかりが少ないことに飽きているのか、日に日に不機嫌になっていった。しかもその表情を隠そうとせず、聞き込みの口調も乱暴だ。煽ったり言葉尻をとらえたりして相手にしっぽを出させるのが原田の得意技だと聞いているが、一般市民に対してもその調子ではまずい。憲吾がそう口を出したところ、若造は黙っていろとばかりに睨んできた。

凶器は司法解剖の結果からナイフもしくは細身の包丁で、現場には残っていない。もともと家にあった包丁類も、無くなっていない。

「犯人は刃物を持って他人の家を訪れているってことだ。絶対なにかの恨みがある。なのに畜生、こっちに土地鑑があるってだけで俺を遠くに回しやがって。上の連中はちゃんと見てんのか？　俺はたいてい、捜査本部が立ったら本筋を相手にする組に回ってるんだぞ」

それが新米の教育係とは、とまでは原田も言わなかったが、そう思っていることは眞沢も感じていた。だが眞沢もここで、すみません、と言う気はない。

「被害者は結婚して五年間、ここ世田谷に住んでいました。一方、板橋には移って半年、なにかトラブルがあったのなら、こちらの可能性のほうが高いのではないでしょうか」

「しかしなにも出てきやがらない」

「あちらもまだ出てませんよ。犯人は返り血を浴びている可能性が高いのに、目撃者ゼロ。板橋の地取り班の方々なんて、毎日絞られてるじゃないですか」

「地取りじゃないだけマシだってか？　そういう問題じゃねえだろ」

地取りとは、犯行現場などを中心に行う聞き込み捜査のことだ。ちなみに被害者の人間関係などを調査することを鑑取りと呼ぶ。

日が暮れるまで粘ったが成果は上がらず、諦めて報告のために署に戻ることになった。三軒茶屋の駅が近く、気の早い酔客が笑い声をあげていた。疲れた顔をした帰宅途中のサラリーマンや、リュックを背負った学生もいる。

やめてよ！　と女性の大きな声が聞こえた。憲吾がそちらに目をやると、大通りへ向かう途中で数人がもめている。女性と男性がほぼ同数、女性は十代後半から二十歳そこそこで、男性の年齢も同じぐらいだ。

「おいおい、どうしたんだ、きみたち」

憲吾が走って近寄りながら声をかける。背後から原田が追ってきた。

「うっせーな、おっさんには関係ねえよ」

男性のひとりが凄味をきかせた声で振り向いた。途端に原田が、なんだと、と応じる。ぎょろりとした大きな目に乱杭歯と、ただでさえ迫力のある顔が、嚙みつかんばかりの形相だ。

きゃあきゃあと派手に声を上げ、女性たちが駆けだした。

「交番！　たしか近くに交番があるよ」

「おまわりさん、おまわりさん」

いや自分たちも警察官なのだが、と憲吾は苦笑する。しかし女性たちを追ってもしようがないと原田に目を戻すと、彼は挑発するような笑いを口元に浮かべ、うっせーなと言った男性を睨みつけていた。男性は原田の雰囲気に押されつつも、険しい表情で間合いを窺っている。まさかこの連中をうっぷん晴らしの材料にするつもりじゃないだろうなと、憲吾は原田と男性の間に入った。警察手帳を見せると、男性は一気にうろたえた。

「詳しく聞かせてくれるかな。さっきの子たち、迷惑していたようだけど」

憲吾が訊ねるも、男性たちは口ごもり、はっきりしない。腰もすっかり引けている。すみませんナンパです、とひとりが頭を掻き、それをきっかけに残りも次々と頭を下げた。

「本当にナンパだけか？　痴漢とかしていないだろうな」

原田が男性たちを舐めるように見回している。と、そこに制服警官がやってきた。への字に曲げていた口が、原田の顔を見て納得したように緩む。顔見知りのようだ。

「お疲れ様です！」

「よう、お疲れ。ヤクザに絡まれたとかヤクザが喧嘩してるとか聞かされたか？」

原田がにたにたと笑っていた。

「あ、いいえ、男からしつこく声をかけられていたところを、えー、……助けてもらったという女の子たちが駆けこんできまして」

「婉曲表現だな。眞沢、後は任せて署に戻ろう」

制服警官の前だからか、原田は呼び捨てにしてきた。憲吾は制服に軽く会釈をして場を後にする。表通りまで行くと、交番の前に先ほどの女性たちがたむろしていた。

やはり制服を着ているほうが一般の人間には安心感があるのだろう。憲吾は含み笑った。原田はかなりの強面だ。成果が出ずに不機嫌な分、いっそう怖く見える。

そういえば、と憲吾は思いだした。

初めてゆきこと会ったのは、交番勤務の頃だった。同じように、男がつきまとってくると交番に飛び込んできたのだ。相手がいなくなるまで居させてほしいと頼まれ、憲吾は注意をしてきますと言ったが、そこまでは必要ない、男の記憶に残されるはめになってはかえって怖いと断られた。

似たような繁華街の交番だ。時間はもう少し遅く、酔客も多かった。外に出てあたりを睨み回すと、脛に傷持つ人間なのか背を向けるものが数人、置物のように思われているのか憲吾が視界に入っていないものも数人、何度もこちらを見てくる老人までいた。道でも訊きたいのかと表情を緩めて目を合わせたところ、被っていた帽子をさらに深くして、ふいと消えた。もしやつきまとっていたのはあの老人かと女性に訊ねるも、違うと答える。その後、小一時間ほどして、もうそろそろ帰りますと、女性——ゆきこが言った。

誰か迎えを呼んだほうがいいのではないか、駅まで送りましょうかと提案したが、平気だとゆきこは頭を下げた。助かりましたと、鞄の中からチョコレートを出してくる。それはもらえない、いえほんの百円だし未開封ですよ、と押し問答をして、チョコレートは受け取らなかった。それが四年ほど前だ。

今年の冬、星野の紹介でゆきこと再会し、憲吾は驚いた。チョコレートのやりとりのせいで、顔を覚えていた。それを話すと、ゆきこも思いだしたようだ。あのチョコレート、怪しいものが入ってると思ったんでしょうと笑われた。交番に毒入りチョコレートを持ってくる人はいないよと言われたが、そういうものでもない。

今度は受け取ってねと言われたのはバレンタインデーで、再会して間もなかったのでアプローチの早さに驚いたが、単なる礼に過ぎないと念押しをされた。警察の人と知り合いになればなにかあったときに安心かなって思っただけ、その程度だから誤解しないで、と。

それがいつの間にかつきあうようになった。自分はゆきこにとって、安心料程度だよなと憲吾はからかう。ゆきこも寄らば大樹の陰だと言う。どちらも本気ではないから笑い合える。


「なにニヤニヤしてんだよ。そんなに俺の顔が面白いか」

不快そうな表情の原田に腕をつかまれ、憲吾は回想から引き戻された。

「いえ、違います。単なる思いだし笑いで……」

「さっきの女どもの話だろ？　ごろつきだと思われてるのは慣れてるが、いちいち言われると腹も立つんだよ。失礼なヤツだな」

眉を寄せた原田の向こうに、知った顔が歩いていく。

「あ」

視線が逸れた憲吾を見て、原田がさらに顔をよせてきた。

「なんだよ、ごまかそうったってそうはいかねえぞ」

「ごまかしてません。すぐそこを知り合いが」

原田が背後を確認し、さらに周囲をぐるりと見回す。自転車の少年が、徒歩の人間を後ろからベルで追い立てて進んでいく。憲吾が見かけた人物も、角を曲がっていった。もう見えない。

ゆきこのことを考えていたからゆきこに見えただけかなと、憲吾は苦笑した。捜査本部が立ってから一週間近くが過ぎた。毎度のこととはいえ、ゆきこにはずっと会えていない。

さっき見かけた男女は、上司と部下といった雰囲気だった。他人のそら似だろう。

「仕事に関係のある知り合いか？」

「いえ」

「じゃあまたにしろよ。仕事はまだ終わってないぞ」

「……はい」

うっぷん晴らしに暴れそうだったのはどっちだよ。憲吾は不満の言葉を呑みこんだ。

「行くぞ」

原田は返事も聞かずに歩きだす。憲吾はすっかり後輩扱いだ。

恋人を悪女の手から奪い返した、と勇ましく騒いだニイナだったが、三角関係の決着がつけば所詮は他人の色恋沙汰で、世間の関心もなくなるものだ。ワイドショーにも出なくなった。

6

典子もそろそろ落ち着いたのではないか、あれから一週間も経つしと、朱里は電話をかけた。ところが何度かけ直してみても、電話番号が間違っているというアナウンスが流れる。典子は電話番号を変えたようだ。

朱里はまた不安になる。まだ決着がついていないのか、いっそうの厄介ごとに巻き込まれたのか、まったく別の問題が発生したのか。ニイナの動向がわからないだけに、読めない。

今度こそ直接会おう、今日こそ早めに終わらせてもらって直接保育園に向かおう。朝、店についてすぐに細川に打診したところ、渋い顔をされた。

「ふうん。ずいぶん忙しいのね」

「すみません」

朱里はただ頭を下げた。理由など説明して、余計なことを訊ねられるのも面倒だ。

「今日、エリアマネージャーの道長さんが来るから？」

うっすらと笑いながら、細川が言う。

「は？」

今日は来店日だっただろうかと頭を巡らせている朱里に、細川が耳を寄せてきた。

「ああ、ごめんごめん。もう別れたんだっけね」

ぎょっとして、細川の顔を見つめた。細川は笑いながらなおもささやいてくる。

「道長さんに取り入って社員に登用してもらおうとしたんでしょう？　なのに思い通りにできそうにないから別れるなんて、すごい手のひら返しだね。道長さん怒ってたよ。目をかけてやってたのにって」

「……なんの話ですか」

「とぼけてもダメだよ。道長さん、みんなに愚痴ってた。全員に、だよ。まああたしは、この店に来たときから気づいてたけどね。でもみんなもこれで知った。大人だからあたりさわりなく接してるけど、国枝さんがどういう人かバレてるよ」

細川が眉根を寄せ、吐き捨てるように言う。

「待ってください。わたしはなにも」

「道長さんは、当分、エリア担当から外れないと思う。次の人に代わったとしても、絶対にそういうことしないで」

「そんなこと考えていません」

「じゃあどういうこと考えてたの？　本気で奥さんから略奪しようとしてた？　それともただ寂しかっただけ？　どちらも困る。プライベートを職場に持ち込まないで。トラブルの元になることぐらいわかるよね」

なんの話ですかー、とあくびをしながら出勤してきた林に、細川はなんでもないと応じる。

「はいみんなー、今日もよろしくお願いします。笑顔でね！」

細川が大声で呼びかけた。


朱里は昼休憩に入った。

今日も午後の二時を越え、食堂営業は終わっている。朱里はいつもの店でパックのおむすび弁当を買って持ち込んだ。そしていつもの銘柄のお茶を、自販機で買う。

ひとくちかぶりついて、梅の酸味に頬を歪めた。

道長のやつ、ずいぶんなことをしてくれる。

自分が甘かったのはたしかだ。たとえば典子に知られ、なにをやっているのと怒られたり、行き当たりばったりの生活を責められたりしたとしても、反論はできない。

だが道長に非難される筋合いはない。向こうも遊び。だからこそ別れたことを騒ぐなんてしないと思っていた。それを店の人間にぶちまけるとは、どういう神経だ。

こちらも彼の家族に告げ口してやろうか。けれど、道長より自分のほうが立場が弱い。困るのは自分だ。なんのかんのと理由をつけられて、職を失う羽目になるかもしれない。

道長が細川たちに関係をバラしたのは、自分を居づらくして辞めさせたいからだろう。ここで自爆しては相手の思う壺だ。

とはいえ、しがみつくほどの仕事だろうか。

今後も契約社員のままだろう。でもだからといって辞めてどうしようというのだ。生活は不安だらけ。新しい仕事などなかなかみつからない。いやいや。そこで止まっていてどうする。自分を変えたいと思うのなら、仕事ごと変わるべきじゃないだろうか。

朱里が唸りながらおむすびを唇に押し当てていると、誰かの手がふいっと腕に触った。ぎょっとしてそちらを見る。

「びっくりさせた？　ごめんねえー、だって呼んでも反応しないんだもの」

満面の笑みで隣の席に座ったのは、四十代中盤から後半の女性だった。がっちりした肩を押しつけるようにしてくる。食堂は閑散としていて、空いたテーブルも多い。相席の必要などないはず。

「……わたしに用ですか？」

「一緒にお昼を食べようと思って。つまらないじゃない、ひとりで食べるなんて」

幻の手ではなかった。だけど親しげに話しかけてくるこの人は誰だろう。ひっつめた髪に、パーツのバランスはとれているが、その分、特徴に欠けた顔。この食堂に入れるということは、客ではないはずだ。

混乱している朱里に向け、女性は明るい声で、ごめんごめんと肩を叩いてくる。

「わかんなかったかー。ほらこれ、エピの帽子」

食堂の席で、女性は青、白、赤の三色で彩られた帽子を被った。

「エプロンもしようか。覚えてない？　昨日、私が通路でお金をぶちまけちゃったときに、あなたが率先して拾ってくれたじゃないの。たしか国枝さん、だよね？」

ああ、と朱里は思いだした。グルメエリアとの境にある休憩コーナーで慌てた声がしたと思ったら、アヴァンタイトルの店内に硬貨が大量に転がり込んできた。募金箱かなにかだったのか、十円に五円、一円まである。通路の近くで商品を畳んでいた朱里が、拾うのを手伝った。輸入食材店の向こうにあるパン屋・エピの、新人アルバイトだという話だった。

「あの後、うちの店で三、四十円ほど見つかって、誰かがお返しに行ったと思うんですが、受け取られました？」

「もらったもらった。いいのに、取っておいてくれれば」

「は、はあ」

落とし主がわかっているのだから返すべきだ、細川がそう言ったのだ。朱里もそう思った。

「どうしてあんなに小銭ばかり持っていたんだろうって思わなかった？」

「はあ」

「おつりとか溜まっちゃうでしょう？　ほらお菓子の缶とか、玄関のちょっとした小物入れなんかに。だからまとめてＡＴＭに持ってって、硬貨入れるところから口座に入金するのよ。それなら一枚ずつ数えなくてもいいから楽でしょ」

「はあ……」

どうして友だちのように喋りかけてくるのだろう。たしかにこういうタイプのおばさんは多いけれど。と、愛想笑いをしながらおむすびを食(は)む。朱里は、仕事を外れたらひとりになりたいほうだ。接客仕事をしているとはいえ、初対面の人と話すのは苦手だ。

「あ、ちゃんと数えないとごまかされるって思ってるでしょう？　そうよねー、だってみんな、一円でも安いお店で買うんだものね。だけどＡＴＭよ。ごまかしたりなんてしないの。機械だもん。知ってた？」

そのぐらいわかるって。朱里はそう思ったが、同意も反論も面倒だった。席を立つのも事を荒立ててしまう。黙ったままでいれば、関心がないと思ってくれるだろうか。

そんな気持ちは伝わらないようだ。女性は突然あははと笑って、また肩を叩いてくる。

「やーだ、私ばっかり喋ってる。なんか喋ってよ」

「はあ……。そうですね。えーっと、募金箱の中身かと思ってましたが、違うんですね」

「募金？　あ、そっか、あのお金ね。あれは私のお金。小銭って溜まっちゃうでしょう、ほらお菓子の缶とか、玄関のちょっとした小物入れなんかに」

話が戻っている、と思ったが、指摘すると会話が弾みかねない。朱里はこれ以上、目の前の女性に関わりたくなかった。好きに喋らせておけばいい。相手はただ聞き手を求めているだけなのだ。

あいづちをひとつふたつ打つと、それだけで、女性は延々と喋り続ける。朱里の反応など気にしていないのかもしれない。朱里もまた、耳に入る言葉がすり抜けていく。

同じだなと、朱里は思った。

自分が道長とつきあったのは、細川から邪推されたように、社員登用の近道にというつもりでは決してない。誘われて、たまたまひとりでいたくない状態の夜で、飲んでいるうちにそんな雰囲気になり、気づいてみればホテルにいた。道長が既婚者だと知ったのはことが終わった後だ。指輪をしていたじゃないかと言われたが、関心がなかったので見ていなかった。道長は、朱里がそういう関係でもいい女だと思ったのだろう、また誘ってくる。断る理由がみつけられないまま、ずるずると一年以上も続いた。

邪推はともあれ、いいかげんな人間だと非難されても仕方がない。これではいけないとやっと線を引く気になったのは、典子と久しぶりに会ったからだ。

流されるがままに毎日を過ごしている。結局は他人に興味がないのだ。道長にも、この女性にも。もしかしたら自分自身にも。

「――ねえ。あげるってば。ね？」

女性に二の腕を揺すられて、朱里は我に返った。

「え、なんですか？」

「だからこれ。うちの店、エピのパン」

女性が大きな袋から、ひとつ、またひとつとパンを出してくる。丁寧にパッケージされたサンドイッチ、小分けにされた調理パンがいくつか、スライスされた四分の一サイズのフランスパンまである。机の上にずらりと並んだ。

「どれも美味しそうで選べなくってついあれこれ買っちゃった。こっちのパンは昨日の売れ残りを安く売ってたやつ。でもまだだいじょうぶよ。ほら、この留め具を見て。消費期限が書いてあるでしょ？　ねえ、どれが食べたい？　割引だったからいいのよ、あげる。あ、でもこれは私のね。中にカマンベールチーズが入ってるんだって。外せないよねー」

女性は小分けのビニール袋の留め具を引っ張り取って、中のパンをちぎって出した。イースト菌なのか、独特のにおいが漂った。

「……わたしがもらうわけには」

「遠慮しないで。あなたおむすびふたつしか食べてないじゃない。立ち仕事だからもたないわよ」

「充分なんです。もうお腹いっぱい」

「うそおー。だからそんなに細いのね。私の半分ぐらい？　だけど私も太ってるわけじゃないのよ。これでも身長はあるんだから。それを支えるために骨がしっかりしてるだけ。ホント太ってるわけじゃ――」

「すみません、そろそろ休憩終わるので」

朱里は荷物をまとめ、席を立った。

「はーい、じゃあまたねー」

女性が明るく手を振る。朱里はぎこちなく頭を下げた。パンは受け取らなかった。

7

昼間が暑かったせいなのか、空気が生ぬるい。

典子の勤める保育園の延長保育は午後七時半までだそうだが、八時に飛び込んでくる保護者もいるらしい。片づけや日誌つけなどもあって、園児がいなくなっても職員はすぐに帰れないようだ。

朱里が保育園に着いたときには八時をずいぶん回っていた。建物の一部に灯りが点いていたが、園庭の扉はすでに閉ざされている。そばにインターフォンがついていた。お迎えに来たという連絡をして開けてもらうのだろう。

職員の友人です、と訪ねて不審がられないだろうか。園が閉まるまで待つべきだろうか。とはいえ典子が居残っているかどうかもわからない。すでにアパートに帰っていたら、時間が無駄になる。

インターフォンの前でためらっていた朱里の後ろに、影が立った。

振り向くと、スーツを着た細身の男性がいた。保護者だろうと思った朱里は、場を譲る。

「いえ。僕は後で」

男性は会釈をして一歩を引き、街灯の陰に入った。朱里は改めてインターフォンに向かう。

「すみません、国枝朱里と言います。保育士の秋葉さんはまだ勤務中ですか？」

しばらくして返ってきたのは、女性の声だった。

「本人から連絡いたしますので、どうぞお帰りください」

「あの、典子さんの友人なんですが」

「本人から連絡をいたします」

穏やかながらも、きっぱりとしたようすだ。マスコミはここにも取材に来たのだろうか。自分もその類だと思われたのだろうか。

違います、本当に友人なんです。そう言いたい気持ちはあったが、しつこくすると典子に迷惑がかかるかもしれない。

朱里はインターフォンに頭を下げ、場を離れた。アパートのほうに行こう。勤務中だったとしてもそのうち戻ってくるだろう。

歩きはじめた朱里の後ろから、声がかかった。振り返ってみると、先ほどのスーツの男性だ。

「すみません。秋葉さんの友人とおっしゃいましたね」

しまった、と朱里は後ずさる。

記者やテレビ局の人間だろうか。うかつにも知り合いだと口に出してしまった。

背中を向けようとしたところで、違います、と言いながら男が内ポケットに手を入れた。

「室町と申します。聞いていませんか？　典子の婚約者です。マスコミとか、そういうアレじゃありません」

名刺を差しだしてくる。

言われてみれば、テレビの特集で見た室町延兼の顔だった。だが本物のほうがはるかに痩せている。いや、痩せた、が正解だろうか。街灯の陰のせいか、頬も目の下も深く削(そ)げていた。

「……典子に、なにかご用でも」

「山ほどありますよ。でもまずはあなたにお伺いしたい。彼女の新しい電話番号を知りませんか？」

室町も知らないのか、と思ったが、顔に出さないよう気をつけた。自分が知っていると も知らないとも言わないほうがいいだろう。朱里はなんとか次の言葉を探した。

「わたしが話すとでも？」

「そう……ですね。教えていただければと思ったんですが、すみません。ただ、典子に伝えてほしいんです。ちゃんと話がしたいと。典子は誤解したままだと思うので」

室町は朱里を見つめながら、ゆっくりうなずく。自信のあるその仕草に、朱里は小さな苛立ちを感じた。

「なにが誤解なんですか？　あなたが二股をかけてたんでしょ。あのニイナって人がテレビでべらべら喋ったせいで、典子がどれだけ迷惑したかわかってるんですか？」

「申し訳ない」

「申し訳ないじゃないですよ。でも、あなたみたいな人と結婚せずに済んだんだから、早めにわかってよかった」

朱里の頭の中で、室町と道長が重なる。自分を利用するために朱里から近づいてきたのだと、公言してはばからない道長に。

「申し訳ないというのは、ニイナが典子を巻き込んだことに対してです。ニイナとのことは終わっていた。本当です。彼女のわがままに私がついていけなくなったんですよ。それがどうしてこんなことになったのか」

「終わってなかっただけでしょ」

「ニイナだって納得していたはずだ。プレゼントだって送り返されてきたんですよ。なのに、突然あんなにキレて」

室町が一歩寄ってくる。矢旦は同じだけ下がって距離を取った。

「なに言ってるんですか。今はまたその人とつきあっているくせに」

「とんでもない。彼女は翼を……、息子を邪険にしたんですよ。ニイナが勝手に喋っているだけです。復縁など、今後もありえません。彼女は少々エキセントリックというか、悲劇のヒロインぶっているんですよ」

その危うさはテレビで見ていても伝わってくると、朱里も思う。だからといって室町を信用する気にはなれない。

「でももう、典子とは別れたんですよね？」

「典子がそうしたいと言ったから、いったん別れただけです。こんなことに巻き込まれるのは嫌だ、結婚の話は白紙に戻してくれと言われ、典子の気持ちを考えて承知しました。

だけど納得はしていません。ニイナが落ち着くまで待っていてほしい、そう伝えました。なのに典子は電話番号を変え、直接会おうとしても拒否する」

「だからって職場に押し掛けてくるなんて。典子が警戒するのも当然です。あなたがマスコミを連れてくるかもしれないのに」

「ええ。それもあって、典子のところには行かないようにしていました。今日はたまたま仕事が終わるぐらいの時間に近くを通ったので、少しの間ならいいだろうと思ったんです。出てくるのを待っていただけで、押し掛けてはいませんよ。あなたが典子と同じ年頃で保護者風じゃなかったので、もしかしたらと立ち聞きさせてもらったんです」

「保護者風じゃない?」

「鞄が小さく、靴のヒールが高く、白っぽいツイードのスカートに編み目の大きなニット。ペンダントの飾りも大きい。まだ暑いのに、お洒落ですね。絶対にとは言いませんが、子供を迎えにくる格好には見えません」

たしかにそうか、と朱里は自分の服を眺めた。室町も自分もアパレル関係だ。相手の服を見て、つい値踏みをしてしまう。街灯が頼りなので生地の質まではわからないが、室町の服も肩幅や袖丈がぴったりと合っている。身ごろの部分に痩せた緩みはあるが、オーダーメイドのスーツだろう。

「典子に伝えてください。連絡が欲しいと。私はもう一度話し合いたいんです」

室町が頭を深く下げる。この男はそんなに典子が好きなのか。

羨ましい、と朱里は思った。湧き上がってきたかすかな嫉妬に苦笑する。

嫉妬するぐらいなら、自分ももっとちゃんと生きればいいのに。

「あの、室町さん」

「はい」

「伝えてはおきます。でも、典子は本当にあなたと別れたいんだと思います」

「説得してみせます」

無理だ。だがその理由を説明するつもりはない。

「失礼します」

と背を見せたが、室町が追いかけてきた。名を呼ばれ、仕方なく振り向く。

「あなたは典子のどういう友だちなんですか？　典子は穏やかな性格だから友人も多いのかと思っていたけれど、本人はあまりいないと言う。会わせてもらったこともない。典子の話に出るのは同僚ばかりだ。あなたも元保育士さんですか？」

室町の視線が不審そうだった。

「関係ないでしょう」

「私も自分のことを話したんだから、あなたにもお話ししていただきたいのです」

「そっちが勝手に語っただけじゃないですか」

朱里は足を速める。

「待ってください。あなたの電話番号を教えてもらえませんか」

「嫌です」

「信用してもらえませんか。私にはやましいことはありません。本当のことしか言っていません」

「嘘をついているとは言っていません。でも嫌です」

室町はぴたりと後ろをついて、なぜ、と問いかけてくる。朱里は駆けだした。振り向かずにとにかく走る。


背後のようすをたしかめながら、朱里は駅へと隠れた。典子のアパートは、勤めている保育園から二駅と聞いている。もし室町が車で動いているなら、アパートにも来るかもしれない。典子のところには行かないようにしている、なんて言いながらも、少しの間だけならなどと都合よく言い訳をしている男だ。

典子のアパートに向かうべきか、黙って帰るべきかと迷いながら、改札近くでぐずぐずとしていた。朱里のアパートは反対方向だ。

スマホが鳴った。知らない電話番号だ。

はい、と答えると、ごめん、と言われた。

典子だ。

「番号変えたの。連絡が遅くなってごめんなさい」

「心配した。さっき保育園に行ったんだけど、典子、いたの?」

「いた。まだいる。インターフォンが繋がる部屋にいなくて、すぐに気づけなくてごめん。知らない人は全部シャットアウトという方針なの。私だけじゃなくて、他の職員も園児たちも含めて、用心のためにね」

「うん、わかるよ。外に室町さんがいた。典子を待ち構えてたみたい。今も待ってるかも。話がしたいって言ってた」

「そう。……もういいのに」

「典子、だいじょうぶ? 部屋に行こうと思ったんだ。今、駅にいる。待ってるから」

「だいじょうぶ。来なくていい。心配しないで」

典子のきっぱりとした声がした。

「でも」

「本当に平気。やっと平穏になったところ。もともと私たち、一年に一度しか会わないよね？　関わらないでおこうって話、してたよね？」

「それは、そうだけれど」

「結婚の話、フライングだったね。もう消えた話だし、丸ごと忘れて。また一年後に」

立ち入ってほしくないという空気が、受話口から漂ってきた。それだけに不安になる。

「典子……」

「ああ、でも一年後、朱里が結婚していて、私に連絡したくないと思ったらそれでもいい。会えたら会いましょうってことで」

「ちょっと典子。だったらどうしてわざわざ電話番号を教えてくるのよ」

「これ以上来てほしくないから。それだけ。じゃあね」

電話は余韻も残さずに切れた。かけ直してみたが、電源から切られていた。

自分が典子だったらどうしてほしいだろう。朱里はスマホを見つめる。

小さくため息をつき、自分のアパートの方向行きのホームへと歩きだした。

8

ショッピングモール・ビバルディ国分寺で、秋分の日に絡めたバーゲンがはじまった。

一月と七月が大規模なバーゲン時期だが、春には新生活フェア、十二月にはクリスマスフェア、細かいところでは毎月の感謝デーなど、客を呼ぶためになにかしら理由をつけている。アヴァンタイトルでも一定額以上の買い物をした客にクーポン券を渡したり、前シーズンの商品を値下げしたりといったフェアを予定していた。ブランド全体のバーゲンではないので値下げ率は低いが、他の商業施設に入っている店より安価になるため、他店の客も足を運んでくれる。ビバルディは最寄りの駅から徒歩圏内、備えつけの立体駐車場があり車でも来られるため、近辺のショッピングモールより地の利がいい。ただその分勤務シフトは厳しくなり、エリアマネージャーのチェックも入る。

四日前に来たばかりの道長が、朝早くから再び顔を出したのも、そのせいだ。

「売り上げ目標は前年比一・五倍。フェア時期以外の売り上げが減っているから、最低でもそのくらいが必要だ。みんながんばってくれ」

道長が、細川の代わりに開店前の挨拶を行っていた。

音楽が流れ、ビバルディの開店が告げられる。いつものように店のスタッフ全員で通路の前に立ち、頭を下げる。朱里は一番端だ。ビバルディの入り口に一番近い反対側の端が細川の定位置だが、今日はその隣が少し開けられていた。道長の場所だ。

しかし道長は朱里の横にやってきた。通路の真ん前まで出したワゴンがあり、隙間などほとんどないにもかかわらず、無理に身体を入れてくる。

腕が触れた。

まもなく目の前を、開店と同時にやってきた客が通っていくだろう。どういうつもりなのかと睨むこともできない。

道長は平然としたようすで前方に笑顔を向けていた。朱里は、道長とは逆側にいる林の視線を感じた。いたたまれなかったが、口元に笑みを浮かべ、通路を眺める。

「いらっしゃいませ」

細川の声がした。最初の客が通路を歩いていく。アヴァンタイトルに用はないようだったが、スタッフ全員でいらっしゃいませと後に続き、軽く腰を曲げて礼をする。

瞬間、尻を撫で上げられた。

掠めた、手が当たった、やった本人はそう言い訳できる程度のことかもしれない。だが違うと、触られたほうはわかる。

喉の奥に、すっぱいものがせりあがった。目の前の景色が揺らぐ。それまで流れていた春の音楽が消えた。

雨の音が聞こえる。

幻の手が、朱里の手に触れた。道長か？　いや、冷たい。あの手だ。緑の中で雨が降り、雷が瞬く。

泣き声がした。すすり泣き、しゃくりあげる声。耳を塞ぐことができない。

「きゃあっ！」

朱里のそばで悲鳴がした。その声で我に返ったときには、景色が違っていた。自分を覗き込む顔がある。いくつも。いくつも。その中に道長を見つけたとき、朱里は、再び口の中へと広がってきたものを呑みこんだ。


休めるところまで送っていこう、そう言った道長を振り切って、朱里はビバルディの建物の外に出た。社員食堂のそばには畳敷きの簡易休憩室もあるが、今、食べ物のにおいは嗅ぎたくない。

ペットボトルの茶を買って飲み、ベンチに座って風に当たる。気分が少し和らいできた。まばたきをして、周囲の景色が歪まないのをたしかめ、残りを飲む。五〇〇ミリリットル近い水分が一気に身体に入ってしまう。

自分はいつも渇いている。あのときから、飲めるときに飲まないとと身体が思っているようだ。

「本当にだいじょうぶなのか？」

声をかけられ、ぎょっとした。目の前に道長がいる。

「なんのつもり？」

「心配してやって来たんじゃないか。そんな言い方はないだろう」

道長がベンチの隣の席に座った。朱里は立ち上がる。

「必要ありません。倒れたのはあなたに触られて気持ち悪くなったから。なんのつもりですか。お客がやってきてるのに、あんなところで」

「他に人がいなければいいのか？」

へへ、と道長は笑い、朱里を見上げた。

「最低ね」

「なに怒ってるんだよ、ちょっと触った程度で。おまえそれ以上のことさんざん――」

ベンチの座面、道長のすぐそばを、朱里は持っていたペットボトルで叩いた。怒りにまかせたつもりだが、ぽこ、という間の抜けた音がする。

「違うでしょう？　わかんないの？」

「は？　だいたい、触られて気持ち悪くなったなんて、おまえ中学生かよ」

「話にならない。さよなら」

　朱里は背を向けた。歩きだす。

「おいおい、待てよ」

「触らないで。あと、おまえなんて呼ばれる筋合いはない」

「それが気に入らなかったのか？　だったらちゃんと名前で呼んでやるよ。今日はこれから八王子(はちおうじ)の倉庫に向かうから無理だけど、明日の夜なら空いてる。肉でも食わないか？」

　どういう思考回路をしているんだろう、と朱里は道長を見つめた。最初に道長とホテルに入った日の食事も肉だった。

「細川さんとか、他の子とかに、全部ぶちまけたんでしょう？　それでどうしてわたしを誘えるわけ？」

「ぶちまける？　ただ愚痴を聞いてもらっただけだ。淋しいんだからしょうがないよねって、そんな話で納まったぞ。大人の関係に口を出すのも野暮だし、がんばってー、って」

「バカにするのもいいかげんにして」

朱里は足を速めた。

「あ、待て待て。聞いておきたいことがあって来たんだ」

「なによ」

「妊娠してないよな？　さっきの、つわりじゃないよな？」

同じ空気を吸っているのも嫌だと、朱里は道長を無視したまま屋内に駆け込んだ。なにが妊娠だ。冗談じゃない。次のセリフはきっと、俺の子じゃないよな、だ。耳が腐りそうだ。

アヴァンタイトルに戻ると、林と定岡から心配の声がかけられた。だが朱里には、表面的にしか感じられなかった。淋しいんだからしょうがないよねとか、口を出すのも野暮だとか、誰が言ったのだろう。

「国枝さん。体調を整えるのも社会人の仕事のうちだよなんてこと、年上のあなたに注意しなきゃならないとは思わなかった」

細川は正面から注意してきた。すみません、と朱里は頭を下げる。

「先月も体調が悪いって言ってたよね。じっくり治したほうがいいんじゃない？」

「だいじょうぶです。一時的なものなんです。もう治りました」

本当に心配してくれているのだろうか。それを理由に、店から追いだしたいのだろうか。細川の真意が読めない。

「ホントにホント？　雇ってる以上、スタッフの健康には責任があるんだからね。頼むよ」

あ、いらっしゃいませ、と細川は客に声をかけ、朱里のそばを離れる。朱里もまた、通路の近くで通行客への呼びかけをはじめた。


午前の客の入りは、残念ながら少なかった。それでも朱里の休憩時間はスタッフの中で一番最後になった。最初に休んだから、というのが理由だ。食欲はなかったが、空腹もよくないかもしれない。朱里は時間が迫ってオフ価格になった弁当を買って食堂に入った。卵焼きを温めるレンジがほしいなと思いながら、ぼそぼそと食べ進める。飲み残していたペットボトルのお茶を飲み干し、容器を捨てがてら、また新しいものを買う。

「ねえあなただいじょうぶ？」

席に戻ったあとで声をかけてきた四十代ほどのがっちりした体形の女性を、朱里はいぶかしげに見つめた。

「あの？」

「やだあ、私よ私、また帽子が要る？」

けたたましく笑う女性に、ああと思いだす。パン屋の新人さんだ。

「あら食べられるのね。じゃあだいじょうぶかな？　びっくりしたわよー、朝、お客さん待ちで並んでたら、休憩スペースの向こうで倒れてるんだもん。たいしたことなくてよかったわね」

軽い口調に、朱里はほっとした。嫌みも思惑もくっついていないいたわりの言葉だ、と感じる。

「見られてたんですね」

「そりゃ見えてるわよ。輸入食材のお店が邪魔だけど、すぐそこなんだから。季節の変わり目だもんね。身体も疲れて当たり前よ。ちゃんと寝てる？」

「はい。なんとか。……あの、わたし国枝って言うんですが」

「知ってるわよー。私がバイトに来た初日にお金を拾ってもらったし。……あっ、そうかそうか、私の名前を聞いているってことね。浅賀です。あはは、ストレートに言ってよ。おばさんだから鈍いのよ」

失礼しました、と朱里は返す。

浅賀の髪の根本に白髪が伸びていた。化粧っ気はないが皺の目立たない肌で、もっと気を遣えばおばさんぽくなくなるのに、と朱里は思った。浅賀はそんな視線をどう感じているのか、丸く大きな指で、皮の硬いパンを力強く引きちぎりせっせと口に運ぶ。

「食べる？　例によってたくさん買っちゃったのよね」

「いえ充分です」

「遠慮しなくてもいいのに。ううん、手伝ってくれない？　だって全部食べると太っちゃう」

食べなくてもいいと思うけど、と感じた途端、浅賀が言った。

「うん、食べなきゃいいのよね。うふふ、あなたもそう思ったでしょ」

きゃははは、と明るい調子で浅賀が笑う。朱里が否定も肯定もできずにいると、浅賀は肩をバンバンと叩いてきた。

「ごめんごめん、気にしないでー。あ、邪魔しちゃダメよね、食べてて。うん、今日は少しはおかずもあるわね。おむすびだけじゃ栄養が偏るわよ」

はいとうなずいて、朱里は弁当に箸を入れる。

朱里が食べている間、浅賀はずっと料理の話をしていた。身体を温める食べ物、冷やす食べ物、いろいろな食材の話をして、でも結局は楽しく食べることよと浅賀は豪快に笑う。

そのようすを見ていると、冷めた卵焼きが今までより美味しく感じられた。

食事を終えてアヴァンタイトルに戻り、午後の仕事に就いた。依然客足は伸びない。セール期間はビバルディの営業時間が延長され、アヴァンタイトルもそれに合わせる。大半の勤め人が帰宅する九時半まで続けても売り上げはさんざんで、明日からの週末に期待しようということになった。

英気を養うために飲みにいこうと、林と定岡は互いをつつき合いながらレジカウンター奥の小部屋に入っていった。客にわからないよう壁のデザインに紛らせた扉があり、その中に従業員の荷物や在庫の一部を置くようになっているのだ。

細川が、しょっぱなにケチがついちゃったかも、と小声で言った。フェアの初速が悪かったという意味なのか朱里に対する嫌みなのかわからない。考えすぎちゃいけない、気にしないでおこうと、朱里はなにも答えずにロッカーから鞄を取りだした。

スマホに、着信履歴がふたつ残っていた。

ひとつは新しく聞いた典子の番号で、もうひとつは固定電話のものだった。朱里の知らない番号だ。

帰り道を歩きながら、典子の番号にかけ直す。会うのは一年後にしようと言ったばかりなのに、どうして電話をしてきたのだろう。

不審に思いながらも応答を待ったが、コール音が切れてしまった。近くにいないのだろうか。

もうひとつの番号にかけようかと悩んでいたところ、当の相手からかかってきた。電話を受ける。

「――病院です。アカリさんですか？　秋葉典子さんのスマホのアドレスにあったのでかけさせていただきました。秋葉さんをご存じですよね」

早口で事務的な声の女性だった。

「秋葉典子は、友人ですが？」

「ご家族のかたと連絡を取りたいのですが、わかりますか？」

「……家族は、近くにいません。あの、病院って、典子は？」

「三、四十分ほど前に救急車で搬送されました。まだ意識を回復していません」

9

駅前の階段から女性が落ちたという通報が救急に入ったのが、八時四十分とのことだった。CTスキャンを撮った限りでは問題はないようだが、本人の意識がない。財布に入っていた健康保険証で名前はわかったものの、誰かに連絡をしようにもスマホのアドレスに入っている番号は少なく、一番上にあった保育園はすでに閉まっているのか電話に出ない。そこで次にあった朱里に電話をかけてきたということだった。

朱里はその足で病院に向かった。

正面の扉は閉まっていた。看板の指示を見て夜間窓口に回り、奥に入った。狭い待ち合い室が、救急外来用らしい。プレートを掲げた複数の扉があり、だるそうにソファに身体を預ける男性、子連れのカップルに、マスクをつけた女性など、かなりの人数が座っていた。

通路に出てくる看護師をつかまえて、声をかけた。典子は先ほど気がついたところだという。朱里はほっと息をついた。

しばらく待っていると、白衣の男性に伴われて典子が出てきた。頭にガーゼが被され、包帯も巻かれている。

「だいじょうぶ？　典子」

「念のため、しばらく休んでから帰られたほうがよいかもしれません。入院の必要はないでしょう」

白衣が説明する。医師のようだ。お大事に、と声をかけてすぐに戻っていった。

「朱里。迷惑かけてごめんね」

典子が弱々しく微笑む。

会計が終わるまでに小一時間ほどかかり、その間、壁際のソファにもたれていた典子は楽になったと答えた。ひとりで平気だと言い張る典子を無視してタクシーを呼び、朱里も一緒に典子の部屋へと向かう。支えなくても歩けるようだが、なんとなく不安で、朱里は腕を取りながら歩いた。

アパートの扉を開けると、暗闇で音がした。

「な、なに？　今の」

朱里が声を出すと、かさこそという音はさらに大きくなった。

「ウサギ。飼ってるの。帰りが遅くなったから拗ねてるのかも」

平坦な声で典子が答える。

灯りをつけると、玄関を入ってすぐのところにあるキッチンの壁際に、白いケージがあった。その中に、赤茶っぽい毛の物体が丸まっている。

「ダイダイ、ただいま。ごめんね放っておいて。ごはんは食べた？」

典子は手を洗ってすぐにケージを開けた。ケージの中にはいくつか容器が入っていて、底面に草が散っていた。典子は中を掃除して容器の中身をたしかめ、餌を足している。

「典子はごはん、食べたの？　食べないでおく？」

「……うーん、どうしようかな」

「わたし、自分の分をコンビニで買ってくる。なにか軽いもの、買うね。食べられなかったら朝食にして」

「泊まるの？　もう平気だよ。朱里は明日も仕事なんでしょう？」

「仕事。でも頭打ってるんだよね？　気を失ってたんだよね？　入院は必要ないだなんて、そんなのわからないじゃない。急に具合が悪くなったらどうするの」

「だいじょうぶよ。お医者さんがそう言うんだし」

「とにかく朝までいるから」

それだけ答えて、朱里は外に出た。冷えた風を吸い込む。

典子が生き物を飼うなんて、と頭を振る。自分にはとてもできないと思った。

戻ってきたときには典子は着替えを終えていた。ベッドの上には新しいタオルとパジャマまで用意されている。

ありがとう、と答え、キッチンにあった簡素なテーブルに、買ってきたものを置く。そばの折り畳みスツールに座ったところ、足元にウサギがいた。つい、足を浮かせる。

「放し飼いにしてるの？」

「私が家にいるときだけ。運動も必要だし。ちゃんと見てるからだいじょうぶ」

「見てるって、なにを」

「コードとか齧らないように。ほら、ダイダイおいで」

足元にいたウサギが、典子のほうに跳ぶように走っていく。自分の名前がわかるのかと感心しながら、朱里は詰めていた息を吐いた。

「怖いの？　ウサギ」

典子に問われる。

「別に怖くなんてないけど、意外って言うか。……嫌じゃないの？　心理的に」

　ああ、と典子は苦笑した。

「預かりものなのよね。もう返せないんだけど。翼くんにはアレルギーがあるから」

「どういうこと？」

「室町さんとこの翼くんが欲しがって、買ったの。ところが急に体調を崩しちゃって、病院で調べたらウサギの毛のアレルギーがあるってわかったんだ。手放したくないって泣くものだから、私が預かることにした。写真を送ったり、スマホの動画モードで話してようすを見せたりしてた」

「でも別れたんだよね？」

「返したら処分されちゃうじゃない。ペットショップにも戻せないし、そのまま預かっててほしいって翼くんにも言われた。ニイナさんじゃ、……ダメだって」

　朱里は思いだした。あのとき会った室町も言っていたっけ、ニイナが息子を邪険にしたと。

「ためらいはあったけど、飼ってると、やっぱりかわいいんだよね。家に帰ってきたときに待っててくれる存在って、いいよね」

　朱里はウサギを撫でている典子を眺めた。翼という子のことも含めて、典子は室町のことを終わらせていないのかもしれない。

「典子。ニイナが騒ぐから結婚するのをやめたの？　室町さん、わたしに伝えてくれって言ってた。ほとぼりが冷めるまでしばらく待っててほしい、ニイナが騒いでいるだけだって。わたしはニイナのことを知らないけど、室町さんが自分より先に結婚とか恋人作ったりとかしたのが気にくわなくて、ムカついたんじゃない？　手放したおもちゃが惜しくなったっていうか。次の男ができたら、全部忘れるタイプに思えるよ」

「……当たってると思う」

「室町さんも、単純でちょっとお坊ちゃんぽいところがあるけど、その分真っ直ぐなんじゃないかな。やっぱり、熱いタイプに見える。典子のこと、本気で好きみたいだし」

「うん……」

典子はもういちどウサギを抱きしめてから、ケージに戻した。

「朱里、ごめんね。そばにいてくれるのは嬉しいんだけど、私には近づかないほうがいい。……朱里に迷惑をかけたくない」

床にぺたんと座った典子が、肩を落とす。朱里は椅子から降りて、典子の前に座った。

「迷惑って、なにが？」

「探偵」

え？　と反射的に訊ねた。

「……探偵に脅された。昔のことを知られたくなかったら、このまま結婚したければ、金を出せって」

絞りだすような声で典子が言う。

朱里の目の前がすっと暗くなった。

また、あれがはじまるのかと朱里は唇を噛む。暖かみのある色で彩られた典子の部屋に、緑の雨が降る。

典子の声が、少しだけ遠い。

「誰が調査を依頼したかは言ってくれなかった。ニイナさんかもしれないけど、室町さんのお家の人かもしれない。お母さんはご存命だし、親戚もいる。社長さんだもん、結婚するとなれば身元調査くらいするよね。うちの兄にそれとなく確認したけど、実家には訊きにきてないみたいだった。でも昔住んでいたところとか、遡(さかのぼ)ればわかる」

「それで……」

「だから報告しないでおくから、お金をって。それなら結婚できるだろうって」

「渡したの？」

「断った。それで、室町さんに結婚をやめたいって、それだけ言った」

「……あの話は、室町さんには」

「してないよ。でもこの先の展開ぐらいわかる。室町さんを悩ませるのも迷惑をかけるのも嫌だし」

典子はそこで言葉を止め、だけどね、と続けた。

「結婚だけの話じゃないぞって。もう彼とは関係ないって言ったんだけど、職場や世間に知られてもいいのかって脅された。……それで、払った。……五十万」

「典子……」

「私こしてはそれがせいいっぱい。だけど、その程度かよって、かき集められるだけ集めて出せって言われた。だから朱里、私に近づいちゃダメだよ。……巻き込みたくない」

幻の手が、朱里の手を握る。

カサカサとした音が聞こえたのは、ウサギが出したものなのか。記憶の音なのか。

朱里は唇を嚙んだ。落ち着けと念じる。

「警察に……、警察に相談は？　それ、恐喝じゃない」

なんとか声が出た。警察という言葉を口にすると、少しだけ現実が近く感じた。幻の姿も遠ざかる。

典子は首を横に振った。

「捕まえてもらったとしても、その先どうなるか。二十年前はまだネットとかなかったし、……あったかもしれないけどみんなが見てるものじゃなかったから広まらなかった。でも今は全部晒される。警察に言ったら、腹いせになにか書かれるかもしれない」

そうかもしれない。警察に通報したからといって、即座に探偵を見つけだし捕まえてくれるわけでもないだろう。時間がかかることはよく知っている。

相手の口を永遠に封じる手だてもない。あのときのように。

「じゃあどうするの。このままじゃ……」

「私、引越そうと思う。東京に住み続ける理由もないし。保育士の資格があるから、なんとかなるんじゃないかな」

「どこへ？　実家とは疎遠だったよね？」

「どうしようかなあ。北海道はごはんが美味しそうだし、沖縄の綺麗な海にも憧れるよね」

典子には似合わないセリフだ。でたとこまかせの朱里と違って、典子は慎重でコツコツと進んでいくタイプだ。

「北の端に南の端って、旅行ならともかく、まるで逃避行じゃない」

「責任放棄だね。子供たちには申し訳ないな。同僚にも。人が足りなくて忙しいのに」

「そんなのはなんとでもなるよ。それよりも、典子が悪いことをしたわけじゃないのにどうして逃げなきゃいけないの」

「……きっと、遠くで見てるんだよね」

幸せになってはいけないと。穏やかな暮らしを望んではいけないと。

わたしたちは、もう二度と――

「やめて。そう愚痴っていたわたしを叱ったのは典子だよ。忘れたの？」

「ごめんなさい。それより朱里こそ気をつけて。私のこと、捜しちゃダメだよ。しばらく目立たないようにしていてね」

「すぐにも行っちゃうってこと？」

「園の引継ぎはしないと。でももう会いに来ないで。朱里は朱里で、自分を守って」

典子はそれきり黙ってしまった。帰っても帰らなくてもいいけど、自分はもう休むねと言って、灯りを暗くしている。

眠っているとも眠れないともわからない時間が過ぎた。ベッドでは、典子が幾度も寝返りを打っている。たまに唸り声が聞こえる。

朱里は耳を塞いだ。両手で耳を覆っていると、ゴウという、どこから届いているかわからない音が聞こえてきて、唸り声がかき消された。

やがて外が明るくなってきた。ウサギが餌を求めて音を立てている。始発を待って、朱里は部屋を出た。

それから数日間、朱里は秋のフェアにかかりきりになった。二十五日にようやく休みをもらえたが、その夜、翌日の出勤はビバルディではなく、八王子にあるアヴァンタイトルの倉庫に棚卸(たなおろし)作業に行くようにと連絡が来た。人手が足りないからという細川の説明だったが、倉庫には朱里ひとりしかいない。おかしいと思いながらも指示書に沿ってチェックをしていると、午後すぎにやっとホワイティグループの社員がやってきて、先行して進めてくれて助かったと言われた。よくよく話を聞いてみると、朱里の手伝いは道長が手配したことで、彼のポイントになるようだ。

会ったばかりの社員には文句も愚痴も言えず、相手のお礼に笑顔で応えるしかなかった。その日の棚卸が終わったのは、八時をかなり過ぎたころだ。ペットボトルのお茶はもらったが、夕食は食べていない。段ボールの積み下ろしに中腰の作業にとへとへとで、これが明日まで続くとはと、朱里は肩を落とした。

帰りの電車の中で、ペットショップの広告を見つけた。典子の部屋にいたウサギと似た色のものが印刷されていた。ネザーランドドワーフ、あのウサギはそんな名前の品種なのかと、ぼんやり眺める。典子に電話をかけようと思い立った。電車を降りて、スマホを取りだす。呼び出しの音は鳴ったが、留守番電話に変わる。

夜も九時を回っている。保育園は終わっているはずだ。

朱里の手の中で、スマホが鳴った。

リターンコールかと思って見た液晶画面には、知らない番号が載っていた。番号の並びからみるに固定電話だ。

出るべきかどうか、しばらく迷った。典子の言っていた探偵かもしれない。しかしそんな相手が固定電話からかけてくるだろうか。不安を感じながらようやく受けた電話に、男の声がした。

「先ほど秋葉典子さんの携帯にお電話をなさったようですが――」

低く、硬い声が、警察の人間だと名乗った。

九月二十六日のことだった。

10

憲吾が捜査に携わっていた主婦殺害事件は、憲吾も原田も手柄に絡むことなく終わった。

犯人は、被害者宅の改築を担当した業者の元従業員だった。態度の悪さを工事の確認に来ていた被害者に指摘され、その後会社をクビになったことで、「チクった」と被害者を恨んでいたという。再就職先でのつまずきもそのときのせいにして、アフターケアと称して上がり込み、ナイフを向けた。二十一歳になったばかりの犯人は、被害者に土下座をさせようとしてナイフを出しただけ、と主張する。しかし、本人曰く「たまたま」生後十ヵ月の子供の頭上でナイフをちらつかせることになってしまい、被害者が激高した。殺すつもりはなかった、女のくせにつかみかかってくるなんて思わなかった、向こうがナイフを取ろうとしたからもみあいになった、奪われたら自分が刺されていた。だから正当防衛なのだと吼えていた。

謝らせたい。たったそれだけのことでナイフを持って他人の家に押し入る、その感覚に滅入る声も多く、犯人逮捕の高揚感のないまま捜査本部は解散し、憲吾らは桜田門に戻った。

まもなく事件番となった。警視庁で書類を片づけながら新たな事件への待機をする。ゆきことは、先の事件で呼び出しが入って以来会っていない。お詫び代わりにゆっくり食事か映画でも、と思う。

とはいえゆきこのほうが忙しそうで、予定が合わない。終業後、憲吾がアポなしでゆきこの部屋を訪ねたときも、今出るところなのと残念そうだった。いつものブース貸しのシエアオフィスに出勤するという。

「あ、ケーキだ！　食べてから行く。お茶淹れるね」

ノートパソコンを入れた鞄を玄関まで持ってきておきながら、ゆきこが部屋へと戻っていく。

「急ぐなら持ってってくれればいいよ。四つ買ったんだ。残りは明日のお楽しみにと思ったけど、深夜作業のお仲間と一緒に食べればいい」

「それは、憲吾はひとつでいいってこと？　あたしの分はみっつ？　今食べるよ」

「今？　全部？」

「もちろん」

ゆきこは言葉通り、ケーキみっつをぺろりと平らげた。小柄な身体のどこに入ったのか、憲吾は目を瞠る。

遅れちゃったと言いながら、人が少なくなってきた地下鉄にふたりで乗り込んだ。途中の駅で先に降りていったゆきこが、すぐにメールを送ってくる。

《働かざる者食うべからず。がんばるよ！　でも先に食べちゃったからなあ。その分余計に働かなきゃ。憲吾もね！》

さてどう返すべきかと考える。ゆきこのメールにはことわざや格言が多い。憲吾も余裕のあるときは対抗してみるが、そう思いつくものでもない。ゆきこは自分より三倍多く食べたのだからそれに絡めてなにか、と考えたものの思いつかず、降りるべき駅を過ごしそうになった。諦めて「ありがとう、身体壊すなよ、甘いもの以外も食えよ」と、ごく普通の返事を送った。

頸部圧迫で死亡した女性が発見されたという連絡が入ったのは、ゆきこと会った翌々日、九月二十六日のことだった。

現場は練馬区南大泉のアパートだ。クローゼットに絡げたスカーフで首を吊っているが、索痕がずれており他殺の可能性があるという。

被害者の女性が部屋の住人とみて間違いないことは、勤務先の保育園の職員により確認済みだった。憲吾たち十四係が到着したときには撮影や遺留品採取といった鑑識作業は終わっており、この地域を管轄する石神井署の捜査員が入室していた。遺体は発見当時のまま動かしていないという。

部屋の床と靴脱ぎ場の段差がほとんどない部屋だった。住人のものは使い古したパンプスだけで、外廊下に向けて捜査員のくたびれた革靴や運動靴がみっしりと並んでいる。入り口をはいってすぐが四畳半ほどのキッチンだ。冷蔵庫と小さな棚があり、それら家財道具や流し台の動線を邪魔しない位置に、段ボール箱が三つ縦に積まれていた。棚には空間が多い。中身は段ボール箱に入っているようだ。食事用なのか小さなテーブルと折り畳みスツールがひとつあった。壁際にもうひとつ、畳まれた状態でスツールがもたれかかっている。テーブルの上には中身が乾いて色の跡が残ったマグカップと、薬局でも買える睡眠改善薬。これを睡眠薬代わりにして自殺、という装いだろうか。キッチンの右手側にトイレとバスルームがついていて、その奥が居室だ。ベッドの端が覗いている。この部屋にも段ボール箱がいくつか置かれていた。トイレと背中合わせになる位置に中折れ式の扉を持つクローゼットがあり、棒状の取っ手がついている。その取っ手に長いスカーフが結ばれ、腰を落として座り込んだ女性の首に繋がっていた。

スカーフは首の後ろから前に渡され、顎の下でクロスして再び後ろに回り込み、取っ手をくぐって、結び目がひとつ。女性はうつむくように首を折っていたが、顎を上げてみると喉の位置が赤くなっていた。スカーフはガーゼのような荒い織目の柔らかな素材で、幅も広く、索痕がはっきりしないが、自殺であれば身体の重みに沿って力のかかるものが、平行にかけられているように見受けられる。司法解剖をすれば他殺か自殺か判明するだろう。

「死亡して一日ほど経っていますね。発見者は誰ですか?」

憲吾の上司にあたる捜査一課殺人犯捜査第十四係係長の倉科が、誰にともなく訊ねた。

薄緑色のシャツを皺だらけにした石神井署の捜査員が答える。

「アパートの管理会社と勤務先の保育園の職員です。被害者は、昨日、急に休日出勤分の代休を取り、本日は無断欠勤で連絡に応じなかったそうです。そういった態度は初めてのことだったため、昼休みを利用して確認しにきたとのことでした」

「ずいぶん親切な職場だな。保育園ってのは忙しいはずだが」

十四係の主任、小浜（こはま）警部補が訊ねる。名前に似てやや小柄な彼は、幼児と小学生の子供を持っていて、下の子供は保育園の世話になっていた。

「ここのところ被害者のようすがおかしかったとのことです。詳しい経緯は後で申し上げますが、少々面倒な相手が絡んでいて」

薄緑のシャツが言いよどんだ。社会的反響の大きさによっては捜査本部ではなく、特別捜査本部が立つ。いずれにせよ、石神井署との合同捜査にはなる。

「不安を感じて訪問したものの、インターフォンや呼びかけに応じるようすがない。しかし、扉近くの窓に被害者の飼っていたウサギの姿が見え、外出中はケージに入れていると聞いていたためさらに不審に感じ、管理会社に頼んで鍵を開けてもらって遺体を見つけた、とのことです」

「ウサギ?」

憲吾は小浜と目を見合わせた。あたりを見回してみると、キッチンに置かれた段ボールの近くに白っぽいケージがおいてあった。そこがウサギの住まいのようだ。

「放置すると鑑識他の邪魔になりますので捕まえて、今は署にいます」

苦笑とも取れる表情で、薄緑のシャツが言う。

ほどなく遺体が運び出された。

石神井警察署に特別捜査本部が立てられた。戒名は南大泉保育士女性殺害事件。解剖の結果が出た夜八時、捜査一課課長の角田(かくた)、理事官、十四係及び複数の係を統括する北見(きたみ)管理官、そして石神井署の署長が会議室の前の席にずらりと揃った。向かい合う席には、本案件を担当することになった十四係の捜査員、鑑識課、機動捜査隊、石神井署内の刑事課を中心とする捜査員、近隣署の応援の者などがついた。

被害者は、秋葉典子三十二歳。保育士。

死因は頸部圧迫による窒息死。死亡推定時刻は前日、九月二十五日十二時から十四時の間で、胃の滞留物からみて昼食は摂っていない。テーブルに残るカップからパックの茶葉による紅茶の成分が検出された。同成分の抽出済みのティーバッグもひとつ、キッチンの三角コーナーにあった。血中からは部屋にあった睡眠改善薬に含まれているはずの塩酸ジフェンヒドラミンではなく、ベンゾジアゼピン系の薬が検出された。前者は市販されているが、後者は医師の処方箋が必要で、睡眠薬や鎮静、抗不安剤などに使われている。そちらに該当する薬のシートは、使用済みのものも含めて室内には見当たらなかった。頸部からも、他者によって強く絞められたようすが窺えた。

秋葉典子は勤めていた保育園に退職の意向を伝えていた。具体的には告げなかったがトラブルに巻き込まれていて、周囲への迷惑も考えられるのでできるだけ早く、と言っていたという。とはいえ後任は急には見つからない。園では退職を引き延ばしつつ、代わりとなる保育士を探していたという。

トラブルの内容を語ろうとしなかった秋葉だが、理由の想像はつくと、園長も発見者である同僚保育士も答えた。交際していた男性と、その男の元交際相手との三角関係だ。

交際相手は室町紡績の社長、室町延兼で、元交際相手がモデルのニイナ。——と名前が出たところで、そこで初めて知った捜査員たちから驚きの声が上がった。角田がしゃがれ声で一喝し、話を戻させる。園長より聞き取ったところによると、ニイナが騒ぎ立てたため、報道には至らなかったもののマスコミを名乗る人間が保育園にもやってきていた。秋葉は精神的に参っていたのではないかという。一週間前には転倒事故をおこし、怪我まで負ったそうだ。

園長も同僚保育士も口を揃えて言った。秋葉はいつも真摯に働き、保護者からの信頼も厚く、「婚約者を奪うひどい女」ではない。しかし責任感が強く誰かを傷つけてしまうことに悩んだ秋葉が、死を選んだのではないかと。聞き取りの時点では、園長たちは秋葉の死を自殺だと考えていた。

「通報を受けて、最初に遺体を検分した人のお手柄ですね。索痕に気づかなければ、状況から自殺と処理していたかもしれません」

司会をしていた倉科が持ち上げる。北風と太陽で言うところの、倉科は太陽のタイプだ。最初に遺体を視た所轄署の人間を褒めて、友好な関係を築こうとしている。

取調べにおいても、倉科は柔らかく進めて相手の口を開かせるのが上手い。捜査一課に来て、書記係を務めてその手腕に触れた憲吾は、すっかり心酔した。自分もそんなテクニックを身につけたいと思う。

会議では現場状況の報告が続いた。

遺体発見時、部屋には鍵がかかっていた。窓もすべて閉まっている。管理会社によると、扉の鍵は四年前の入居時に新しいものと替え、二本渡してあるという。ひとつはキーホルダーもつけられないまま、下駄箱の中にある籠の中から朱肉なしタイプの印鑑とともに発見された。ついている傷の少なさから見て、合鍵だと思われる。通常使っていたらしき鍵は見つかっていない。他に合鍵を作っていないようなら、犯人がそれを使用して鍵をかけ、外に出たと推測してよいだろう。

ドアノブやクローゼット周辺には、拭った跡があった。犯人が指紋を消し去ったものと考えられる。

室内には大きな乱れはなかった。扉のない棚の小物がいくつかひっくり返っていたが、齧った跡がついていて、被害者の死亡時にケージの外に出ていたウサギの仕業と見受けられた。積まれていた段ボール箱は近隣スーパーマーケットへの配送シールが貼られたままで、季節外れの衣類や食器が入っていた。引越し準備のようだ。

秋葉典子の持っていたスマホは、アドレスの登録も履歴も少なかった。同僚保育士によると、三角関係の騒ぎで番号ごと変えたばかりとのことだ。固定電話はなかったがネット回線があり、押収したノートパソコンを調査中だ。

「警戒心の強そうな女性が室内に招いているところからみて、顔見知りの犯行と考えられますね。テーブルには被害者が飲んでいたとみられるマグカップしかないが、食器棚には湯飲みもあります。指紋がなかったところからみて、洗って戻したのかもしれません。ティーバッグのゴミもひとつですが、持ち帰った可能性も考えられます」

倉科がまとめたところで音楽が鳴った。さしあたりの押収物を置いている脇の長机の上からだ。

ビニール袋に包まれた秋葉のスマホから、光と音が漏れていた。倉科と課長の角田、北見管理官が態度を決定する前に、電話が留守番の自動応答に切り替わり、相手が電話を切る。

「アドレスに登録されている番号ですね。名前はアカリ、とあります」

長机に一番近い位置にいた石神井署の捜査員が発言した。かけ直してみようということになり、レコーダーとスピーカー機能のついた捜査本部の電話を倉科が手に取る。

「先ほど秋葉典子さんの携帯にお電話をなさったようですが――」

11

「自殺したってことですか?」

警察からの連絡に、朱里の口をついて出たのはその言葉だった。

そうではないと相手は答える。交通事故かなにかかと訊ねるも、詳細は続けられない。

直接お話が聞きたいという声に、今から行きますと答えていた。

タクシーを捕まえてから震えがきた。典子は警察にいるのだろうか。どんな姿で待っているんだろう。

石神井警察署に着いた朱里は、めまいに襲われて倒れた。男性の声、女性の声、いろんな声が頭の周りでしている。しばらく休ませてもらった後で、やっと話ができるようになった。

小さな部屋に通され、最近の典子のようすを訊ねられる。朱里は、婚約とその後の婚約破棄の騒動で、典子が心身ともに疲れていたと答えた。

「最初に自殺なのかとお訊ねになったのは、そういう理由でですか？」

四十代中盤の、温和な顔の男性が訊ねてくる。もらった名刺には倉科と書かれていた。

「ええ。でも違うんですね？　殺された……ってこと？」

「残念ながら、そう見ています」

「そんな。……どうして。誰が」

「調べている最中です。ところで国枝さん、あなたと秋葉さんのご関係は？」

「大学時代からの友人です」

考えるよりも先に唇が動く。

朱里は一瞬だけためらい、しかし続けた。

「あ、でも、通っていた大学は違うんです。女性専用の学生寮があって、そこで出会ったんです。典子は、……典子さんは優しい先輩で、いろいろお世話になりました。卒業後に疎遠になったけど、数年前に偶然再会して、一年に一度ほど会っています」

――本当は違う。

典子と初めて会ったのは小学生のとき。二十年前だ。

だがいつも、最初の出会いを省略している。今までも、誰に訊かれてもそうしていた。

「なるほど。秋葉さんのスマホにはアドレス登録が少なく、あなたの番号が勤務先の次に来ています。もう少し親しいのではないですか？　こうやってすぐにかけつけてくるほどなんですし」

倉科が笑顔を見せる。

「今年はいろいろあって……、それでも直接会ったのは、たしか二回です。電話のやりとりは何度かしています。彼女が婚約破棄をしたので、気になって」

婚約破棄のことを詳しく知りたい、と問われたので答えたが、倉科は朱里の説明に驚く顔も見せない。室町のこともニイナのこともすでに知っていて、あえて訊ねているのかもしれないと、朱里は思った。

「他に、なにかトラブルや心当たりなどはないですか？」

倉科はなおも問いかけてくる。

朱里は考え込んだ。ニイナや室町とのことはトラブルには違いないが、殺人なんて言葉とは結びつかない。最大のトラブルは、探偵を名乗る人間からの恐喝だろう。しかし自分が恐喝している相手を殺す人間なんているんだろうか。これもありえないと思う。

「……わかりません」

悩んだ末に朱里はそう答えた。探偵のことを口に出すと、二十年前の話をしなくてはいけなくなる。

「そうだ、訊くのを忘れていました。念のために皆さんにお伺いしているんですよ。国枝さんは昨日、二十五日はどうされていました？」

倉科が、思いだしたように手を打ち鳴らして言う。

「昨日は久しぶりの休みで、ずっと寝ていました」

「ずっと、とは？」

「ずっと、です。残業続きで疲れが溜まっていたので、二度寝、三度寝と、目が覚めてもまた眠ってしまって。気づいたら夕方でした。十八時間ぐらい寝たでしょうか」

それでも疲れは取れなかった。熱はなかったはずだが、夕方起きたときもまだ身体はだるく、頭がぼんやりしていた。その後、細川から棚卸のことで電話を受け、夜は夜でまた眠った。

「よほどお仕事が大変なのでしょうね。おひとりで暮らしていると聞きましたが、失礼ですがそれを証明できる人は」

「いえ」

「では秋葉さんに最後に会ったのはいつになりますか？」

一週間前、典子が事故で怪我をした際に迎えに行き、アパートに泊まったと告げると、協力してほしいと指紋の提出を求められた。嫌な気分はしたが、言い訳をするのも面倒で、指を出した。

「ではなにか思いだしたらご連絡ください」

倉科が話を締めた。近くに座っていた若くて眉の濃い男性に、送っていくように指示している。

「だいじょうぶです。帰れます。さっき倒れたのは仕事の疲れ、それだけです」

朱里は固辞して、呼んでもらったタクシーに乗った。早くひとりになりたかった。夕食を摂らないまま十二時が過ぎたが、食欲がわかない。タクシーを降りるとき、探偵のことを話さなかったことが、少し気になった。

だけど典子も言っていた。朱里は朱里で自分を守って、と。

告別式の夜、やはり黙っていてよかったのだと朱里は感じていた。

アヴァンタイトルの細川や他のスタッフには、典子のことを伝えていない。下手に話して好奇の視線に晒されたくなかったのだ。そのため休む理由を作りだせず、昼間行われた告別式は欠席するしかなかった。なんとか出向けたのは前日、二十七日の通夜だけだ。それでも棚卸のために指定された時間には間に合わず、読経も焼香もすべて終わった後、遅れて入ることになった。

通夜では、マスコミのカメラを見なかった。典子の名前も、その日のニュースでは南大泉のアパートで殺された保育士というだけの報道だった。葬儀会館は、典子の勤めていた保育園のすぐそばだ。会館が案内した正規の時間に来ていたのかもしれないが、それはわからない。

ところが告別式があった日の夜のニュースで、ずらりと並ぶ幼児や若い保護者の姿が流れた。後姿や首から下ではあったが、子供たちが号泣し、保護者か同僚が残念だとか悔しいだとか話すようすが、思いのほか長く映されていた。ニュースキャスターも同情の言葉を口にする。

ふと不安に思った朱里は、典子から聞いていたアングラサイトの掲示板を覗いた。

スマホを取り落としそうになる。

ニイナが騒いでいた三角関係の相手とは、二日前に死体が発見された秋葉典子のことではないか、そんな書き込みがあった。

やはり一度消された書き込みに、典子の名前が載っていたようだ。誰かが当時のものだとして画像データを貼りつけていた。驚きと賞賛の声が続く。

掲示板には素人探偵が多いらしく、ニイナ犯人説と、室町犯人説に分かれて議論になっていた。ふたりはすでに警察に事情聴取をされているという書き込みまであった。ニイナはすっかり悪役扱いで、ここが攻めどきとばかりに、今回のこととは関係のない過去のできごとまで貶(けな)されている。

ぞっとした。これでは典子も、なにを書き立てられるかわからない。警察が、世間やマスコミにべらべらと喋るとは思えないが、いつか自分にも繋がってくるかもしれない。

朱里の足が震えていた。

雨の音が聞こえる。

スマホを握る朱里の手に、冷たい手が重ねられた。

——小さな手が。

12

事件発生から三日、つまり特別捜査本部が立った翌々日まで、殺害された秋葉典子の元交際相手が室町延兼だということも、その関係がモデルのニイナによって芸能関係のマスコミを騒がせていたことも、報道陣には伏せていた。ふたりの事情聴取は行ったが、犯行を立証できるものはなく、だが逆に完全否定できるほどのアリバイもない、というグレーな状態だった。報道の過熱が捜査の妨げになることは充分予想される上、警察により不当に疑われたなどと騒ぎ立てられても困る。白黒がはっきりするまで隠し通したいというのが、捜査本部の本音だった。

しかし二十八日の告別式の後、夕刻に行われた捜査一課長角田による記者会見で、報道陣のほうから切りだされた。秋葉典子は、ニイナと室町との三角関係の相手だと思われるがどうなのだと。秋葉はニイナが騒いでいた当時、取材には応じていないが、室町の交際相手だと目星をつけた芸能関係の記者により動向を確認されていたようだ。角田は捜査中のため答えられないと押し通したが、それがNOの答えだと受け取ってもらえないことは明らかだった。

世間の注目が集まることは確実だ。その夜の会議はいつもより緊張感に充ちていた。地取り班から始まった報告も、角田の苛々を強めていた。周辺地域への聞き込みは進められておらず、成果もない。子供の使いか、と怒声が飛ぶ。角田はよく怒鳴る。しゃがれ声なのは怒鳴りすぎたせいだという噂もあった。

死亡時刻前後の近辺の駅や商店などの防犯カメラにも、怪しげな行動をとる人間や秋葉と関係する人物の映り込みはなかった。北見管理官が、カメラに映った人物全員の身元を突き止めろと罵倒する。北見は歳が若く見かけも童顔のため、舐められないよう吼えがちだ。

そんな中、十四係をまとめる倉科は、ひとり声を荒らげずにいた。

「お疲れさまでした。それでは次に鑑取り班の報告を」

発見者の同僚や園長の答えと同様、園児の保護者及び以前の職場を洗ってきた捜査員からも、秋葉の職場関係は良好で問題はないと報告された。現在確認されているトラブルは、ニイナこと本名山本仁菜と室町延兼との間におこった愛憎だけだ。周囲の証言からも、室町が別れに納得していなかったことが確認された。

「ただ、室町は、そろそろ翻意を望めないかもしれないと思っていた、などと言っています。保身からの発言かもしれませんが、怪しいという気もします」

十四係の主任、小浜が発言する。

死亡推定時刻、室町は売り場の視察のため銀座から横浜方面に車で移動中だった。社長といっても秘書や運転手と一緒ではなくひとりきりで、専用の社用車を自ら運転しており、犯行は可能だ。しかし練馬区近辺で目撃されたという情報はなく、自動車ナンバー自動読み取り装置、通称Nシステムのデータにも上がっていない。

ニイナもまた、同時刻にアリバイがなかった。仕事のない日で、自宅マンションの風呂のテレビで映画を観ていたという。風呂以外の時間はどうしていたと訊ねると、二時間以上入っていたと当たり前のように答えた。それを証明する人間はいない。ニイナもまた秋葉の存在など忘れたと言ったが、しかしニイナと室町は復縁していない。内心穏やかでなかったようだと小浜は報告する。

「でも忘れたというのは案外真実かもしれないですよ。自分のものだと思っていた男を取られて、ムキになって取り返したけれど、やっぱりもういいやと思った。そういう心理もあると思うんです」

石神井署の女性捜査員がふいと発言して、男性が大半を占める会議室がざわついた。ぎょっとした顔をするもの、呆れるもの、苦笑するものがいて、石神井署の署長がたしなめている。

「予断を持つな！」

北見が怒鳴って、発言者が頭を下げた。しかし顔は納得していない。

憲吾は、ぎょっとしたもののひとりだった。憲吾は石神井署と同じ第十方面の板橋署から応援に来た原田と、再び組むことになった。今回は秋葉の友人関係を洗っている。

憲吾はニイナの存在さえ知らなかったが、騒動のおかげでインタビュー映像がいくつかあったため、まとめて見てみた。芝居がかった嫌な女だと思う一方、なりふり構わぬようすに、室町とはそこまで必死になるほどの男なのかとの感慨も持った。室町紡績の特集の映像も続けて見たところ、室町は才気あふれる有能な経営者という印象で、なるほどと納得した。それが、もういいや、とは。あれだけ騒いでおいてそんなことがあるのだろうか。そんな発想が出てくる女性捜査員の頭の中が知りたい。

それともその考えは、女性にとって特別なものではないのだろうか。今度、ゆきこに訊いてみようか。

ゆきことはしばらく会えそうにない。捜査本部が立ったからばかりでもなく、ゆきこに出張が入ったからだ。ゆきこは昼間、九州上陸だと格安航空機の写真をメールで送ってきた。こんな派手な色の飛行機だよすごいよねとはしゃぎ、博多ラーメンでも送ろうか、捜査本部に泊まり込みだっていうけど、今どこの警察署にいるのと訊ねてくる。嬉しい申し出だったが調理も必要だし、自分の口に入る前に先輩連中にかっさらわれてしまうだろう。憲吾は無理をするなと返信した。

先ほど会議室にざわめきをもたらした女性捜査員が立ち上がった。石神井署刑事課の中条巡査と名乗る。中条は十四係の草加巡査部長と一緒に、秋葉の家族を調べていた。草加はまだ秋葉の実家がある愛知県から戻っておらず、代わりに報告をと発言する。

「秋葉典子の母親は中学生のときに交通事故で死亡。わき見運転による自損事故です。父親は現在腎不全で入院中。兄の清貴三十五歳が尾張旭市にある実家近くのマンションで、家族とともに住んでいます。保険会社勤務で、会社での評価は高いようです。一戸建ての実家は父親入院中のため無人ですが、十八年前に購入。その前に住んでいたのは同県岡崎市内の賃貸マンションで、家は母親の生命保険金で買ったもようです。清貴の家族は妻、小学四年生の娘、二年生の息子――」

中条も東京に戻ったばかりで、まとめる余裕がなかったそうだ。報告書で読まされたほうが時間の短縮になりそうな情報が述べられていく。入院中の父親、会社員の兄、兄嫁、兄嫁の両親と、近親者のアリバイはあるという。

「――しかし、典子は実家とのつきあいが皆無に近かったようです。兄嫁の両親は結婚式で顔を見ただけ、近所の人間も高校卒業後は滅多に見なかったなど、典子と家族の間にはなにか問題があったのではと思われます」

想像にすぎない、と北見の叱責がまた飛んだ。中条は頭を下げるが、表情を見るにまるでこたえていない。

「清貴は、遺体の引き取り後、即座といってもいい速さで、東京で葬儀一式を執り行っています。葬儀場も、典子が勤務する保育園が寺社の経営だったため、関係ある会館に丸投げです。典子の荷物の処分も保育園に依頼。アパートの管理会社によると、電話一本で部屋の解約まで通知してきたようです。こちらは現場保持を理由にストップをかけてありますが」

「父親は葬儀に出ていたのか？」

北見が確認する。

「はい。病院は外泊の扱いです。私が自分の目で確認したのは昨日の通夜ですが、父親は憔悴しており、てきぱきと指示し進めていく息子に口出しできないようすでした。そのようなこともあって草加巡査部長はもう少し調べたいとおっしゃり、自分は先に戻りました」

「しかし兄の清貴をはじめ、家族関係者には犯行は不可能だろう。殺すだけの動機があるのか、……秋葉典子の資産はどうなっている？」

角田が訊いた。資産調査をした捜査員が資料を見るようにと勧める。保険と銀行取引のデータが載っていた。清貴の勤める保険会社との契約で、死亡時の受取人は父親だが、葬式代程度だ。死亡保険より傷病時の手当てに重点を置く、仕事を持つ未婚女性の一般的な入り方だった。銀行取引もつつましやかなものだ。給与に各種の引き落とし、生活費なのかときどき数万円程度のＡＴＭ取引があり、額の多寡はあるものの毎月の動きに大差はない。目を引くのが、九月十二日の積立預金の一部取り崩しだ。五十万円は秋葉の生活からみて、一度に使うには多い。これはなんだと角田が担当者に訊ねる。

「引越しを予定していたというのでその費用かと思われます」

「新居にか？　引越し屋にか？　払い込みを証明する書類は？　それともまだ部屋にあるのか？」

「アパートの室内にはありませんでした。財布は残っていましたが、残金は二万三千円と小銭です。詳細は調査中です」

別の石神井署の捜査員が答えを代わる。

「室内に、物色された形跡はなかったということだったな」

角田が向かい合う捜査員たちを睨んでいる。

「部屋に入れてもらえるほど親しい人間なら、貴重品の置き場所を知っているかもしれません」

憲吾が発言する。そうかもしれない、という空気になって、そのまま憲吾は続けた。

「友人関係を報告いたします。秋葉典子に友人は多くないようです。優しく誰からも信頼されていた、という同僚の表現からみると不思議ですが、あまり他人に深入りする性格ではなかったようです。同僚やその他職場の人間ほとんどと、いつも良好な関係を築いていますが、職場を移ると同時に関係もフェードアウトしています。ネット上につきあいの頻繁な人物がいるようすも、ノートパソコンやスマホからは見受けられません」

ネットの閲覧については、ノートパソコンを調べた担当者が補足を入れてくれた。食べ物、医療、心理学など、保育士の仕事に関するものが中心だった。飼っていたウサギについての検索や、飼い主のブログへの訪問も見受けられ、質問を書き込んだ形跡があった。引越し業者も探していたようで、ネットの見積もりやサイトのフォーム——質問用の画面からの投稿の跡があった。担当者が険しい表情で続けたのは、アングラサイトの掲示板の閲覧履歴だ。ニイナが三角関係を暴露したあとから始まったもののようで、遠景ながら秋葉の写真、保育園の写真、利用するスーパーマーケットの名前があり、第三者から住まいの見当をつけられかねないようすだ。これは引越したいと思うのも理解できると、担当者は言う。秋葉の死を受け、いったん下火になった書き込みが伸びていた。

憲吾は先の発言を続けた。

「大学時代の友人も同様にフェードアウトしていますが、唯一続いているのが、スマホに登録のあった国枝朱里です。国分寺市にあるショッピングモール・ビバルディのテナント、服飾店アヴァンタイトルの店員で、ひとつ年下の三十一歳。同市内でひとり暮らしです」

会議室の全員が、憲吾に視線を寄せた。遺体発見の夜に話を訊いた倉科もうなずく。

「国枝は一年遅れて秋葉と同じ女子寮に入りました。当時の入寮者に確認したところ、秋葉と国枝は、必ずしも仲がいいとは言えなかったようです。秋葉は管理人の仕事を率先して手伝うような人間でしたが、国枝はルールを守らずぶつかることもしばしば。秋葉も国枝には厳しい言葉をかけていたとのことです。それがどうして親しくなったのかは不明です。国枝は、秋葉の死亡日の九月二十五日に休みを取っており、死亡推定時刻には自宅アパートで寝ていたとのこと。証明する人間はいません。とはいえ周辺駅などの防犯カメラには映っておらず、近辺のタクシー会社からも情報がありません。秋葉のアパートには事件の六日前に訪れていたため指紋も見つかっていますが、新しいものではありませんでした。もっとも初日に報告されましたように、犯行時に指紋がついたと思しき場所には、拭き取られた跡があるのですが」

「犯行の動機はありそうなのか」

角田の声が飛ぶ。

「まだ浮かんでいません。なにか表に出ていない確執があるのかもしれません。会ったときのようすは、悲嘆にくれているといった雰囲気で、演技にしては真に迫っていました」

「私も同感です。ただ、なにかを隠しているような印象も持ちましたね」

倉科が補足した。

「先ほどの五十万円は、ひとつの材料になるかもしれません。国枝に借金があるかどうかも調べます。友人と言いながら告別式への出席がなかったことも気になります。通夜には遅れて出向いているとのことですが」

憲吾が発言を終える。

「わかった。なにか引っ張ってこい。地取り班は国分寺市からのルートも確認。鑑取り班もそれぞれの調査を深めること。さらに新しい材料があれば――」

角田が会議を締めようとしていたところで、乱暴に扉が開いた。遅れて申し訳ありませんという野太い声とともに飛び込んできたのは、十四係の草加だ。筋肉太りをした大柄な身体が、汗だくになっている。

「秋葉典子について、新しい情報がわかりました。彼女が事件の被害者になるのは今回が初めてではありません。二十年前に起きた少女連続行方不明事件の被害者のひとりです」

13

朱里の手を握る冷たい手は、いつも同じ風景を見せてくる。緑の雨を、雷の音を、二十年の時を超えて連れてくる。

——小学五年生の、夏休みの終わりだった。

神奈川県に住んでいた朱里が、静岡県の山あいにある父方の祖父母の家に、ひとり預けられてから一年が経っていた。六歳下の妹に心臓疾患が見つかり、移植手術を求めて両親と妹が渡米したためだ。脳死移植医療の議論がやっと本格化したばかりで、まだ日本には臓器移植法がなかった。その後も一五歳未満に関しては、二〇〇九年の法改正まで待つことになるのだが。

ともあれドナーが見つかり手術も成功し、朱里はやっと家族と一緒に暮らせることになった。ただし手術後の妹を受け入れる横浜の大きな病院の近くに引越すため、同じ県内とはいえ元の学校には戻れず、二学期からなじみのない小学校に転校する。

「今度はうまくボスの人と仲良くなるんだよ、朱里ちゃん」

「無理ー。わたしそういうの苦手だもん。丸美ちゃんみたいに優しい人がいるクラスだといいなあ」

「でもあたし、いじめられっ子だから。全然たよりにならなくてゴメンね」

「そんなことない。丸美ちゃんがいてくれたから毎日学校に行けたんだよー」

朱里は隣を歩く丸美の手をぎゅっと握った。

丸美も握り返してくる。温かい手だ。

丸美の父親、烏居周作は元暴力団員だという話で、見るからにそうとわかる傷も頬に刻まれていた。人を傷つけて刑務所に入り、出てきたものの組は解散していて仕事が見つからず、親戚を頼ってこの田舎町にやってきたと、祖父母からはそう聞いた。その親戚が亡くなったのをいいことに、家を乗っ取ったというのは本当なのかどうなのか。仕事は介護施設の運転手だ。丸美の妹が保育園に入ってからは、母親のほうも同じ施設で働いている。周作のお目付け役として雇われているという噂まであった。ヤクザものの妻の割には地味でおとなしそうな女性だと言っていたのは、祖父母の隣の家のおじさんだ。

丸美もまたおとなしく、悪口を言われても無視されても黙って耐えている少女だった。都会から来たという理由で嫌みにさらされていた朱里を、かばってくれていた。

あと数日で会えなくなってしまう友人。親友といっていいだろう。彼女との思い出をどんな風に作ろうかと、朱里はずっと考えていた。祖父母に頼めば、遊園地ぐらいは連れていってくれたかもしれない。でもそうすると、ふたりだけにはなれない。やっぱりふたりだけの思い出を作るべきだと、その考えに丸美も賛成してくれた。

森林公園に行こうと言ったのは、丸美だった。一学期の遠足の行き先だったが、朱里は風邪を引いて参加できなかったのだ。丸美は一学期にも、またそれ以前にも家族で行ったことがあるという。バドミントンやフリスビーができる広場に、アスレチックコース、奥にはコテージを併設したキャンプ場もある。キャンプ場以外は無料の施設だ。遠足ではバスに乗った後、森林公園まで五、六キロ歩いたそうだ。リュックサックを背負って、お弁当を持って、同じことをしよう。おやつの値段の上限も決めようね、そう言って笑い合った。

遠足シーズンと夏の盛りを一緒にしていたのは甘かったかもしれない。帽子は被っていたが、ふたりは公園まで汗だくで辿り着いた。しかし着いてみればそれまでの疲労など忘れ、ビニールボールを膨らませて広場で遊び、アスレチックコースで競走をした。平日だが夏休みとあって、何組かの集団がいた。朱里たちと同じ年頃の子供はおらず、はるかに小さい子を連れての家族連れか、学生らしき若者が多かった。お弁当は腐るからダメだと丸美が言ったので菓子パンになってしまったが、ベンチでお昼ごはんも食べた。もう少し遊ぼうか、それとも早めに帰ってどちらかの家でかき氷でも食べようか、置いていかれた丸美の妹は拗ねているかもしれない、そんな話をしていたときだった。

青い空に、雷が鳴った。

広場にいた人々がざわついた。と、突然大粒の雨が降りだす。雷の音も続く。

きゃああ、と丸美が叫んだ。朱里の手を取り、ぎゅっと握ってくる。

「やだ。どうしよう。ねえ、朱里ちゃん。どうするんだっけ？　木のそばがいいの？　そばじゃないほうがいいの？」

すぐ近くにいるのに、丸美の声が雨と雷にかき消されそうだ。

「わかんない。でも広いとこはダメなはず。人間に落ちちゃう！」

「あ、そうだ、金属のもの！　ヘアピン外さなきゃ」

「リュックは？　このベルトのとこ、金具？」

朱里と丸美は、騒ぎながら木のそばに移動した。傘は持っていない。トイレの建物までは距離がある。

「おーい、ダメだよきみたち！　木から三、四メートルほど離れるんだ」

大声で呼びかけてくる大人の声がした。

そんなような話を先生から聞いたかもしれない。朱里たちは互いを見合わせ、木から離れた。だが雨を防げるものはない。ずぶ濡れだ。どうすればいいんだろうと声をかけてきた人に訊ねようとしたが、もういなかった。みな、悲鳴を上げながら駐車場へと走っている。自分たちも走ろうと続いたが、音が鳴るたびに怖くて竦（すく）んでしまう。

「そうだ、思いだした、朱里ちゃん。しゃがんだほうがいいんだよ。雷は高いものに落ちるから」

「うん。うん」

しばらくふたりで抱き合って震えていた。

雷の音は遠くなったが、雨はまだ降っている。

朱里たちはようやく立ち上がってあたりを見回した。もう誰もいない。

雷が来るまでは、森林公園はそこそこ賑わっていた。敷地の入り口にあった駐車場にも車が何台も止まっていた。彼らはみな、車で来ていたのだろうか。

「もう動いてもだいじょうぶじゃない？」

「そうかもしれないね……、あっ！」

歩きはじめた丸美が、芝生に足を滑らせて転んだ。

「だいじょうぶ？」

「……うん。へへ、ドジだよねえ」

濡れた服に草と泥がついている。

丸美は立ち上がり、歩きだした。朱里もリュックサックを背負い直す。一歩踏みこむごとに、スニーカーからぐじゅぐじゅと水が出た。

「また来るかな。少し急がないと」

朱里は丸美に呼びかけた。雨脚はさほど弱まっていない。空も暗く、雷は音が遠くなったものの、いつまたやってくるかわからない。

森林公園の駐車場には、車がまったく残っていなかった。晴れているときは気づかなかったが、アスファルトで舗装されている道にはところどころ亀裂があり、でこぼこしている。低いところが水たまりとなり、歩きにくい。やっと公園の敷地から出て狭いながらも公道に合流したが、その道にも濡れた落ち葉や枝が落ちていた。

「これ踏んだら危ないね」

と朱里が言ったところで、丸美が再び転んだ。

「や、やだ。だいじょうぶ？　今、危ないって言ったばっかだよ」

「うん……」

答えるものの、丸美は起き上がらない。

「怪我したの？　痛い？」

「うん、……えっと」

丸美は腕を庇（かば）っている。半袖が災いして、肘から手首までを派手にすりむいていた。雨に濡れた腕に血がにじんでくる。

「タオルタオル。ちょっと待って、丸美ちゃん。リュックから出すから」

丸美は上半身だけは起こしたものの、そのまま座っている。

「どうしたの。お尻が冷たいでしょ」

「手、貸して。うまく立てそうにない」

「ひねったの？　右？　左？」

右足だという丸美の声に靴下をめくってみると、赤く腫れていた。そんなにひどい転び方をしたのかと驚く朱里に、丸美の情けなさそうな声がした。

「ごめん。本当は最初に転んだとき、ちょっとひねってたんだ。だいじょうぶだと思ったんだけど、歩くたびに痛くて」

「え……。どうしよう。わたし、先に行って誰か呼んでくる。もっと下まで行ったところにお家があったよね」

「あたしひとりで待ってるの？」

行きは、バス停から五、六キロを一時間半ほどかけて歩いてきた。そのうちの三分の一は山だ。多少は降りてきたけれど、民家のあるところまで辿りつくのに、あと十五分はかかるだろう。自分が丸美だったらどうだろう、と朱里は不安を感じた。往復で約三十分、そんなにも長い間、ひとりきりで待たされてしまう。道は一方が山で、一方が谷だ。木々が張りだしていて暗く、街灯もない。

「怖い、よね。わたし、がんばって走るから。待ってて」

「朱里ちゃんが転んじゃうよ。ダメだよ」

「でも」

「……歩く。ちょっとずつだけど、待ってるより早いと思う」

「歩けるの？」

うん、と丸美は答え、朱里の手を握って立ち上がった。そろそろと歩いていく。朱里はその身体を支える。丸美はときどき唸り声を出しながら、進んでいった。

一時間は歩いたような気がしたが、実際にはもっと少ないだろう。まだ民家の屋根も見えず、雨もやんでいない。ちょっと休みたい、と丸美がつぶやき、足元に手をやった。痛そうに顔を歪めている。

背後から水音が聞こえ、朱里たちのそばに車が止まった。車一台分程度の幅しかない道だ。

「どうしたの、そんなとこで。おとうさんおかあさんとはぐれたの？」

右側に寄せてきた車の窓が開き、運転席の男が身体を乗りだしながら声をかけてきた。乗用車より背の少し高い車――、朱里はそう覚えている。後から、RV車だと聞いた。色の記憶ははっきりしない。白でないことだけは確かだ。

「どうって、遊びに来た、んです。雨降ってきて、雷も鳴って……」

朱里は答えた。

「さっきの雷、すごかったね。歩いて帰るつもりなの？」

男が問う。父親より少し年上のようだ。声が高く、柔らかい。

「……バスで来たから」

「ええっ？　バス停まで一時間かかるよ。それに雷、また来るみたいだよ」

「また雷？　ウソ」

「嘘じゃないよ、天気予報が言ってる。まさかふたりきりで来たの？　ダメじゃないか」

「晴れてたし」

タオルを手に、男が運転席から降りてきた。わあ、冷たい、と言いながら、車から帽子を出して被っている。父親や学校の先生より髪が長めだ。

そう言えば丸美の帽子がない、と朱里は気づいた。さっき転んだときに落としたんだろうか。

「おい、熱があるじゃないか」

丸美の肩に大判のタオルをかけた男が、慌てた声で言った。

「熱？　だいじょうぶ？　丸美ちゃん」

「おいで。下まで乗せていってあげる。ほらキミも乗って。雷のときには車の中が安全なんだよ」

男に促され、朱里は後部座席に乗った。男は丸美を助手席に誘い、タオルの上からシートベルトをした。朱里には、どこから取りだしたのか新たなタオルを渡して、髪を拭きなさいと促す。

「疲れただろう。これでも飲んで」

差しだされた缶ジュースのプルタブが開いていたのは、男の親切だと思っていた。次に目が覚めるときまでは。

14

その後のことを問われるといつも、朱里はあまり覚えていないと答える。思いだしたくなかったからだ。だけど骨に刻まれたかのように、詳細に覚えている部分がある。言いたくないけれど記憶していること。男の力。男のにおい。そしてそれよりももっと、消せないできごと。

だから朱里は上書きをする。重ねて重ねて、消えないものを塗りつぶす。傷の上に傷を重ねて、どれが本物かわからなくする。それでも夏の終わりになると、思いださざるを得ない。

気づけば両手に手錠がはめられていた。なぜこんなものが、テレビドラマの中で警察の人が持っていた手錠、あれみたいだけど、と朱里は混乱しながら立ち上がった。が、すぐさま転ぶ。見れば左足にも同じものがはめられていた。

悲鳴を上げようとした。だが、うめき声にしかならない。口に粘着テープが貼られているようだ。見回したところ部屋は暗く、奥の壁かなにかから細い灯りが漏れているだけ。目を凝らしてみると横の壁にタオル掛けのバーのようなものが取りつけられていて、鎖が絡げられている。鎖はそのまま自分の足へと繋がっていた。丸美はどこにいるんだろう。

かすかな足音が聞こえた。誰かが近づいてくるようだ。

朱里は恐怖に喉を鳴らした。壁を支えにしてなんとか立ち上がる。殺される、そう思った。

「叫ばないなら外してあげる。約束できる？」

か細い声だった。薄闇の中から現れたのは、女性、いや、自分たちと同じような歳ごろの女の子だった。長い髪が臭う。

女の子がもう一度念を押し、朱里はうなずいた。女の子の手が、粘着テープを剝がす。

朱里は深く息をして、空気を吸い込んだ。問いかける。

「あなた、誰？」

「……言いたくない。そっちは？」

「だったらわたしも答えたくない。どうなってるのこれ。ここどこ？　手も外して」

朱里の声はだんだんと大きくなる。女の子が、しっ、と指を唇に当てた。その指にあちこち血の跡があった。手の甲にもいくつか。……歯形のようだ。この子が自分で嚙んだんだろうか。それとも誰かに嚙まれたのか。

「場所は知らない。どこかの家の地下室のスタジオ。音が外に漏れないよう工事してあるから叫んでも無駄だって。叫んだり物を蹴ったりしたけど、全然ダメ。手錠は外せない。鍵がないもん。おとなしくしてたらそのうち外してくれると思う。でもわからない」

女の子は小声で一気に話した。

「そのうち？　どういうこと？」

朱里は女の子をじっと見つめた。ずいぶん細い子だと思ったけれど、服が身体に合っておらず、痩せてそうなったのだとわかった。目がぎょろりと大きく、頰が削げ、首に筋ができていた。髪がいくつかの束になっていて、べったりと頭に張りついている。

「もしかしてずっと……、ここにいるの？」

「夏休み、始まったくらいから」

「も……、もう終わるよ、夏休み。わたし、夏休みが終わったら引越すから、丸美ちゃんとふたりで……、あ、そうだ！　丸美ちゃんいない？　一緒だったの。青い服着てる子」

「もうひとりの女の子なら寝てる。でもすごい熱」

「ええっ？」

と朱里が返したところで部屋が明るくなった。突然のまぶしさに朱里は目をつむる。目を開けたとき、そこには男がいた。車に乗っていた男だ。女の子と朱里のそばにやってくる。

「あれ？　典子、元気になったのか？　なにやってるの？　誰が話してもいいって言ったのかな？」

「……あ、あの」

男が女の子――典子を殴り倒した。

突然のことに、朱里は声も出ない。

「ダメだろ？　勝手なことしちゃ。典子は悪い子だ。悪い子なんだよ？　悪い子はどうされるかな？　わかってるよね？」

男は何度も典子を蹴っていた。典子は丸くなって、ごめんなさい、ごめんなさい、と耐えている。

「やめておじさん！　なにもしてないよ。その子はテープを剥がしてくれただけ。やめて！」

朱里が叫ぶと、男は足を止めた。にっこりと笑って振り向き、近寄ってくる。

「おまえはいい子だね。名前は？」

「え……」

「名前」

舐めてきそうなぐらいに口を寄せて、男がにたにたと笑う。

「あの」

「名前だよ、なーまーえ！　突然口がきけなくなったのかい？」

男は貼りついたような笑顔のまま、怒鳴る。朱里の目に涙が溢れてきた。

「あ、朱里」

「よし。朱里は誰の歌が好きかな？　好きなアイドルはいるの？」

アイドル？　と訊ねると、男はバーに手をやって足に繋がる鎖を外した。そのまま引っ張っていかれる。朱里は何度か転んだが、遂には両手の手錠の間を持たれ、男について部屋の隅まで移動した。男が開き戸の鍵を開ける。中から大きな黒い機械が出てきた。男がなにか操作をすると、部屋の灯りが暗くなり、頭の上からミラーボールが降りてきた。光の欠片が部屋を覆い、回っている。

スピーカーががなりだした。男は女性アイドルソング、男性アイドルソング、アニメソング、と脈絡なく流しては歌う。朱里にもマイクをつきつけ、一緒に歌えと強要した。黙ると殴られた。いけないね、と笑顔で殴ってくる。つまずくと蹴られた。おしおきだよ、と踏みつけられる。朱里は泣きながら歌い、涙の向こうで部屋を眺めた。
倒され蹴られ丸まった典子は、いつの間にか壁にもたれて座っていた。うつむいている
から眠ってるのかもしれない。部屋のもう一方の片隅に、丸美が横たわっていた。床はビ
ニールクッションが張られていて、冷たく硬かった。丸美はすごい熱だ、と典子も言って
いたし、今も肩で息をしているようだ。朱里は男に丸美のことを訊ねたが、集中しなさい
と言って殴られた。
どれだけ歌ったか、どれだけ殴られたか、さっぱりわからなくなって目がくらみ、朱里
はしゃがみこんだ。男にまた小突かれる。
「疲れたのかい？　他のことをしようか。じゃあお嫁さんごっこだ。朱里がお嫁さんだよ。
僕が旦那さまだ」
男が身体を密着させてくる。
「放してっ！」
気持ちの悪さに逃げようとすると、張り手がきた。
「いけないよ、旦那さまに逆らっちゃ。女の子はみんなお嫁さんになりたいんだろ。お嫁
さんが好きなんだろう？　さあ踊ろう。るららら、るらららららら」
男は朱里の身体をぐるぐると回し、よろけたところでのしかかってきた。身体の芯を痛

みが貫いた。

翌日になっても、その翌日になっても、足の鎖はおろか手錠さえ外してもらえなかった。朱里は反抗的だから、と男は言った。トイレは簡易用のもの、いわゆるおまるが置いてある。風呂は入っていない。典子によると、風呂代わりなのか、水を入れた小さなビニールプールに裸にされて何度か浸けられたらしい。そんなことをされるなら汗臭いことぐらい我慢できると、朱里は思った。

暗闇の奥がぼんやりと明るくなり、扉に切れ込む細いのぞき窓が朝の訪れを告げる。扉の向こうに、外と繋がる部分があるという。階段が上に続いていて、途中に窓があるそうだ。だけどそこまで辿りつけない。

丸美の熱は高い。痛めた足も腕も熱を持ち、大きく腫れていると典子は言う。近くに行けない朱里は、丸美の名を呼ぶことしかできない。戻る返事は弱々しかった。立つこともできなくなっていて、男は丸美におむつを当てさせていた。世話をするのは典子だ。しかも一日一度しか替えを寄越さず、空気の澱んだ部屋で、すえた臭いが漂っていた。

突然の電気が点くと、男が入ってくる合図だ。

男はやってくるたびに、丸美を殴り、蹴る。こんな目に遭いたくなければ言うことを聞こうねと朱里と典子を脅す。言うことを聞いたところですぐに殴ってくるのだが、それでも怖くて従うしかなかった。痛いと声を上げるとなお痛めつけられる。そしてカラオケのマイクを握り、朱里に相手をさせる。カラオケの音量を上げて外に助けを呼べないかと考えてみたが、誰も来ない。典子もいろいろ試してみたがダメだったという。

さんざん歌った男が飽きると、もっとひどい目に遭う。朱里も典子の真似をして、指や手の甲を跡がつくほどに噛んで耐えた。

「丸美をお医者さんに連れてって。お願いします」

朱里がそう言うと、男は足の鎖を勢いよく引っ張った。転んでしまう。

「やだよ。だって丸美はなんにもしない子だもん。朱里や典子みたいに遊んでくれない。泣いてるばっかりでうるさいしつまんないし」

「わたしたちを誘拐しておいて、泣くなだなんて、おかしいじゃないですか」

「誘拐？　違うだろう？　朱里が車に乗ったんじゃないか、雷が怖いって言ってね。忘れたのかい？」

笑顔を見せた男が、顔を寄せてくる。

「……雷が来るって言われたからです」

「朱里が乗ったんだよ！　乗ったんだろう？　ねえ、乗ったんだよね！」

男が耳元でがなる。朱里はうなずくしかなかった。

「典子がさ、死ぬんじゃないかと思ったんだ。動かないし、ぼんやりしてブツブツ言ってるし。残念だなあ、かわいそうになあって思ってたら、朱里がわたしが一緒にいてあげるよって言ってくれたんじゃないか。丸美がついてきたのは丸美の勝手だろ？　熱があるなら来なくてもいいのにね。だから丸美が悪いんだよ」

男は常に、朱里たちが自発的にしている、という言い方をした。男の頭の中で別のストーリーが組み立てられているのか、朱里たちをごまかしているのか、朱里には男の考え方がまったくわからなかった。

だが、自分たちが勝手についてきたというのは、絶対に違う。

朱里は男を睨んだ。朱里は悪い子だ。男は朱里の頰を打つ。

「悪い子だ。ごめんなさいは？　ごめんなさいって言うんだよ」

言いたくなかった。身体を丸めて耐える。

「あああー、あああああー」

典子が声を出した。男が朱里をいたぶるといつも、典子は声を出し続け、自分の世界に閉じこもっている。丸美のうめき声もした。か細い声で、朱里の名を呼んでいる。

男はさんざん朱里を殴った後、今度は典子の手を取った。典子は抵抗しない。男のなすがままになっている。

典子が声を出して閉じこもるように、朱里は耳を塞いだ。塞ぐことだけが、自分を守る手段だった。


やがて丸美が死んだ。誘拐されてから八日後の朝だった。

15

詳しい資料は、関連する県警から取り寄せますと言いながら、草加の野太い声は続く。

「秋葉典子は、旧姓浦添典子といいます。二十年前――、一九九四年七月二十九日に愛知県津島市の自宅から東京にある母方の伯母の家を訪ねていた小学六年生の典子が、行方不明になりました。両親は不仲で、家出に近い形で連絡なく伯母の家に行こうとしたようです。そのため家族間で行き違いがあり警察への通報は翌日の三十日の夜遅くになってからでした。事件か事故かも不明、その後、犯人を名乗る人間のいたずら電話などもあって愛知県警の捜査は攪乱され、見つけだせないまま一ヵ月が過ぎました。結局最後まで、犯人から家族への接触はないままでした。事件が解決したのは別のところから。翌月の八月二十五日、静岡県は富士山のふもとにある御栗山町にて小学五年生の少女二人が行方不明になり、八日後に神奈川県で発見。その監禁現場で、浦添典子も発見されました。静岡で行方不明になった少女二名の名は、窪田朱里と鳥居丸美。……窪田朱里とは国枝朱里のことです。ふたりは、単なる大学時代の友人ではないんです」

ああ、と多くの捜査員から息が漏れた。憲吾は当時、小学二年生だった。彼女らの名前に記憶はない。

「愛知と静岡は隣接していますが、津島市は愛知の西の端、御栗山町は静岡の東の端と逆の側で、関連はないと考えられていました。ただ典子が乗ったと思われるのはＪＲ東海道線の上りですので、静岡なり神奈川なりで誘拐されていてもおかしくなかったわけです。典子は当時、このような証言をしています。お金がなくて新幹線には乗れず、普通電車を乗り継いでいたところ、夜になって電車の運行が終了した。泊まる場所を探していて、男とぶつかった。相手をするつもりはなかったが、ぶつかった詫びにとジュースを差しだされた。飲んでからの記憶がなく、気づいたときには監禁されていた、と。どうやら睡眠薬のようなものを飲まされたようです」

事件のことを覚えている方も多いと思うが、と断って草加は先を続けた。

「朱里と丸美についても、当初は事件か事故か不明だったのですが、丸美の帽子がかつて小学校の遠足で出向いた森林公園に通じる道路で見つかったことや、付近の目撃者の情報から、事件に巻き込まれた可能性が高いと判断されました。その後、隣接する神奈川県も含めて捜索し、前科者や不審者などのリストから犯人である新庄知一、当時四十一歳が浮かび上がりました」

新庄は東京で建設会社に勤務していたが、バブル後の倒産の憂き目にあい、ストレスで痴漢を行った――といっても本人は誤解だと主張し、証拠もあいまいで、不起訴になっていた。その後東京では就職先が見つからず、御栗山町と隣接する神奈川県金太市の実家に戻った。人当たりはよかったが、亡くなった父親の遺産で暮らしているとか病気がちの母親の介護をしているなどと言い、つまりは職につかないまま、なにをやっているのか周囲の住民も知らなかった。

捜索の進む中、朱里と丸美が消えたと思しき森林公園で雷に遭い、後から忘れ物を捜しに戻った車の運転手より、不審なRV車を目撃したと知らされた。ふたつの情報が合わさり、新庄が同型の車を持っていることから、静岡県警は事情を確認しつつ家宅捜索まで持ち込もう、と考えていた。

ところが県警が現場に到着する直前に、警察無線を傍受していた鳥居丸美の父親、鳥居周作他三名が、先に新庄の家に乗り込んでしまった。

元暴力団員の鳥居周作は、丸美が誕生する三年前まで傷害罪で服役していた。収監中に組が解散したとはいえ反社会的な人間の知り合いも多く、娘がなんらかの事件、おそらく未成年者略取誘拐に巻き込まれたと知って独自のルートで調べを進めていたという。

新庄の家の地下室を暴いた鳥居は、中にいた少女たちを発見した。

丸美と友人の朱里、二人だと思っていた少女は三人いて、娘の丸美は既に息絶えていた。激怒した鳥居は、新庄を撲殺。遅れて到着した捜査員にも暴行を加え、再び刑に服することになった。

「新庄が死亡したことで、事件の詳細は不明のままで終わりました。監禁されていた部屋のようすや残された少女たちの証言で、新庄が犯人で間違いないと送検はしましたが、被疑者死亡につき不起訴。また、行方不明の段階で、両少女とも情報提供の呼びかけのために名前が報道されてしまいました。マスコミへの申し入れはしており、あからさまに凌辱事件という報道はされなかったのですが、世間がどう見るか」

草加が沈痛な顔をする。草加にも幼い娘がいる。

「典子の家族はその後、母親の姓に変え、津島市から岡崎市、尾張旭市と、二度の転居をしていいます。窪田……国枝朱里についても、姓が変わっているところをみると同様の対応をしたと思われます。こちらは未調査です」

「鳥居丸美の死因はなんだ？」

北見が考え込みながら訊ねた。幹部陣の中で一番若い北見は、事件当時まだ警察官として奉職していない。草加もそうだった。

「すみません。それは資料を取り寄せてからで……」

「たしか誘拐時に怪我をしていて熱も高く、その後も新庄によって暴行を受け続け、多臓器不全及び衰弱死と見られると、そんなような話だったと記憶しています」

草加の代わりに、石神井署の捜査員が答えた。五十すぎといった歳のころだ。

「鳥居周作はどうしているんだ？」

角田がたしかめる。草加が頭を下げた。

「収監はされているはずです。現在の行方についてはこれから確認いたします」

「新庄知一の遺族、国枝朱里とその家族。すべて確認を取るように」

角田の言葉に、しかし、と憲吾の近くで声がした。近隣の署から応援にきている捜査員だ。

「痛ましい話だと思いますが、秋葉典子はその事件でも被害者です。今回の件とどんな関係があるんでしょうか」

「ないかもしれない」

あっさりと、北見が言った。しかし調べなくてはわからない、と続ける。

「予断を持つな、だよな」

原田が隣で妙な笑いを浮かべていた。憲吾に肘で合図をしてくる。

「少なくとも、国枝朱里は嘘をついていたわけですね。大学時代からの友人だと」

温和な表情を崩さないまま、倉科が言った。憲吾は思わず手を上げる。

「倉科係長。国枝はなにかを隠しているような、とおっしゃいましたよね。その隠し事とは、この件ですか？」

「それだけかどうかは、これから調べていただきます。違いますか？」

倉科の言葉に、その通りだ、と角田が強い口調で言う。

「失礼いたしました。私もそれだけではないと思います。ただ先ほどの話を受けると、いまだに国枝が秋葉とつきあいがあるということが気になります。あまり、いや正直、嫌な思い出です。私なら距離を置きます」

「眞沢はこう言っているが、中条はどう思う？」

角田が数少ない女性捜査員の中条に話を振る。

「興味深いです。会ってみないとわかりませんが、愛憎の両方があるように思います」

「おまえならどうするかって話だよ。相手を決めつけるな」

すみません、と言いながら、中条は自分ならどうするかという返事をしなかった。

新たに浮上した関係者について、捜査担当が割り振られた。憲吾と原田は、国枝朱里の履歴をもっと深く当たるように命じられた。国枝からは一度事情を訊いているが、捜査をした上で、結果によっては再び事情聴取をということになった。

ではこれで解散する、と角田の声がかかり、一同が立ち上がった。原田が笑顔で憲吾に向き直る。

「今回は当たりを引いたみたいだな。絶対あの女にはなにかある。忙しくなってきたぞ」

板橋の事件の際に見せていた面倒くさそうな表情はどこへやら、原田は舌なめずりをしていた。

16

翌朝のワイドショーで典子の事件が取り上げられた。ニイナと室町の名前は、はっきりとは出ていない。しかしとあるアパレルメーカーの有名社長と交流があったとか、最近話題になった深夜番組のレギュラーのモデルが絡んでいるとか、彼らだとわかる言い方だ。それればかりか、去年ニイナが出ていたMUROMACHIのCMに使われた音楽を、背後に流して煽(あお)っていた。

ニイナや室町にはネームバリューがある。やっと収束した三角関係がまた噂になるだろうと朱里は不安を感じた。今度は典子の名前も添えられる。彼を取り戻したと笑顔を振りまいていたニイナが、一転容疑者扱いだ。典子にしても、今は皆に慕われていた保育士だと報道されているが、この調子ではいつ手のひらを返されるかわからない。

二十年前のことも、嗅ぎつけられてしまうだろうか。

林と定岡は、ワイドショーが語っているのがニイナと室町のことだと、すぐに気づいたようだ。朝から騒がしい。

「殺人事件だってー。すごくない？　あたしたちなにも知らなかったけど、もっといろいろ出てくるのかもね」

「いろいろ？　たとえば？」

「わかんないけど、殺された人、三十二歳にしてはかわいいじゃん。普通の人はニイナと張り合おうなんて、まったく思わないよ。変だと思ってたんだよねー。なんかあるんじゃない？　ただの三角関係じゃないかも」

ふたりは開店前の品出しをしながら噂話に興じていた。手が動いていればかまわないということか、店長の細川は注意をしない。

「ただの三角関係じゃないなら四角とか？」

人が死んでいてなにが面白いのか、きゃははは、と定岡が笑う。

「ありあり！　もうひとり絡んでてさ、その男が犯人」

「男？　女かもよ。室町社長を頂点とするハーレム殺人事件。やだー、ドラマみたい」

定岡の言葉に、だったらそこで殺されるのはニイナじゃないか、典子はとっくに別れているんだから、と朱里は心の中でつっこんだ。

それは林も思ったようだ。手を打ち合わせ、続ける。

「じゃあ次に殺されるのはニイナじゃん。こわーい」

彼女たちにとっては、ドラマの世界もワイドショーの中身も同じなのだろう。ドラマの中で殺された俳優は、なにもなかったように別のドラマに出るけれど、典子は違う。

「けどあれよねー。子供たち泣いてたけど、あの保育士の人も殺されるだけのことをしたのかもしれないじゃん。ニイナとか室町社長とかとつきあったのも本人の——」

「やめてください！」

林の言葉を、朱里は遮った。林がぽかんとした顔を向けてくる。しまったと思ったが、止まらなかった。

「そ、そういうことを軽々しく言うのはやめたほうがいいと思う。亡くなった人がかわいそうだし」

「……そりゃそうだけど。別に、そのくらい、みんな思う、よねえ？」

「死んだ人には、ごめん、悪かったと思う。けどあたしたち、別に悪気があって言ってるわけじゃないんだけど」

林と定岡が微妙な表情で答え、畳んであるセーターをまた畳みだした。

「国枝さん、朝から雰囲気悪くしないでくれる？　みんな、鏡見て。笑顔作って、笑顔」

細川が声をかけてきた。細川自身には笑顔は見られず、呆れたようすだ。

「さあ、もうすぐ開店時間だよ。今日も一日がんばりましょう！」

ふたりからの、はーい、の返事の後、ビバルディの開店を告げる音楽が流れてきた。

細川に耳元でささやかれた。

「たかがワイドショーじゃない。おおげさな。他人に道徳を説くのもいいけど、自分が道徳的にならないと伝わらないよ。何度も体調不良とか言ってサボってる人のセリフじゃない。違う？」


昼休憩で店を離れたくないなと、朱里は思った。自分がいなくなったとたん、悪口合戦で盛り上がるのではないか。気が重い。

林も定岡も、悪気なくテレビの話題に騒いでいただけだ。自分とは関係のない世界の話だからこそ、好き勝手に言っていただけ。わかっていたのに、つい反論してしまった。放っておけばよかったのだ。

タイムサービスで安くなった弁当を持ち込んで、社員食堂で箸を割る。

ふう、とため息をつくと、プラスティックの湯飲みに入った茶が朱里の目の前に現れた。

「幸せが逃げちゃうよー」

浅賀が声をかけてくる。

「……えっと？」

「えええ？　知らないの？　ため息をつくと幸せが逃げるって昔から言うのよ。いやだ、もしかして死語？　若い子には通じないの？」

「いえ通じてます。わかります。そうじゃなくて、驚いただけです。どうしてお茶をいただけるのかなと」

「どうしてって、そうねえ、タダだし。あなたいつも冷たいお茶飲んでるけど、そろそろ温かいほうがいいよ。身体が冷える。でもこのお茶、美味しくないわね。私、さっき初めて飲んでみたけど、これ、お茶とは言えない」

浅賀も自分の分をテーブルに置き、横に座った。浅賀とは、二、三日に一回ほど同じ時間の休憩になる。

「浅賀さんはいつもパンだから、牛乳やジュースでしたね」

「今日は豆乳よ。イソフラボン摂らなきゃ。もう食べ終わって出ていくところだけど」

「わざわざすみません」

朱里は浅賀の気遣いに頭を下げた。自分はよほど表情に出ていたんだろう。しっかりしなくてはと思いながら、湯飲みの茶を息で冷ましながらすする。まだ熱い。薄くてまるで白湯のようだが、温かさは腹に入ってきた。

出ていくと言いながら話し込むつもりなのか、浅賀は小さな湯飲みを手の中でもみこむようにしていた。

「やーだ。そんなに真面目にお礼言わないでー。そうよねー、あなた根が真面目だもん。だから許せなかったのよね」

え？　と訊ねると、浅賀はニコニコ笑っている。

「さっきほら、林さんだっけ、アヴァンタイトルの子。すぐそこに座ってたの。ちょっとブチブチ言ってたから、私、諭してあげたのよ。そのときに国枝さんに注意されなかったら、お客さまにも同じことを言っちゃったんじゃないかしらって。ワイドショーで騒ぐなんて品がないと思う人もいるだろうから、ちょうどよかったのよって」

林は、自分の悪口を言ってたのか。そしてこの人は、それをわたしに言うのか。

朱里は何と返答をしたらいいのかわからなかった。そうですか、とだけ返す。

「自分でもおばさんぽいって思うけどねー。でも実際おばさんだし、こういうのが年上の務めだと思うのよ。あなたもがんばってね」

さあて、と浅賀が席を立つ。

「私、今日はこれで終わりなの。あなたイチジク好き？」

「イチジク、ですか？」

「ケーキ焼こうと思って。時間があるとつい作っちゃうのよねー。明日お店に持ってってあげる。一昨日だっけ、あなたが棚卸でいなかったときもプレーンのシフォンケーキ持ってったのよ。昨日、もらわなかった？」

「ええ……、まあ」

「そう。昨日は来るって言ってたから、店長の細川さんに渡してってお願いしておいたんだけど。ああでも、お店に冷蔵庫はないんだっけ。まさか一階のスーパーの冷蔵ロッカーを借りるわけにはいかないもんね。食べられちゃったか。あなた、明日はいるよね。今度は食べてね。イチジクも女性の身体にいいのよー」

じゃあね、と手を振り、浅賀は出口へと歩いていった。朱里はそれを見送る。湯飲みの茶はよほど浅賀の口に合わなかったのだろう、飲み残しを入れる容器に中身を捨て、湯飲みを返却口に戻していた。

別に味方だと思っていたわけじゃないけれど、と朱里は苦笑する。

浅賀はアヴァンタイトルのスタッフ全員と仲がいいようだ。あの性格なら、当然考えられることだった。朱里の悪口も耳に入っているだろう。林の愚痴を自分に伝えたように、自分が漏らした話も彼女たちに喋っているかもしれない。

いったい何を彼女に喋っただろうと、朱里は振り返る。

気のないまま会話をしていたので内容を覚えていないが、大した話はしていないはずだ。口に出してはいけないことは、典子とだけ共有している。今はもう誰も知らないこと。うっかりとでも、話すはずがないことだ。

買ってあったペットボトルの茶を半分、一気に飲み、残りの半分で弁当を食べた。休憩が終わって戻ろうとすると、通路からアヴァンタイトルにいる浅賀の姿が見えた。向かいにいるのは細川と林だ。エピの大きな袋を渡している。差し入れなのか、割引価格で代わりに買ってあげたのか、頭のところからフランスパンが覗いていた。浅賀は顔の前で手を振って笑い、細川は幾度も礼をしていた。

朱里は、浅賀がアヴァンタイトルから出ていくまで待っていた。用心してつきあわなくては、と改めて思う。

夕刻のアヴァンタイトルに思わぬ訪問者があった。典子の兄、秋葉清貴だ。昨日の告別式ですべてのことを終えたのだろう、もう喪服は着ていない。少し時間をもらいたいと周囲も見ずに朱里を連れていこうとする強引なようすに、細川までもが圧倒されていた。また文句の種を作ってしまうと思ったが、拒否もできず、朱里は細川の許可を取った。細川は苦笑しながら「乗り換えたの？」と言う。

新しい男か、という意味だろう。

林と定岡は、不審げに首をひねっていた。典子の葬儀のようすはニュースになった。喪主を務めた清貴の顔が映っていたかもしれない。気づかれたくないと、朱里は急ぎ足になった。

アヴァンタイトルから一番遠いカフェに向かう。八月の終わりに、典子と一緒に来た店だ。店は思ったより混んでいて、ちょうど典子と座ったテーブルだけがぽっかりと空いていた。

あのときは窓からの光が、典子の頬を染めていた。けれど今はもう、薄暮だ。太陽は落ち、街灯も心細そうにしている。

朱里が外のようすに気を取られていると、清貴が咳払いをした。

「時間がないので単刀直入に言います。余計なことを喋らないようにしていただきたい」

清貴は険しい顔をしていた。

「余計なこと？」

なにを言われているのかわからず、朱里はおうむ返しに問うた。

「まさかあなたが、典子とつきあいがあるとは知らなかった。典子と会っていて楽しかったですか？　典子も典子だ。自虐的すぎる。どうして全部忘れて前を向かないんですか」

近くの席に聞こえないようボリュームを落としていたが、清貴の声には怒りが混じっていた。

「私はね、いや私たち家族はね、典子がすべて忘れて新しい人生を歩むことができるように東京に送りだしたんです。典子も自活できるよう資格を取って、実際、仕事をがんばっていた。保育園の人たちから聞きましたよ。典子は尊敬を受けていた。死んだ人間だからいいように言ってくれたのかと思ったが、保護者や子供のようすを見ていると、決しておべんちゃらじゃない。本当にちゃんとやってたんだと思った。なのにどうしてあなたがいるんですか。ずっと典子と連絡を取っていたんですか」

「ずっと……じゃありません。大学の寮で一緒になって、典子の……典子さんの卒業で疎遠になって」

「寮の話は通夜の席でも伺いましたね。驚いて大声が出そうになった。なんとかこらえたのは、他の人がいたからです」

清貴が唇を曲げる。

典子は、当時から一切、自分のことを知らせていなかったのか。朱里としても驚きだ。とはいえ自分も大学当時、いや今も両親に、典子と寮で出会ったことを話していない。

事件後、自分も家族とぎくしゃくしている。いけないと思いつつも、自分を祖父母の家に預けた両親を責めてしまう。両親もまた、自分たち自身と祖父母を責める気持ちがあり、祖父母と溝ができてしまった。結局埋められないまま、祖父母は三年前に相次いで他界した。病弱だった妹は手術によって健康を取り戻し、勉学に励んで医者を目指している。希望の塊のような妹は、両親にとって救いであり、期待の星だ。妹に他意はなく、朱里自身もわかってはいるが、妹がいるために両親との壁はどんどんと高くなっていく。元気でやっている勉強している楽しくやっている、そんな当たり障りのないセリフを両親には繰返していた。過大な心配で閉じ込められるより、問題ないと言っておいたほうが楽だからだ。

「典子さんとは、頻繁に会っていたわけじゃありません。数年前に再会しましたが、その後も一年に一度会うだけです。今年は、というかこのところたまたま、婚約とその後のあれこれがあって連絡をしていただけです」

まさか婚約も婚約破棄も全然知らなかったんだろうか。

「あなたが典子の結婚の邪魔をしたんですか？」

清貴が不愉快そうに言う。結論だけは知っていたようだ。

「とんでもない！」

朱里は思わず立ち上がった。周囲の視線が集まる。

「……声を落としてください。目立ちたくありません。そうでなくても」

清貴が言葉を切った。残りはわかるだろう、とばかりに睨んでくる。

「マスコミにつきまとわれているんですか？　だったらおわかりでしょう？　あのニイナのせいですよ。彼女が騒いだんです。典子さんはそれに嫌気がさして、自分から婚約破棄を申し出た。わたしはそう聞きました」

「つきまとわれているというほどではありませんよ。遺族に対してマイクを向けるのは失礼だと、悲しい以外のコメントは出せないから放っておいてくれと、そう言いました。あとは無視するだけです。私に張りつくより、そのモデルのほうがニュースになるでしょうし。それにもう、この足で愛知に帰ります」

清貴は、面倒くさそうにため息をついた。

「あなたが邪魔をした、というのは私の誤解ですね。すみません、謝ります。けれど典子はあなたとつきあいを続けたことで、前に進めなくなったんじゃないでしょうか。二十年前に留まってしまった。あなたが、なにか悪いものを引き寄せてしまったんだ」

「……あの、それ、謝ってない、ですよ。典子さんを亡くされたばかりで動転なさっていると思いますが、わたし、そこまで言われる覚えはないです」

「いや……。そう、そうですね。申し訳ない。なんというか気持ちが、治まらないんですよ。失礼しました」

清貴は息を止め、頭を下げてしばらく黙った。ただ、と再び話しだす。

「あなたも、じゃないですか？　ずっと典子と会っていては、忘れることができないでしょう。あなた自身のためにも、気持ちを切り替えるべきです」

ぎこちなく、清貴が笑った。

なにをおためごかしなと思ったが、どうせ二度と会わない相手だ。タイミングを見計らい、さっさと席を立とう。朱里はそう思い、それはご親切に、と応じた。

「それで、最初におっしゃってた、わたしが喋らないほうがいい余計なことってなんですか？」

訊ねると、清貴が真剣な顔になる。

「もちろん二十年前のことです。今さら蒸し返して、典子に辛い思いをさせたくない。もちろんあなたも、いや、生きているあなたこそ、今後、周囲に知られては嫌な思いをするでしょう。警察から問われなかったので、あなたも話していないだろうと思ったんですが、そうですよね？」

朱里は黙ってうなずいた。

「マスコミに嗅ぎつけられるのはなお困る。うちは二度引越しているんですよ。事件の後に一度、しばらくしてもう一度。父の仕事の都合もあって、県内に留まるしかなかったのですが。私も転校を余儀なくされました。事件当時、両親は離婚したがっているがなかなかしないというバタバタした状態だったんですが、本当に離婚し、また再婚した。弁護士のアドバイスで母の姓に変えたんです。私ももちろん新しい姓になりました。アイデンティティが無くなった気分でしたよ。それはともかくとして、うちには娘もいますので、当時の話が出るのはよろしくない」

わかってもらえますね、と清貴が視線を合わせてきた。

「よくわかります」

「ですよね。国枝さんもたしか妹さんがいらっしゃった。あなたがたも同様にご苗字を変えている」

なにがわかってもらえますね、だ。朱里は奥歯を嚙みしめていた。この男こそまったくわかっていない。典子が兄に連絡をしなかった理由が、朱里の中に沁みてきた。

清貴は典子を心配などしていなかった。気になっているのは自分のことだけだ。

早く目の前から消えてほしい。そう思いながら朱里は作り笑いで黙りこむ。清貴が、やっと満足そうに微笑んだ。

「典子の形見分けは必要ないですね？　あなたも典子のことは忘れるべきだ。ね？」

「……ええ」

念を押されて、朱里は無難に答えた。

ふと、なにかを忘れているような気がした。

「あの、その足で愛知に帰るとおっしゃいましたが、典子のお骨はどこに？　出棺なさってましたよね」

テレビで見た告別式の映像では、園児が黒塗りの車を見送っていた。近くの火葬場に向かうものだと思っていたが、高速道路に乗って愛知まで持っていったのだろうか。今、清貴の手にあるのは小さな鞄だけだ。

「もうお骨になっていますよ。コインロッカーです。喪服と、他の着替えも」

そんなところにと呆れたが、これ以上何を言っても無駄だと黙った。どうぞお気をつけて、と清貴を追い立てる。

「そうだ、訊ねられたおかげで思いだしました。警察に寄らなきゃいけないんです。直接保健所に持っていってほしいと依頼したんだが、そういうわけにはいかないと断られてしまいましてね。取りあえずは持って帰らなきゃ。こちらのショッピングモールの案内図はありますか？　鞄屋で売ってるものなのかどうなのか」

「保健所？　なんの話ですか？」

「ウサギですよ。キャリーバッグを買うべきか、ケージごと持って帰るべきか迷っているんです。買うのは勿体(もったい)ない気がするんですが、ケージで持っていけるんだろうか。部屋に残っていたの、このぐらいはあったんですよね」

清貴の手が、測るように空中で広げられた。

17

「秋葉典子さんのことで、もう少し詳しい話をお伺いしたいと思っています。お時間をいただけますか」

翌日、肌にべったりと脂の浮いた中年男性と、それよりはこざっぱりしているが皺だらけのスラックスを穿(は)いた若く背の高い男性が、開店して間もないアヴァンタイトルの店先でそれぞれの名前を警察手帳で提示した。

背後に細川の視線を感じた。典子という名前も聞こえただろう。

「なんですか、いったい。わたし仕事中なんですが」

「少しで済みます。立ち話もなんですから、そこに座りましょうか」

中年男性――原田が、通路の目の前にある休憩コーナーのベンチに指をさす。有無を言わせぬようすだ。

「お客さんはそう多くないように見えますが、少しだけでも抜けられませんか？　休憩時間はいつでしょうか？」

若い男性――眞沢が言う。多少はソフトだが、言っている内容は変わらない。彼の太い眉は見たことがある、と朱里は思いだした。たしか警察署に呼ばれたときだ。

「いいですよ、国枝さん。休んできて」

細川から声がかかる。

「だけど」

「いいから。そこで話をされるほうが困るの。どう見てもお客さまじゃないでしょう？」

細川は眉をひそめたもののほんの一瞬で、すぐに営業用の笑顔を作った。

「なにがあったか知りませんが、警察にはご協力しますよ」

眞沢はパン屋のエピにカフェが併設されているのに気づいたのか、入って行こうとした。

朱里は慌てて止めた。浅賀が聞き耳を立てるに決まっている。アヴァンタイトルの同僚に、いや下手をしたらビバルディの従業員全員に広まるだろう。他のカフェにしても、客の少ない時間だ。話が聞こえてしまうかもしれない。

迷った末に、朱里はふたりを建物の裏手にある商品搬入口の近くに連れていった。搬入のピークは過ぎたが、まだトラックが新たな荷を下ろしに来ている。人目はそれなりにあったが、みな忙しそうだ。ふたりは警察の制服を着ているわけではないから、出入り業者との立ち話に見えるだろう。

「なんでしょうか。典子を殺した犯人は見つかったんですか？」

「捜査中です」

眞沢が言う。

「だったらこんなところで油を売ってないで犯人を捕まえてよー、なんて言わないでくださいよ。あなたから事情を訊くのも捜査の一環なんですから」

原田のバカにしたような喋り方に、不快を覚える。その後、ここは禁煙ですか？　とヤニ臭い息で訊ねてきた。

「煙草は喫煙コーナーでしか吸えません。口寂しいなら飲料の自販機があります。あそこです。ゴミは必ず捨ててくださいね」

「国枝さん、あなたはいかがですか？」

原田が自販機のほうに歩きかけ、途中で振り返った。

「いえ要りません」

「よく知らない人間から飲み物を手渡されるのは嫌ですか？」

原田がにやにやと笑った。

「そういえば、まだ五〇〇ミリリットルのペットボトルが流通してなかったんですね。登場したのは一九九六年だったかな、もう忘れてしまいましたよ。ゴミが増えるということで反対運動もあったと聞きました。ただ、ペットボトルの口を開けて渡す人はいませんね。缶の飲料なら、力の弱い女性や子供に開けてやるという言い訳も立つが」

――缶の飲料。ジュース。

原田のいやらしい笑顔が、渦を巻き始めた。

雨の音が聞こえた。時間の感覚がおかしくなる。視界の歪みを感じはじめた朱里に、眞沢がささやいた。

「お気持ちを乱して申し訳ありません。ただ、あなたが秋葉典子さんと知り合ったのは大学時代ではない、ということを我々はつかんでいます。当時の供述調書も読みました。大変な目に遭われたこと、ご同情申し上げます。お辛いと思いますが、ご協力ください」

幻の手につかまれた。いや違う。自分の腕をつかんでいるのは、そばにいる男だ。

足元がふわふわしていた。遠いところから男が、だいじょうぶですかと何度も訊ねてくる。

種類の違うペットボトルが三本、朱里の目の前に差しだされた。いつも食堂で買って飲んでいる銘柄のお茶が含まれていたので、それを手にする。あなたは一本につき五十円分損してる、と心の中でわずかな溜飲を下げたつもりだったが、もともと彼らは食堂に入れないのだった。それに気づいていっそう悔しい気分になる。

キャップは朱里自身の手でひねった。一度口をつけると、緊張のせいかごくごくと飲んでしまった。すぐに半分がなくなる。

「大学時代に寮で知り合ったと嘘をつきましたね。なぜですか」

原田が訊ねてくる。ひっかかる言い方ばかりする男だ。そういう作戦なのだろうか。

「嘘をついたつもりはありません。言わなかっただけです。全部忘れて、なかったことにして生きています。当時の医者にもそうするよう言われました」

嘘をついたつもりはない、それは本当の気持ちだ。しかし今のセリフは嘘だと、朱里は思った。忘れるように言われたのはたしかだが、なかったことにはできない。

「なるほど。そのお気持ちはわかります。ただそれならなぜ、秋葉さんとずっとつきあっていたのですか？　嫌でも思いだしてしまうでしょう」

眞沢が言う。

「つきあってた、というほどの間柄ではないと、先日も申し上げたかと思います。一年に一度会うだけですよ。今年は例のニイナの騒ぎがあって、典子のことが心配で、それで頻繁に連絡をとっていただけです」

「でも秋葉さんのアパートにも泊まってますよね」

「典子が怪我をしたからです。その話、以前もしましたよね。病院がだいじょうぶだというから帰ってきたけど、頭を打っていたから心配で。入院させてくれたなら泊まりませんでした。人として当然の行動でしょう？」

「では、一年に一度、なんのために会うんですか？」

眞沢の質問に朱里の答えが詰まる。眞沢がなおも続ける。

「同じ寮にいた方に伺いましたが、仲良しというわけでもなかったようですね。むしろよくぶつかっていたという声も聞きました」

「真面目な典子から見ると、わたしはいいかげんな人間に映っていたんでしょう。ぶつかっていたというより、指導されていたんです」

自分などどうにでもなれとばかりに遊び回って門限を破る朱里の自堕落は、典子の目に余ったようだ。放っておけないと思われているとはわかっていたが、素直に聞けない程度には朱里も若かった。

「指導ですか。寮生活を送っていたなら、好き嫌いにかかわらずつきあわざるを得ないですよねえ。でももう卒業した。その後たまたま会ったところで、話をする必要もない。口うるさい先輩となれば、特にだ」

原田が煽ってくる。

「口うるさいなんて言ってません。典子は心配してくれてたんです」

「卒業して数年後に、偶然再会したというのは、どちらでですか？」

眞沢が訊ねてきた。柔らかな表現だが、原田と同じように、細かいところまでつついてくる。

「……公園」

「どちらの？」

「わたしと丸美が……当時一緒に行動していた鳥居丸美が、さらわれた森林公園です」

原田と眞沢の目が見開かれた。なんでまた、と原田がつぶやく。

「ちょっと、いろいろあって、丸美のお墓参りというかそういうことをしていないことが気になったんです。でもお墓がどこにあるか知らないし調べたら調べたで嫌なことを思いだしそうだったし、丸美が死んだ場所は犯人が住んでいたところだから行きたくないし。それで森林公園に」

「花を手向けるとか、そういった類のことをしにですか?」

眞沢が確認するように言った。

「まあそうです。そしたら典子がいました。典子は、大学のころからずっと行っていたみたいです。森林公園を選んだのもわたしと同じ理由」

同じ寮にいたときは、そんな話など聞いたこともなかったけれど、典子はずっと行っていたのだ。

あの地下室で、扉に開いた小さなのぞき窓の光を見ながら、ひとりだけ死んでしまった丸美のために。

「――さん? 国枝さん、どうですか?」

「え、なんでしたっけ」

意識が飛んでいた朱里が問い直すと、眞沢が説明するように言った。

「ですから、おふたりが偶然同じ日に森林公園へ出かけたのはなぜなのか、そう訊いたんです」

朱里は唇を嚙む。

「九月二日だから。……わたしたちが解放された日です。つまり丸美の命日です」

「なるほど。ではそれ以来、一年に一度会っていたというのは、お墓参りということですか。正確にはお墓ではありませんが」

眞沢の言葉に、朱里はうなずく。

あれは五年前だった。夏の終わり、あの日が迫っていた。そのせいもあって、丸美に恨まれていると感じるのを抑えられなかった。

「お花は持っていっていません。目立つので。お互いの都合で別々の日に行ったこともあります」

「今年も同様のことを？」

「今年は、ニイナの騒ぎもあって立ち消えに」

去年は喧嘩になった。朱里が愚痴を言いだして酒を過ごし、うまくいかない人生を丸美に恨まれていると叫び、典子にたしなめられた。自分たちを縛ることになるのなら、もう行くのはやめよう、そんな話もしていた。

朱里はペットボトルを口につけた。喉の渇きを抑える。

「子供の時分からの知り合いだったら、最初から言ってもらいたいですね。おかげで手間も時間もかかりましたよ」

原田が唇を歪めた。朱里は視線を向ける。

「あなたも秋葉さんと同様、事件以降、苗字を変えたり転居をしたりしたわけだ」

「引越しはもともと予定していました。妹の病院の都合で」

「そうでしたね。で、話は戻りますが、なぜいきなり墓参りなどに行こうと思ったんですか？　秋葉さんはずっと行っていらしたとのことですが、あなたは突然だ。いろいろあったとおっしゃいましたが、具体的になにがありましたか」

メモは持っているがペンはなく、指先でそれを弄びながら原田が問う。

「会社を辞めたりとか、そういう……」

「貿易関係の会社でしたね。一部上場企業でいい会社だ。辞めた理由は？」

「……ご存じなら、訊く必要ないじゃないですか」

「これは失礼。ですが本人からお伺いしたほうが正確です」

「人間関係です」

「具体的に」

これは彼らの手だ。自分を苛立たせようとしているのだ。冷静にならなくては、と思いながらも朱里はふたりに敵意を向けてしまう。

「男と別れました。わたしが監禁事件の被害者だったことが気に入らなかったようです」

相手は職場の先輩だった。周囲も交際を知っていて、結婚への道は見えていたつもりだ。ところがどういう経緯か、事件のことを気づかれた。話していなかったことを責められ、僕は過去を受け止めきれないと言われた。自棄を起こして仕事を辞めたのは早まったかもしれないが、針のむしろに座り続けるほど朱里の神経は太くなかった。

「そうでしたか。言いづらいことを訊いてすみません」

眞沢が頭を下げてきた。しかし当の原田は、平然とした表情で言う。

「ご同情申し上げます。ところで秋葉さんのご婚約をどう思いました？」

「どう？　まあ、よかったなと」

「その後解消されましたよね。モデルのニイナが騒いで。あれはどう思われました？」

「典子はだいじょうぶなのかと、心配でした。だから何度か連絡を」

「秋葉さんのほうから断ったようです。聞いてましたか？　相談されましたか？」

「事後報告でした」

「アドバイスはしませんでしたか？　国枝さんと同じようなケースですよね。監禁事件の被害者だったことが気に入らない、相手からそう言われるかもしれないよと、助言したことはないですか？」

「何が言いたいんですか。あなた、原田さん」

「嫉妬していませんでしたか？　年商が億単位という社長と結婚する秋葉さんに。うまくいってほしいと思いましたか？　破局したと聞いてどう思いましたか？」

「失礼じゃないですか！」

思わず睨みつけた朱里に、原田がいやらしい笑みを浮かべた。

「質問ですよ、質問。たしかに失礼でしたね。でも私ならそう思うんですよ。自分と似たような境遇なのにどんどん出世していく同僚とか見ていますとね。いけないと思いつつ、嫉妬の塊になる。人間ができてないんだなあ」

あなたの人間性に興味などない。

そう思いながら朱里は、またペットボトルの茶を飲んだ。もう空だ。

「他に質問がないなら、戻ります」

「いやまだありますよ。あなた、精神科に通ってますね」

原田が訊ねてくる。

「え？」

「最近は別の言い方をするんでしたっけ。心療内科、メンタルクリニック、えーっと、脳病院と言ったのは戦前だったかな――」

「なにがおっしゃりたいんですか」

朱里は原田の言葉を遮った。

「すみません。過去に抗不安剤や睡眠薬を処方されているようですが、今も服用されていますかとお伺いしたかっただけです」

眞沢が困ったように口を挟んだ。

「メンタルクリニックには行っています。でも忙しくて、ここ最近は足が遠のいているし――」

幻の手は、なにをしても消えない。突然出てきてこころをかき乱すけれど、対策なんてない。薬を飲もうと飲むまいと同じだ。それでも夏になると頼ってしまう。

あのとき、二十年前。

最後に丸美の手を握ってあげることができなかった。怖くて怖くて、どうしても、できなかった。

だから、丸美は今、わたしの手を握る。

自分を忘れさせないとばかりに。

「薬はまだお手元にありますか?」

「いいえ。もらわなきゃいけないと思いながら、そのまま。でももう落ち着いています」

じゃあもう時間ですから。そう言ってペットボトルをゴミ箱に捨て、背中を向けたところで眞沢が止めてきた。

「お待ちください、もう少しだけ。室町延兼との婚約破棄の件です。詳しい理由は教わっていますか？　室町は秋葉さんから、自分と結婚してもマイナスにしかならないと言われたようですが、監禁事件が原因でしょうか」

「追及されたくないと、典子は思っていたはずです。ニイナが騒げば典子の周りにマスコミがやってきます。ネットでも個人情報を上げられていました。いつ二十年前のことに気づかれるか、不安だったと思います」

「そういった方たちと秋葉さんとの間で、トラブルは起こっていませんでしたか？」

訊ねられて朱里は思いだした。原田の態度に腹が立ち、すっかり忘れていた。

「典子は脅されていました」

「脅し、とは？　誰に？」

朱里の視線を、眞沢が真剣な目で正面から受け止めていた。

「探偵、と典子は言っていました」

一瞬、眞沢の目が泳いだ。呆れたように眉尻が下がり、しかしすぐに真剣な表情に戻る。

「国枝さんはその探偵に会ったんですか？」

「いいえ、会っていません。ニイナか室町さんか、誰かが自分の身上調査を頼んだせいで、監禁事件のことに気づかれたのではないかと、典子は言っていました」

「探偵が、身上調査の結果を依頼者に報告せず、その件について対象者を脅した、ということでしょうか」

「依頼者に報告したかどうかまでは知りません。室町さんに知られてもいいのかと、お金を要求してきたそうです。結婚はやめたからもう関係ないと告げたけれど、今度は職場などに暴露するようなことを言って脅してきたとか」

眞沢と原田が視線を合わせていた。口を開きかけた原田を制するように、眞沢が早口で訊ねてくる。

「請求額はいくらですか？」

「それも知りません。典子は五十万払ったけれど、それでは足りないとさらに要求されたということです。きりがなくなると典子も思ったんでしょう。仕事を辞めて引越すと言いました」

「引越しの理由……、あなたそんな重要な話をなぜ最初に言わなかったんですか」

「すみません。……ただ」

「ただ？　なんですか」

「脅迫している相手を殺すなんて考えられないと思ったので」

「それは警察が判断するんだよ！」

原田が強い調子で口を挟んできた。不愉快そうに睨んでいる。眞沢が続けた。

「なるほど、わかりました。ありがとうございます。他にはないですか？　秋葉さんに関するトラブルとか、なにか気になることとか」

「……かかわるなと言われました。その探偵は、わたしに気づけばわたしも脅してくるだろうと。だから典子は、もう自分に会いに来ないでと」

18

典子の名前はワイドショーで取り上げられた。細川は、刑事の言葉が耳に入る位置にいた。林たちにも聞こえたかもしれない。質問攻めに遭うのではと覚悟した朱里だが、アヴァンタイトルの売り場に戻っても、誰にもなにも問われなかった。

いや、細川からはひとことあった。お昼休憩の時間を減らすけどかまわないよね、と。すみませんでしたと朱里はうなずいた。

昼が近づくと、客が少ないから今のうちに食べてきて、と促された。予定より早い。体調不良で倒れたときは懲罰のつもりなのか後回しにされたのに、と朱里は不審に感じたが、とりあえずと社員食堂に足を踏み入れた。

浅賀が待っていた。手を振って、笑顔を向けてくる。

なるほどそういうことか、と朱里は思った。細川はもちろん、アヴァンタイトルのスタッフでは、聞いても答えないと思ったのだろう。浅賀が相手なら自分の口も滑らかになると踏んだのだ。苦笑するしかない。

さてどうしよう。別の席を取ろうか。それではわざとらしいだろうか。

浅賀は立ち上がり、手を引いてきた。

「聞いたわよー、なんか知り合いが大変な目に遭ったんだって？　っていうか、その人とあなた、どういう関係なの？」

あまりにストレートな訊ね方で、朱里は返す言葉を思いつかなかった。これがおばさんというものか、と呆れる。

「大変……と言いますと？」

「あー、ごめん。んーっと、亡くなった人、というか、殺された人、だよね？　アパートで死んでたとかなんとかいう、テレビのニュースしか知らないけど」

浅賀が探るような視線でこちらを見てくる。

「わたしもテレビでしか知らないので」

「え？　そうなの？　だって警察が訊きに来たんでしょう？　あれって刑事さんよね？　ちらりと見えたけど」

なにがちらりだ。細川たちから聞いたのだろう。いや、エピの古から、アヴァンタイトルが見える。以前、倒れたときも見られていた。今日も、いつもと違う雰囲気にわくわくしながら観察していたんじゃないだろうか。

文句は山ほどあったが、しかしなにも言えないまま、うなずいた。

「なに訊かれたの？　警察ってどういうこと訊くの？」

「……訊かれた内容を喋っちゃいけないと言われたんです。すみません」

首をひねりながら浅賀が、そういうものなの？　とつぶやく。

こう言えば黙ってくれるだろうか。朱里は弁当を口に運ぶ。食べ終わったら口を開かなくてはいけない。咀嚼を多くして、隙をつくらないようにしないと。

「それで、あなたとの関係は？　あの女性って、例のモデルの恋敵だって話よね？」

遠慮のない物言いがやってくる。浅賀は引き下がる気がないようだ。どう答えるのがいいのだろう。被害者の友人だと言ったら、どれほど質問されるか。

「お客さんです。以前勤めていた店の」

「えー？　以前はどこに勤めてたの？」

「同じようなアパレルです。彼女はたまたまこちらにいらしたみたいで」

「そんなに仲良くお客さんとつきあうものなの？　私なんて、誰がどのパンを買っていくか、全然覚えていないわよ」

そう答えれば訊かれたくないとわかるはず、という願いは浅賀には通じなかった。さすがはアヴァンタイトルの同僚から特命を帯びただけのことはあると、朱里は逆に感心した。

浅賀はその後もあれこれと訊ねてきたが、朱里はのらりくらりとかわした。最後に口に入れた漬物を飲みこみ、立ち上がる。

「ごめんなさい、あまり時間がなくて。先に出ますね」

立ち上がり、浅賀を振り返らないようにして弁当の容器を捨てにいった。そのまま早足で食堂を後にする。

警察は典子や朱里の過去を知っても、マスコミに流したりなどしない。若いほうの刑事、眞沢が約束してくれた。捜査上の秘密だという説明に納得はできたが、それでも朱里は、誰かに見られているような気がしていた。

帰り道を急ぐ。朱里はいつも、多少遠回りになっても明るい道を歩くようにしていた。ビバルディの周囲にある近道も知っていたが、暗かったり人通りの少なかったりする場所は避けている。

辿り着いた自宅はワンルームで、典子の部屋と似たり寄ったりのアパートだ。ただし朱里の部屋は一階で、玄関側の道が狭い分、家賃は安いだろう。部屋の色も、暖色系でまとめていた典子に対し、そのへんにあるもので間に合わせている。

扉を開けると、部屋の奥でかさこそと音がした。

一瞬ぎょっとして、ああそうだったと思いだす。典子が飼っていたウサギを、兄の清貴から譲り受けたのだ。処分すると言われ、勢いで自分が飼うと答えてしまった。

清貴は、警察署から引き取ったウサギをその足でビバルディに届けに来た。餌は適当に買ってくれと裸の札を渡し、タクシーですぐに消えた。その素早さは朱里の心変わりを恐れているかのようで、笑えてきた。ビバルディにはペットショップが入店している。朱里は閉店間際に飛び込んで、必要なものを店員に揃えてもらった。説明も受けたが覚えきれず、本を買って、確認しながら餌を置いた。本には、ウサギは自分の名前を覚えることができると書かれていた。典子が口にした名をなんとか思いだす。ダイダイ。典子はそう呼んだ。最初に幾つか間違った名を呼んでしまったが、振り向いた名前がそれだったので、間違っていないはずだ。

典子は、留守中はケージに入れたままにすると言っていた。ペットショップの人も、ウサギはあちこちを齧るので気をつけてと言った。朱里も典子にならった。本によると、ウサギは怖がりだとか新しい環境に慣れるのに時間がかかるとかあったので、昨日は餌だけ与えて放っておいた。

今日は外に出してみようとケージから出し、恐る恐る抱き上げて膝に置く。扉を開けておいて出ていくのを待つのではなく、飼い主が外に出すようにしましょう、そうしないと勝手に出てもいいものだと覚えてしまいます。本には、そうも書かれていた。

典子の部屋から警察署を経て、朱里の部屋へと。環境の変化が激しすぎたのか、ウサギはちっとも動かない。どうすればいいんだろう、と朱里も膝に乗せたまま動けずにいた。

生き物を飼うのは初めてだ。

小さいころは、犬か猫を飼いたいと思っていた。けれど生まれた妹の身体が弱く、それどころではなかった。祖父母の家にもペットはいなかった。一度ねだってみたけれど、いつまでこの家にいるかわからないでしょうと断られた。

あの事件の後は、とてもそんな気にならなかった。テレビや写真で動物を見れば、かわいいとは思う。けれどどうしても自分とダブらせてしまう。

人間の勝手で、構われたり放置されたりするのはかわいそうだ。狭いところに閉じ込められて、息苦しくないんだろうか。そんな風に、飼い主ではなく飼われるほうの気持ちになってしまう。幸せに暮らしているペットがほとんどだろうけど、それは自由な世界を知らないからではないか。

典子もそうだろうと思っていた。典子のほうが長く閉じ込められていたし、ひとりきりでいて、自分よりずっと怖い思いをしただろう。

だけど飼ってみたらかわいかったのよと典子は言った。室町の息子が飼えなくなったという緊急避難的に預かったウサギだが、懐けば愛情も湧いたのだろう。

保健所に処分してもらおうだなんて、とんでもない話だ。清貴はどうしてそんなことが言えるのか。朱里の、典子の気持ちを、少しでも想像したことがあるんだろうか。

ない。絶対にない。

清貴は、朱里がそばにいたために、典子が過去に囚われてしまったかのように責めてきた。それは否定しない。けれど典子のことをわかってやれたのは自分だけだ。典子もまた、自分のことをわかってくれていた。一年に一度しか会わなかったが、いや、会わないようにしていたが、心は通じていたはずだ。

膝の上が温かい。

ウサギはまだ動こうとしなかったが、重さと温かさがじんわりと伝わってきた。朱里は背中をそっと撫でてみた。柔らかな毛に手を這わせていると、つい唇が緩んでしまう。怖がらせないように、ゆっくりと、もう一度撫でる。飼ってみたらかわいかったと言った典子の気持ちが、少しはわかったような気がした。

ウサギを膝に乗せてぼんやりしているうちに、朝になっていた。

19

翌朝八時、捜査会議が始まった。

憲吾が国枝朱里から引きだした探偵の話を受け、室町とニイナが追加の調査をされた。担当しているのは十四係の小浜主任だ。

「室町は、秋葉典子の身上調査はしていないと言っています。また、探偵を名乗る人間からの接触も、今までにないとのことです」

「嘘をついているようすは？　社長サマだろう？　身上調査をしてもおかしくはない」

管理官の北見が、その童顔を嫌そうに歪める。

「自分も二度目の結婚だ、典子の人となりは見ればわかる、と室町は言います。探偵の話を振ったところ、逆にどういうことかと訊ねられました。室町には七十五歳になる母親がいますが、結婚に反対ではなかったので、母親が勝手に依頼したということもないだろう、とのことです」

母親の確認は取ったのかという質問に、小浜はもちろんですとうなずいた。

「ニイナも同様です。自分はあんな女など最初から相手にしていないと、鼻で笑うような態度で」

テレビカメラの前であんな派手に騒いでおいてなにを言ってるんだ、と会議室がざわついた。北見も倉科も苦笑している。

「探偵に脅されていたという国枝の話は、どこまで信用できるんだ」

北見が憲吾と原田に目を向けてくる。原田が先に話しだす。

「安手のドラマかよ、とは思いました。彼女の作り話ではないかと。しかし決めつけるわけにはいきません」

「五十万円のこともあります。秋葉が探偵に支払ったと国枝が主張する分と、貯金を崩した額がぴったり合います」

うむ、と北見がうなずくのを待って、憲吾は続けた。

「といっても、秋葉を殺したのは国枝、五十万も彼女が盗った、国枝は五十万の帳尻を合わせるために探偵の話をでっち上げた、そういう考え方もできるかと思います」

ただし国枝に借金の記録は見当たらなかった。

国枝なら怪しまれずに部屋に入れるだろう。通院しているメンタルクリニックでも、秋葉に使われたのと同じベンゾジアゼピン系の抗不安剤の処方があった。最後の診察は八月頭で、処方通り飲んでいるなら、もうなくなったはずだという医師の説明だったが、本当に手持ちがないかどうかは本人にしかわからない。国枝は、症状が治まるとやってこなくなるがぶり返すと姿を見せ、それが続いて気まずくなると次は別の病院に通うという、不真面目な患者のようだ。

「国枝に、秋葉殺害の動機は見つかりましたか？」

倉科が訊ねる。諭すような笑顔をしている。

「嫉妬ですね」

原田が軽く言った。

「国枝と秋葉は同じ過去を持っています。しかし周囲からの信頼が厚かった秋葉に対し、国枝はトラブルを起こしがちです。今の職場は三年前からで、それ以前の五年前から三年前も同様の服飾店に勤めていましたが、人づきあいが悪い、刹那的だ、という印象を持たれています。男性関係も、五年前に当時の職場にいた男性と破局して以降は短いつきあいが多く、今の恋人は妻子持ちです」

原田の報告に、会議室がまたざわめく。

「そういう自分自身を国枝本人がどう思っていたかはわかりませんが、社長夫人になりそうな秋葉に嫉妬した、ということは充分考えられるのではないでしょうか。ニイナとの接点は見つかっていませんが、例えば彼女が告げ口をして、ニイナが騒ぎ出した……、と、すみません、予断でした」

にやついたまま原田が座った。今の言い方はわざとだと、憲吾は思った。

原田は二十年前の件が上がって以来、面白がっている。犯人候補として有力な参考人が、自分の狩場にいるのが愉しいのだ。煽るような聴取をしたのも、作戦ばかりではないかもしれない。憲吾にも、お優しい倉科の真似かよと嗤っていた。しかし憲吾は自分の方針を変えるつもりはない。倉科はそれで効果を上げている。原田のような訊き方をしても、相手を萎縮させるだけだろう。

原田とは、嫉妬という動機についても議論した。原田は前回一緒になった板橋の事件を持ちだした。謝らせたいというだけで人はナイフを手にするのだ。二十年前の因縁もあるだろう、なにかが国枝の逆鱗に触れたのではないか、前回に比べればまだ理解できる動機ではないかと。それについては、憲吾も反論ができない。

地取り班の報告は少なく、北見の罵声を浴びていた。秋葉の自宅アパート周辺の目撃者は、範囲を広げてみたものの出てこない。また、死亡推定時刻に国枝が外出したことを証明できる目撃者も出ていなかった。

では二十年前の誘拐事件の関係者について、と倉科が次に進めた。担当捜査員が立ち上がる。

「事件を起こした新庄知一の家族について報告します。二十年前、事件のあった家に住んでいたのは知一と母親ですが、母親は骨盤骨折で長期入院をしており、不在でした。当時六十八歳で、事件の翌年に死亡しています。知一には妹がおり、事件後に離婚。当時三十八歳で、現在は五十八歳。離婚後、神奈川県小田原市、静岡県熱海市、静岡市、と転居しています。秋葉典子の死亡時のアリバイは、勤務先の給食センターで確認がとれました。ただ離婚時につれてきたふたりの息子の、長男のほうの居場所がはっきりしません」

「どちらも妹が親権を持ったんだな？」

北見の問いに、捜査員がいったん言葉を止めた。

「犯人の実妹ということで、婚家を追いだされた形です。……そういう兄を持つ人間を家に残すわけにはいかないと。これは、長男の居所を調べるにあたって父親、つまり妹の元夫に確認したときの言葉です」

「転居の回数から見ても、どういう状況に置かれたかがわかるね」

倉科の声が感慨深げだ。

「はい。上が新庄悟郎、現在三十二歳。下が新庄浩二、現在二十九歳。悟郎は高校卒業後、静岡県浜松市内の製造メーカーに入社後、愛知で期間従業員、長野で派遣工として働いた後、行方がつかめていません。浩二も同じく、神奈川県川崎市で期間従業員、埼玉、栃木で派遣工です。現在は栃木にいて、勤務先によると事件当日はシフトが休みになっています。本人はパチンコをしていたと証言。まだ裏は取れていません。なお悟郎の住民票ですが、母親が自分の元に戻しています。行方をつかんでいる可能性もあると訊ねてみたんですが、知らぬ存ぜぬの答えで」

「写真は手に入ったか？」

北見が訊く。

「はい、履歴書や社員証のものを。運転免許証は持っていません」
「母親に、当時の被害者だった女性が殺害されたという話はしたか？」
「それはかわいそうにとは言われましたが、もう一切関係ないと。相手が子供だったので会っていない、顔も見せてもらっていない。さっぱり覚えていないとのことです」
「行方不明になったときに写真が報道されたはずだが」
「それも訊ねましたが、記憶にない、兄の事件の発覚後も怖くてたしかめ直していない、と」

しかしふたりの息子がどう感じたかはわからない、という話になった。被害者はほぼ同年代だ。関心がなかったとは思えない。彼らは伯父の新庄知一のせいで、世間のそしりを受けるはめになった。今でも職業を転々としている。ニイナが騒いだため、アングラサイトには秋葉典子の顔写真が載った。秋葉のノートパソコンに履歴が残っていた掲示板にも、一時的だが現在の名前が公開されていた。改姓を知っており、筋違いの恨みが向いたということは考えられないか、と。

「筋違いにもほどがありますよ。諸悪の根源は新庄のほうじゃないですか」

石神井署の捜査員が発言する。

「だがそれは、悟郎のせいではありません。なんだあいつは幸せそうじゃないか、それに比べて俺はと、そんな風に思うのは不自然とも言えません」

ありだなしだ、と場が紛糾する。

「悟郎が、国枝が言っていた探偵ということは、考えられるでしょうか?」

憲吾が手を上げた。どういうことだと声が飛ぶ。

「たとえばですが、秋葉のことを知った悟郎が、二十年前のことを知られずに結婚したいなら金を寄越せと、探偵を名乗って近づいた」

「おいおい。それじゃ国枝は関係なくなるじゃないか。おまえさっきと違うこと言ってるぞ」

原田がつっこんでくる。彼としては、とにかく国枝が犯人という筋で行きたいのだ。

「どちらも犯人の可能性はありますよ。我々は、いくら小さな可能性でも突き詰めるべきではないでしょうか」

「動機はなんだ」

北見が憲吾に訊ねてくる。

「金……でしょうか。食い詰めていたなら、あり得るでしょう。とはいえ、悟郎も自分が新庄の甥だとばれてはまずい。だから探偵のふりをした。しかし、もっと寄越せとばかりに詰め寄ったところ、正体がばれて殺した、と」

いずれにせよ悟郎本人を見つけるのが先だ。担当する捜査員を増員し、引き続き行方を捜していくということで、新庄の家族に関する報告は終わった。

続いて国枝朱里の家族だ。憲吾が改めて立ち上がり、報告する。朱里の両親は現在、宮城県仙台市に在住している。父親が勤務先の支社長となり、二年前に横浜から転居した。妹は医学部の六年生で、北海道の大学にいる。二十年前アメリカで移植された心臓に問題はないようすだ。妹自身に精神安定剤の服用はないが、手に入れやすいところにいるとも言える。ただ、家族と国枝の連絡は途絶えがちで、秋葉との交流も知らなかったという。

「新庄知一を撲殺した鳥居周作のことはわかりましたか?」

倉科が話を振った。典子の家族を調べていた草加と中条は、そちらの筋はなさそうだということで、現在は鳥居家について掘り下げていた。中条のほうが立ち上がる。

「鳥居周作は今年七月に死亡していました。肝臓に病気が見つかり、定期的に病院に通っていましたが、二度も現れないため知人——以前勤めていた介護施設の職員ですが、その男が自宅を訪ねたところ、死んでいたとのことです。死後十日ほどで、骨折などの状況から階段で足を踏み外したもようです。六十七歳でした。監禁事件の犯人を撲殺したことについては情状酌量の余地もあるとされましたが、本人は殺意を否定せず、警察官への暴行や傷害の前科も鑑(かんが)みられ、十五年服役しています。出所後は、もともと住んでいた御栗山町の自宅に戻って先ほどの介護施設に再就職、といってもアルバイトですが、三年ほど勤め、その後、足を悪くして退職。服役中から肝臓の調子は悪く、強面の風貌も変わり、すっかりおじいさんになっていたとのことです。妻の鳥居美雪(みゆき)は九年前に死亡」

「美雪の死因は?」

北見が確認する。

「子宮がんです。服役中の周作に何度も会いに来て、彼を支えていたのですが、治療が遅れたそうです。周作も、妻の死亡以来めっきり老けこんでしまったと」

「鳥居家に残っていたのは、美雪だけじゃなかったよな?」

二十年前の資料から、家族構成はわかっていた。

「はい。高校を卒業した三女は静岡市に出て飲食店に勤めはじめたのですが、母親の看病のため御栗山町に戻りました。しかし母親の葬式後、家とは縁を切ると出ていき――」

「ちょっと待ってください。三女と言いましたか? 鳥居の子供はふたりでは」

黙って聞いていた倉科が顔を上げる。

「殺された鳥居丸美は、正確には二女です。丸美の二つ上に、生後一年半で亡くなった長女がいました。名前は鳥居美衣子(みえこ)で、死亡理由は不明です。三女も丸美と二つ違いで、名前は鳥居幸子(さちこ)、現在二十九歳。町役場で照会を取ったところ、分籍していました。母親が亡くなって間もなくの、しかも二十歳の誕生日。待ち構えていたようです」

戸籍法第二十一条に、成年に達した者は分籍をすることができる、とある。親の戸籍から削除されて、本人を筆頭者とする新戸籍を編製できるのだ。親の戸籍から出る理由として、一般的なのは結婚だ。しかし虐待する親との関係を絶って辿れないようにしたり、養子縁組や離婚といった戸籍の出入りを見えづらくするためにあえて分籍する場合もある。家庭裁判所の手続きも必要ない。

「戸籍の住所は」

「同じ住所のままでした。しかしすぐに静岡市のアパートに本籍ごと移されています。そこから再び浜松市のマンションに移していて、まだ辿れずにいます」

「こっちもか！　ぐるぐるぐるぐる変わりやがって！」

北見が怒鳴った。

「周作、美雪の婚姻は美衣子の出産の半年ほど前になります。資料として戸籍のコピーを提出いたします。幸子のものは途中までですが」

中条が真面目な顔でつけたした。倉科が苦笑している。

「ご苦労様です。引き続き三女の行方を確認してください」

重要参考人としてマークすべきは国枝朱里と新庄悟郎。真偽は不確かだが探偵を名乗る人物、それに繋がる室町延兼とニイナ。および新庄浩二や鳥居幸子など不明点の多いものの調べを進めるようにということで、捜査会議が終わった。

会議後、憲吾は石神井署の女性警察官を伴って、アヴァンタイトルで勤務中の国枝を監視することになった。服装もカジュアルなブルゾンを羽織り、眼鏡をかけてデートのふりをしている。

ふたりは近辺の店を冷やかしながら、国枝の姿を目の端で確認する。逃亡や自殺の恐れもあるので注意するようにと、念を押されていた。しかし国枝には緊張感が見られない。ぼんやりとしたようすで、人目を盗んでこっそりとあくびをしていた。

「友人が殺された割には、神経が太いですね」

女性警察官が呆れたように言う。

「昨日はいらついていましたよ。昨夜、国枝の仕事終わりを見計らって帰りを尾行しましたが、たびたび後ろを振り向いていた。気弱なようすで話していたと思えば突然攻撃的になったりするし、気持ちの波がある人のようです」

あ、と憲吾は小さく声を上げた。国枝が周囲に頭を下げ、鞄を持って店を出てくる。

「昼休みでしょうか」

女性警察官が訊ねる。

「彼女は社員食堂を利用することが多いんですよ。外部の人間は入れないので、近くで待つしかない」

「でも他の店の可能性も——、す、すみません」

女性警察官が国枝と目を合わせてしまった。挑戦的な微笑みを浮かべながら、国枝が歩いてくる。憲吾のほうを見てきた。

「やっぱり昨日の方ですよね。わざとらしくカップルのふりして」

「わざとらしいですか？」

「三十歳前後の男性は、平日昼間のショッピングモールにそう長くはいませんよ。やたらとあたりを見てるし、なにかと反応するし」

憲吾は苦笑した。そろそろ二時間にはなる。さっきのあくびは、こちらを試したのかもしれない。

「わたしを見張ってどうするんですか。まさかわたしが典子を殺したなんて思ってませんよね」

「捜査のことは話せないんですよ」

「こんなところにいる暇があったら、例の探偵を捜してください。室町さんかニイナか、どちらかが雇ったに決まっています」

「捜しています、他の人間が。自分は、その探偵があなたに接触するかもしれないので網を張っていたんです。あなたをどうこうしようというつもりはない」

半分は本当だ。探偵なる人物がいるとして、二十年前の件で秋葉を脅迫したのなら、国枝に近づく可能性も大いにある。

「来たらすぐ通報しますよ。待ってなくてもだいじょうぶです」

国枝がそう答えたとき、憲吾のスマホがポケットで震えた。

取りだすと、倉科係長の名前が浮かんでいる。すみません、と断って背を向け、電話に出た。

「死体が出ました。国枝のことは石神井署の方に任せて、すぐ来てください」

「誰のですか?」

「立花十造という男と思われますが、確定ではありません。ただ、立花は探偵業を営んでいます」

20

板橋の事件の聞き込みの際に、世田谷署近辺で窃盗事件が相次いでいるという話があった。その窃盗犯が、晴れて逮捕に至ったのだという。

そして思わぬ土産(みやげ)を連れてきた。彼は、忍び込んだ家で死体と対面したのだ。

俺は知らない、俺は関係ない、信じてくれ。窃盗犯は泣きわめいていたが、彼が関与した可能性が薄いことは、死体の状況から明らかだった。陽の当たる南向きのリビングで、変色した身体は体内から生じた腐敗ガスで膨れており、残暑を差し引いても昨日今日死んだわけではないことが見て取れた。首には薄手のタオルが巻きつき、サイドボードの取っ手に結ばれている。重みと内部腐敗でタオルの周囲の皮膚がぐずぐずと破れていた。ガラスの破れた掃き出し窓から異臭が漂っている。蛆(うじ)も湧きはじめていた。

築三十年ほどの、一戸建て住宅だった。持ち主は立花十造、五十五歳。派手な音を立てて惑い逃げる窃盗犯を通報した隣家の住人は、自分は不動産屋を介して転勤中の家を借りているだけなので、近所づきあいはないと言った。隣の住人がどんな仕事をしているか知らないし、立花の顔も覚えていないという。

立花の職業の解答は室内にあった。いくつもの盗聴器、それを発見するための器具、スパイグッズまがいの小型カメラにスタンガンと、眉をひそめるような品物が見つかったのだ。

加えて資料の束が大量にあり、いくつか見たところ、古い日付の調査報告書だった。死体のそば、ソファの下にはニイナの写真が一枚落ちていた。雑誌の切り抜きではなく、プライベートを写したものだ。

「やれやれ疲れた。まいったよ」

石神井署の取調室から出てきた小浜がため息をつく。立花の自宅にあった複写式領収書の控えのほうに、ニイナこと山本仁菜の名前を記したものが見つかったため彼女を呼んでいたのだ。残っている控えは二枚あり、八月二十日に着手金とみられる十万円、さらに九月六日付けのものはそれより多いが金額の最後が端数で、残金と諸経費ではないかと思われた。調査報告書やその作成に使った資料は見つかっていないが、領収書の控えは充分に、ニイナが調査を依頼したとわかる証拠だ。

「けれどあの女、知らぬ存ぜぬの一点張りだ。誰かが偽造したんじゃないかってさ」

「なんのためにですか?」

憲吾は問う。

「自分を陥れようとする人間がいる、だそうだ。成功を妬まれていろんな妨害をうけている、そういう世界なんだと言っていた」

「だったらその世界の中で嫌がらせがあるだろうが。いきなり探偵なんて飛躍しすぎでしょうよ」

小浜の答えに原田が吐き捨てる。憲吾が国枝を見張っていたころ、原田はアヴァンタイトルのエリアマネージャー道長に会いに行っていた。国枝の不倫相手だ。

「立花の家にはニイナの写真がありましたよね。依頼者ではなく、調査対象者だったってことはないでしょうか」

憲吾が小浜に訊ねる。

「しかし領収書が切られているぞ」

「自分の写真についてはなんて?」

「話をする前にヒステリーでキレられたよ。倉科係長が後で訊いてみると言っていたが」

しばらくの後、補助者をしていた女性捜査員が外に出てきた。興奮している。

「喋りだしました。やはりニイナが秋葉典子の身辺調査を依頼したようです。しかしその後、ニイナは立花から、依頼したことをマスコミに知られたくなければ報酬に上乗せをしろと要求されたとのことです。泣きだしましたよ、彼女」

「おいそれじゃ」

「ニイナが立花を殺害したということも」

「金の亡者だな、立花」

「殺人だよな。自殺じゃないだろう、あの状況じゃ。解剖の結果はまだか？」

場が沸き立つ。目視では首の痕はわからなかったが、現場となったリビングと隣の和室の間には、鴨居（かもい）の上に欄間（らんま）があった。斜めの格子を入れたガラス製で、空気の入れ替えを考えてだろう、垂直部分の中間を支点にして押し開くようになっている。死体発見時は閉じていたが、家の持ち主が自殺をするなら、サイドボードの取っ手よりそちらを選ぶはずだというのが大方の見方だった。

遺体が運び出された後もあたりには臭いがしみこみ、また窃盗犯の割った窓ガラスがブルーシートで隠されたため新鮮な空気も入らず、吐き気と闘いながらの現場検証だった。

立花十造の家は、ゴミ屋敷とまではいかないが、やたらと物が溢れていた。台所には飲み終えた缶ビールにペットボトルにコンビニ弁当の空容器。二階にいたる階段には隅に本や雑誌が積まれ、二階の二部屋も物置と化していた。箪笥の引き出しと扉が開いたままで、泥棒があさったかのようだったが件の窃盗犯は手を触れておらず、中身らしき衣類は一階の和室にあった。リビングとの境ではないほうの壁、長押の部分にずらりとハンガーで掛けられ、溢れたものは畳の上に乱雑に置かれて、隣には万年床の様相を呈した布団。埃とスリッパの痕から見て、和室とリビングしか普段の生活に使っていないようすだった。ただしリビングのソファの上にも荷物が載っている始末だ。遺体は、身に着けていた衣類から中年の男性と見られ、住人である立花の可能性が最も高かったが、判断は司法解剖に預けられていた。財布もスマホも見つかっていない。

家の鍵はかけられていた。鍵は見つからない。内鍵はかかっておらず、立花以外の人間が施錠した可能性もあった。

古くから近辺に住むものに聞いたところ、立花は五年ほど前に引越してきて、当時は三人暮らし。しかし大学生だった息子は就職で家を離れ、妻とは三年前に離婚した。周囲は立花を会社員だと思っていたが、日中に家にいることもあり不思議に感じていた、とのことだ。人づきあいもなく、生活周辺のことを訊ねてものらりくらりとごまかされたが、迷惑をかけられたことはないので立ち入って訊ねる人はいなかったという。元妻の姿は見ることがなくなり、息子も滅多に現れないそうだ。

取調室が開き、倉科とともにニイナが出てきた。泣きぬれているかと思いきや、涙の痕はあるものの姿勢よく胸を張り、ハイヒールの音を響かせていた。

夜九時、解剖の結果を得て、捜査会議が始まった。本事案と南大泉保育士女性殺害事件は、合同捜査になると発表された。集められた捜査員がますます多くなる。

「遺体の身元は、立花十造と断定する」

角田一課長が、重々しく告げた。

死後膨張で顔相が変わり、運転免許証は更新直前で写真が古く、見ただけでは判断がつかなかったが、幸い近くの歯科にレントゲン写真が残っており、それが一致した。財布も後から見つかった。和室に掛かっていた背広のひとつが物入れ代わりになっていたのだ。ポケットを探ると財布に小銭入れ、カードケースに名刺入れ、老眼鏡に印鑑、通帳と、一般的には引き出しに入れておくようなものが出てきた。背広は冬物で、お繰越と印字された古い通帳まであるところをみると、すべてを持ち歩いていたとは思えず、乱雑な部屋の中で置き場所に困って入れたものとみられる。

「死因は窒息。喉仏の骨が折れており、第三者の力が加わったと思われる。死後五日から一週間。つまり六日前に起きた秋葉典子殺害と近接しており、ふたりを同一犯人が殺した可能性、別々の犯人が殺した可能性、どちらかがどちらかを殺した後で別の犯人に殺害された可能性の、三つ、いや、四つのケースが考えられる」

北見管理官の話に、場がざわめいた。低い位置での首つり自殺に見せかけた殺害方法は、秋葉とほぼ同じだ。別々の犯人という可能性は少ないだろうと声が上がった。

「秋葉のときに使用されたベンゾジアゼピン系の薬物は検出されたんですか？」

誰かが訊ねる。秋葉本人が該当する薬を処方されていた可能性は、健康保険の使用データからほぼ否定されていた。

「血中の成分についてはまだ調査中だ」

世田谷署の捜査員が立ち上がった。

「立花十造について報告いたします。背広から見つかった名刺入れの中には、同じ携帯電話の番号で別の名前を記したものが多数あり、つまり偽名なのでしょうが、探偵という職業柄、すべて本人が仕事で用いていたと考えられます。ちなみに電話類はまだ見つかっていません。繋がりもせず、犯人によって持ち去られたものと思われます。また名刺に記載された以外にも複数台のスマホや携帯電話を持っていたという情報があり、実際に充電用のコードが発見できただけでも五本、室内に残っていましたが、該当する電話機はありません。番号も含めて確認中です」

「ちょっと待ってくれ。電話といえば、秋葉にかけられた電話番号の中で、持ち主のわからないものがあったな」

北見が言う。担当していた石神井署の捜査員が手を上げる。

「申し訳ありません。飛ばしの携帯だと思われますが、複数の人間の手を経ており、まだ判明していません。殺害される前日、二十四日の夜遅くにかけられたものです」

「急げ。立花との関連も視野に入れて調べるように。……続きを」

「はい。なお名刺の中には、中堅の探偵事務所名を入れたものがあり、立花が以前勤めていて、最近までときおり彼に仕事を下ろしていたそうです。当該探偵事務所はニイナの所属事務所の依頼を受けたことがありました。下請けによってはそういった際に、自身の名刺を渡して割安を謳い直接取引を持ちかけるケースがあるとのことです」

「それがニイナの手に渡ったようですね。マネージャーの持ち物から拝借したと言っていました」

倉科が静かな声で言う。

取調官が倉科に代わってから、ニイナは立花に秋葉典子の調査を頼んだことを自供した。倉科が、ニイナに同情する発言をしたのがきっかけだったという。室町が別れた後に選んだ女性が、自分より格上ならともかく三十過ぎのさえない女と知って腹が立ち、なにか弱みを見つけてやろうと探偵に依頼した。大手に頼まなかったのは売れている自分の名を宣伝材料にされては困ると思ったからだ。相手の事務所に行くのも嫌で、ファミリーレストランで会った。ニイナはそう言った。もっとも立花の事務所とは電話番号のみで、どこか場所を借りているわけではない。

立花の出してきた調査報告書は丁寧で、連絡もまめに寄越してきたが、内容はニイナの期待したものではなかった。家と職場の往復、ときどきショッピング、それだけ。他の男の影があれば室町に言いつけてやろうと思ったが、過去にわたってもないというつまらない結果に、途中で調査を止めてもらったほどだ。アングラサイトに秋葉の名前や一日の行動を書き込んで、気を晴らすくらいの価値しかない。ニイナは最初の報告書を読んだときからそう感じており、実際にそうしていたという。

しかしそこに足をすくわれた。調査書と同じ内容が書き込まれたことでニイナの仕業だと立花に気づかれ、脅されたのだ。口止め料として金を要求され、百万円を支払った。もちろんその金に、領収書はもらっていない。

更なる追加要求をされて、思い余って殺したのではないか。そう訊ねるとニイナは冗談じゃないといきり立った。これ以上疑うようなら、どんなひどい取調べを受けたか全部ぶちまけてやるとわめく。

「倉科係長が非人道的な取調べなんてやるはずないじゃないですか。失礼だな」

小浜が答え、先に取り調べていたあんたのことじゃないかと誰かが野次を飛ばした。

「立花という探偵が実在した、秋葉典子が監禁事件のことで脅されていたという国枝の証言も正しかった、ということになりますが、いいでしょうか」

憲吾が発言すると、違うだろと原田の声がした。

「脅されたのが事実かどうかとは別の話だろ。秋葉が払ったとされる五十万も領収書はない。秋葉に関する調査書類は見つからなかったんだろ」

あちこちの部屋に置かれた書類を調べたものの、ニイナに渡されたという報告書もその資料も見つからなかった。作成はパソコンだったようだが、プリンターはあってもパソコンがない。こちらも犯人によって持ちだされた可能性が高かった。

ニイナに報告書を提出するよう求めたが、もういらないから捨てた、の一点張りだった。本当か嘘か、倉科も粘ったが、持っていないのだから渡せない、とニイナは言を変えない。

金の動きについては、翌朝早急に銀行等を調査するよう指示が出された。

立花が同様の手口で、他の依頼者や調査対象者を脅していたことは大いに考えられる。立花と秋葉が同一犯によって殺されたという可能性が一番高いが、立花が秋葉を殺してから第三者に殺されたなど、他の筋も視野に入れる必要があった。引き続き十四係が主導しながら、秋葉については石神井署が、立花に関しては追加招集された世田谷署が、総力を挙げて当たることになった。憲吾の担当は引き続き国枝朱里だ。

「おっさん相手より、ねーちゃんのほうがいいよな。ましてや本ボシの最有力候補ともなれば」

会議が終わり、原田が話しかけてきた。下卑た笑いを浮かべている。

憲吾は反応に困ったが、そうですね、とうなずいた。

「俺が会ってきた道長ってエリアマネージャー、国枝の不倫相手な、なにか知らないかと訊ねたが空振りだ。一年ほどもつきあったくせに、秋葉典子の存在さえ知らなかったようだ。本当に身体だけの関係だな」

「続いているんですか？　国枝とその男は」

「わからん。別れましたよ、と言っていたが、未練たらたらなようすだ。国枝は疑われているのかとか、いろいろ訊かれた。ごまかしたけどな」

「別れたのはいつですか」

「一ヵ月ぐらい前で、理由は見当がつかない、僕に利用価値がないとわかったんでしょうね、だそうだ。へらへらして嫌な男だ。多少老けてはいるが顔だけはいい。いや顔だけで、とにかく薄っぺらい。あんなののどこがいいのかねえ」

強面の原田が、唇を歪める。

「秋葉と国枝は正反対ですね。結局、彼女たちは仲が良かったのか悪かったのか」

「さあな。しかし国枝も、もうちょっと自分を省みろってんだ。それもできずに秋葉に嫉妬して、醜いねえ」

いや。省みようと思い、不倫相手と別れたのかもしれない、と憲吾は思った。嫉妬以外にもいろいろな感情が彼女の中にはあるはずだ。

だが本当のところはわからない。特に女性の微妙な部分は、推し測ることが難しい。誰かに訊ねてみたかったが、石神井署の中条は見あたらなかった。ゆきこはどう感じるだろう。

捜査の内容は話せない。しかしオブラートにくるんで訊ねるなら、問題はないだろう。

原田に背を向けて電話をかけたが、すぐに世田谷署の人間に話しかけられ、捜査について問われる。説明していると原田が話に加わり、さらに人が増え、盛り上がる。

一歩離れてメールを打った。

《元気か？　食べてるか？　寝てるか？　ところでちょっと質問。こちらが嫉妬するほど恵まれている友だちがいると仮定する。でもそれは天賦のものというか、本人の性格の良さがあってなんだ。嫉妬は当然としても、一方で、それを見てダメな自分を省みたいと思

うことはあるよな？　人の振り見て我が振り直せ、みたいな》
憲吾はそう送ったものの、文章にするとなんだか違うように感じた。これでは表面だけの話になってしまう。誰に訊ねたところで、そういうこともある、としか言えないだろう。しかし全部を説明することはできないし長くなる。やはり今度、中条にでも訊ねよう。そう思ったところで、誰かから犯人像について声がかかった。正式な会議は終わったが、このまま署内で雑魚寝とあって、ディスカッションがだらだら続いている。
しばらくの後に戻ってきた返信には、九州はごはんが美味しいと、刺身の写真が添付されていた。カップラーメンや冷凍ものではない食事を、ゆきこは満喫しているようだ。少し羨ましい。
《元気だよ、食べてるよ、寝てるよ。質問の答え、あるんじゃないかな。でもそのケースだったら、採長補短のほうがいいかも。「人の振り見て」は善悪両方だけど、反面教師的なイメージも強いし。それ、もしかして今担当してる事件の話？　相談に乗ろうか？》
採長補短ってなんだろうと思ったが、訊ね返すほどでもない。憲吾は漢字の意味だけでなんとなくわかった気になった。

21

探偵が見つかったと朱里が知らされたのは、翌朝の出勤前だった。インターフォンが鳴ったのは化粧の途中で、部屋に入れたくはなかったが、玄関での立ち話はかえって目立つ。ざっと部屋を片づけて招き入れ、作り置きの麦茶を出したところだ。

眞沢が話しだした内容は、朱里の予想を超えていた。

「死んでいた？　それ、どういうことですか」

「どういうことかを捜査しているんです。つまり殺人事件ってわけだ」

原田が脇から言い、粗い写真をローテーブルに置いた。テーブルは化粧台にも食卓にもしている。

「立花十造。秋葉さんを調査していたのは彼だと判明しました。この顔に見覚えはありますか？　最近は痩せていたそうで、背の低さもあって印象はだいぶ違うらしい。身長は一六五センチを切っているので、国枝さんより小柄かもしれませんね」

ふくよかな顔立ちの男だった。最近は痩せていると言われても想像ができない。背後がブルー一色になっているところをみると、証明写真のようだ。なぜ顔写真を出して身長の話をするのだろう。

「わかりません。名前も知りません」

「そうですか。秋葉さんと同じ頃に亡くなったんですよ」

「典子と同じ頃？」

「ええ。ところで国枝さん。あなた、秋葉さんが殺された九月二十五日の昼のことを伺ったら、ご自宅にいた、とお答えになりましたよね。その前後の二日間はどうされていたんですか？」

原田が笑顔で訊ねてくる。

「どういうことですか？　なぜそんなことを訊くんです」

朱里は腰を浮かした。

「いやだなあ。そこまで驚くことではないでしょう。朝から茶を飲みに来たんじゃないんですよ」

原田がからかうような口調になる。朱里は彼を睨んだ。

「……そうですね、朝の支度の邪魔までしにいらっしゃるんだから。前日の二十四日はお店のセール最終日で一日中働いていました。二十六日は棚卸でフル出勤です」

「夜は？」

「二十四日ですか？　帰ってすぐ寝ていました。二十六日の夜は警察に呼ばれて行ったじゃないですか」

典子が死んだという報を受けて、石神井署に駆けつけた日だ。

「二十四日の夜から二十六日の朝まで、こちらにいらしたことを証明できる人はいますか？」

「いいえ」

「そう。残念ですねえ。ああそうそう、あなた飛ばしの携帯って知ってます？」

「飛ばし？」

「ええ。転売されて持ち主をたどるのが難しい携帯やらスマホやらのことです。持ってませんか？　例えばそれで、秋葉さんにかけていませんか？」

「なに言ってるんですか？　どうしてわたしがそんなことをするんですか」

「いやちょっと思いだして。例えばの話です」

原田の問いに、腹立ちを抑えられずに答えた。

「いいかげんにしてください。だいたい立花さんなんて人、知りません。知ってたら知ってると言います。探偵を捜してくださいとお願いしたのはわたしでしょ。どうしてわたしが殺したって話になるんですか」

「あなたが殺したなんて、私、言ってませんよ。なにをしてたんですかと訊ねただけでしょう？　まあでも、体格からみても、国枝さんなら不可能ではない相手です。秋葉さんと同様、あなたも立花に脅されていたなら動機は充分だ。ああそうだ、秋葉さんを殺害したところを立花に目撃されて、ということも考えられますね」

原田が煽ってきた。さっきの、探偵の身長の話はここに繋がるのか。

彼はそういう役回りなのだ。怒っては相手の思う壺だ。そう思うが、腹立たしさは収まらない。

どうしてわたしが典子を殺さなくてはいけない。

先日彼らは、わたしが典子に嫉妬をしていたと言った。たしかに嫉妬を感じたこともあった。だけどそんなことで人を殺していたら、世の中殺人犯だらけだ。

「秋葉さんの殺された二十五日も、あなた、一日中寝ていたんでしょう？　人間、そんなに眠れるものですかねえ。五十も近いからかなあ、私にはとてもできない」

「わたしは眠れます。立ち仕事だから疲れるんです」

「抗不安剤はもう手元にないっておっしゃいましたよね。そういった薬を使わなくても眠れるんですか。いやあ、若いっていいですね」

原田が笑いながら目の奥を覗くようにしてきた。朱里は視線を逸らす。

飲み切ったと思っていた薬は、引き出しの中から見つかった。あれがあると知られたら、いっそう疑われるのだろうか。

「そういえばあなた、勤めている店でも何度か気を失っているようですね。一昨日も我々が話を聞いていた際に、倒れそうになった。病院で、夢遊病と診断されたことはないですか？　無意識のうちに秋葉さんの部屋に行っていた、なんてことは？」

原田が言う。

夢遊病？　わたしが？

わたしは典子が殺された二十五日、たしかにここにいた。……いたはずだ。二度寝、三度寝を繰り返し、気づけば夕方だった。なにも覚えていないのは眠っていたから、それだけ。なのにひそかに典子の部屋に行き、首を絞めて、殺した……？

そんなこと、あるんだろうか。

……いや、だめだ。言い負かされちゃいけない。

「いい加減にしてください。見当違いです」

「見当違い、ですか？　立花があなたに接触した可能性は充分にある。秋葉さんを調べる途中であなたのことは知りうるでしょう」

「だからその人とは会っていません。それに典子とだって、今年になってから実際に会ったのは二度だけ。その話、以前もしましたよね。典子はわたしが探偵に気づかれないよう、遠ざけてくれてました」

　実は、とそれまで黙っていた眞沢が、口を出してきた。

「秋葉さんがネットの書き込みに怯(おび)えていたことは、あなたからも伺いましたね。アングラサイトの掲示板。見たことがありますか？」

「ええ。典子に聞いて」

「ならば話は早い。あの書き込みのいくつかは、立花の依頼者の手によるものでした。立花は秋葉さんを尾行していました。職場の写真や一日の行動などは、立花の報告書を基にして書かれたのです」

「典子が何時に家を出て、どこに行って、何時までいて、っていうものですね。……そうか、探偵が調査していたからあんなに事細かに」

　世間の誰もかれもが典子を攻撃しているような気がしていた。だけど典子を傷つけたいと考えた人間がいて、そこから始まったことだったのか。結婚のための身上調査なら室町が依頼した可能性もあると思ったが、攻撃が目的で調査をしたなら、ニイナのほうだったのだろう。

「依頼者が立花に着手金を渡したのは八月二十日でした。さて、あなたは今年、直接には二度、秋葉さんと会ったとおっしゃった。最後に会ったのは亡くなる六日前とのこと。では最初、一度目はいつでしたか？」

眞沢にそう言われて、朱里は寒気を感じた。典子がアヴァンタイトルを訪ねてきた日は覚えている。二十年前に自分が誘拐された日の前日、八月二十四日だ。調査の着手後になる。

探偵――立花は、自分にも気づいただろうか。

「……でも、毎日毎日尾行しているわけじゃないでしょう？　二十年前のことに気づいたということは、そちらの調査だってしてたんだろうし。そ、そうだ。それにさっき言ってた一日の行動に、わたしやうちのお店のことは書かれてませんでした」

あのアングラサイトの書き込みには、発言が削除された跡もあった。もしかしたらあの日のことも削除されたのだろうか。いや、典子を脅すなら、わたしだって脅してくるだろう。立花からの接触はなかった。立花はわたしに気づいていないはずだ。

「うちのお店……、なるほど秋葉さんは、アヴァンタイトルにあなたを訪ねていらしたんですね。もう一度訊ねますが、それは何日のことですか？」

眞沢が確認してくる。

「八月二十四日です」

「でしたら、秋葉さんの一日の行動として、あなたのお店のことを書き込むことはできない。なぜなら秋葉さんの存在を世間が知るのは、ニイナがテレビでぶちあげてからだからです。それが八月三十一日でした。もしも秋葉さんの行動の記録をネットに上げるなら、その日以降でないと不自然になる、というわけです」

「そう……、ですね」

どういう意図でそんな話をしているのだろうと思いながら、説明自体には納得していると、原田がいやらしく笑った。

「だから書き込みがない、イコール、立花が尾行していない、とは言えない。あなたに気づかないとも言えない、ってことだよ」

「そ、そんなの詭弁(きべん)です。ないものを証明することなんてできない。探偵がわたしに気づいていたと主張するそちらが、その理由を明らかにすべきでしょう？　だいたい、調査を依頼した人って誰ですか。ニイナさん？　その人が受け取った報告に、わたしのことが書いてあるんですか？」

「依頼者の名前も報告書の中身も、捜査上の秘密で申し上げることができません。ただ依頼内容は、秋葉典子に関する、主に異性関係についてです。同性であるあなたの情報は、依頼者には価値がない。報告を上げる必要はないのだから、記載の有無と、立花があなたに気づいたか気づいていないかは別です」

眞沢が言った。ややこしさに、やっぱり騙されているような気がする。

「本当に、わたしはその立花って人を知りません」

「まあいいでしょう」

原田が軽く言った。

「いいでしょうじゃなくて、知らないんですってば。じゃあ立花はわたしをどうやって脅したって言うんですか。典子には結婚という材料があったかもしれないけど、わたしはお店に知られたところで辞めれば済むだけです」

典子がそうしたかったように。

「ネットに流す、という脅し文句がある」

原田はなにを言っても相手にしてくれないようだ。

「……まともな捜査をしてください。わたしを苛めてもなにも進みません。わたしは典子を殺してないし立花って人も殺してない。あなたたち、動機さえあれば誰もが人を殺すと思ってるんですか？」

「なるほど動機はあるわけだ」

原田がつっこんでくる。

「ありません。あなたたちがこじつけてるだけです」

いいかげんにしてくれないだろうか。ああいえばこういう、そればかりだ。朱里はため息をついた。

「我々はあらゆる角度から捜査しているんです。私たちがあなたにお訊ねするのは、必要があってのことです。あなたは秋葉さんのお友だちだ。あなたが見過ごしているなかに手がかりがあるかもしれない、それをつかみたいだけです。だから思いだしてほしいんですよ、小さなことであっても」

眞沢が励ますような声で言った。自分は味方だとでも言いたいのだろうか。

「国枝さん、あなたは秋葉さんを恨んでいる人はいない、思い当たらない、そうおっしゃってましたね。でも例えば、犯人の遺族からの接触などはありませんか？」

「犯人って、わたしたちを監禁した男のことですか？　どうしてその遺族から典子が恨まれなきゃいけないの？」

「だから逆恨みと言う」

面白いことでも言ったつもりなのか、原田が唇を歪めて笑った。眞沢が続ける。

「あなたたちを監禁した新庄知一は、鳥居周作に殴り殺された。新庄の犯行は秋葉さんとあなたのおふたりにより立証されました。そうですよね？」

「……ええ」

「犯人が罰せられるのは当然です。ただ悲しいことに、残された親族まで世間の非難にさらされる。新庄の親族も、辛い思いをしてきたでしょう。秋葉さんの名前をネットで見つけ、幸せな結婚を妬み、あらぬ恨みを募らせたということもあるのではないでしょうか」

眞沢の言葉に、朱里は呆れて眉をひそめる。

「親族の人って、なんて名前ですか？　苗字は新庄？」

「そこは言えません。ここ一、二ヵ月あたりで、それと疑われるようなことはありましたか？　相手の顔はわからないかもしれませんが」

「いえ、特に。男性ですか？　女性ですか？」

「そうですね。男性ということにしましょうか。秋葉さんのほうにも接触はなかったでしょうか」

「ないです。変なことは起こってません」

「なら、鳥居丸美の遺族はどうだ？」

原田がいやらしく言った。

「地下室に監禁されたのは三人。けど、地上に戻れたのは二人。あんたたちだけが助かった。鳥居丸美は小学生のままだが、あんたたちはこれからどんな風にも幸せに生きられる、そう思うかもな」

幻の手に握られそうな気がして、朱里はつい叫んだ。

「知りません！　丸美のお父さんなら顔を知っています。会っていません。見かけてません！」

「二十年前ですよ。記憶がありますか？　歳を取って面差しも変わっているでしょう」

眞沢がわざとらしく首をひねる。

「頰に……傷があるからわかります。元暴力団員だって話、わたしたち小学生でも知ってました。だから、丸美はのけ者にされることが多かった」

「そうですか。……ちなみに鳥居周作さんは亡くなりました」

眞沢が告げる。

「本当に？」

朱里は彼の顔を見つめた。

「嘘ではありませんよ。丸美さんのお母さんも亡くなっています」

ため息が漏れそうになり、こらえた。不審に思われてはいけない。

「……そう、なんだ。あ、あの……さっちゃんは？　丸美の妹の。どうしてますか？」

「お話しすることはできないんですよ。でも、ほんの二歳違い、そのぐらいの歳の女性なら、お店の客などに紛れていたらわからないかもしれませんね。大人になった顔は想像つきますか？」

「いえ」

朱里は頭を横に振った。

「こまあこのように、いろんな可能性を考えて調べているんですよ。捜査対象者はあなただけじゃありません」

ね、と眞沢が穏やかに笑いかけてきた。

ごまかしだ、と感じたが、関係する人間を片っ端から調べているのはたしかなのだろう。自分につきまとってくるのがこのふたりなのだ。犯人が捕まるまで、つきあうしかないのか。

朱里は渋々うなずいた。眞沢がすかさず続ける。

「納得していただけたなら、ひとつお願いがあります。あなたは秋葉さんの部屋に入ったことがありますね。遺留物の確認のため、ＤＮＡの提出をしてもらえますか？」

「ＤＮＡ？」

「はい。まったくの第三者が立ち入っていればそれでわかりますから」

眞沢は笑顔を崩さない。なぜ今ごろそんな話をするんだろう、と朱里は思った。指紋は提出してあるし、典子が殺されてもう七日だ。依頼するならもっと早くに……いや、欲しがっているのはそちらが理由じゃない。立花のほうの事件で必要なのだ。

「……それは、強制ですか」

「任意ですよ。拒否されるならそれでも結構ですが、提出していただければそれだけ犯人逮捕に近づくでしょうね」

原田が言った。

わたしを疑ったって仕方がないのに。典子のことで疑うならともかく、一度も会ったことのない人を殺す？　……いや、典子だって殺してなんていない。

ふたりに責め立てられていると、まるで自分がやったかのように混乱してしまう。わけがわからなくなってしまう。

犯人は自分じゃないと証明してほしい。そんな気持ちで朱里は提出に応じた。それでも内頬を、口の中を拭わせてくれと言われると、生理的な気持ちの悪さを感じた。原田が綿棒を持った手を突きだしてきたのでなおさらだった。ためらうと、引き抜いた髪でもよいと言われ、諦めて数本を渡した。

ふたりを帰し、慌てて出勤の支度をしながら、胸苦しさを抑えきれなかった。どうしてこんなに不安なんだろう。自分にはやましいことなどないと堂々としていればいいのに。どんどんと、逃げ場がなくなっていくような気がする。

あのことが、気になっているからだろうか。

朱里はウサギをケージから出して、背中の毛を撫でた。眠っていたのかウサギは、反応が鈍い。一番やりたくなかったこと、今、自分は飼い主の勝手でこの子を構っているのだと申し訳なく感じたが、柔らかな手触りは気持ちを落ち着かせてくれた。

いつまでも撫でていたい。そう思った。

22

「さっきの表情、見たか？」

アパート前の狭い道を歩きながら、原田が話しかけてきた。

「鳥居周作が亡くなったと聞いたときのですね？　ええ。ほっとしたような感じで」

丸美の話になったとき、国枝のようすが変わった。どこかびくついたような顔になったのだ。それが途中から和らいでいった。

薬の話をしたときも、表情に陰りが見られた。まだ手元にあるのかもしれない。なにか理由を見つけて家宅捜索の令状を取れないものだろうか。

「やっぱりあの女、怪しいぞ」

原田の声が浮き立っている。

「周作は警察が到着する直前にやってきて、国枝たちを助けたわけですよね。彼女にとって周作は、自分をひどい目に遭わせた男をやっつけたヒーローのはずなのに」

憲吾の言葉に、おいおい、と原田が笑う。

「ヒーローってなんだよ。子供向けの怪獣モノじゃあるまいし、殴り込みだぞ。極道シリーズだのVシネマだのの世界だ。昔の仲間とやってきて暴れて、新庄を殴り殺したんだ。懐（ふところ）にドス呑んでたヤツもいたって聞いてる。使っていないと主張したそうだが、どうせそいつで脅して地下室を開けさせたんだろ。そんな立ち回りを目の前で見せられたら、大人でもしょんべんちびるってんだ」

静岡県警から取り寄せた資料によると、新庄の家には楽器の練習を理由とした防音の地下室があった。東京で建設会社に勤めていた新庄は、そのツテで遠方の業者を呼び、親から受け継いだ家を改築した。倉庫にはドラムセットがあり、地下室にも鍵つきの戸棚の中にカラオケセットがあって、業者になされた説明のすべてが嘘ともいえないが、そこを監禁場所として使っていたのだ。実況見分の際に実験したところ、低音がわずかに漏れる程度だったとある。

「周作の供述調書では、警察の捜索が遅く、自分が元暴力団員だから娘の誘拐に力を入れてもらえないのだと感じ、どんな手を使ってでも自分が捜すと昔の仲間に頭を下げた、とあります。ところが見つけだした娘はすでに死んでおり、怒りが爆発した。殺してやると叫んで感情に任せて殴り、実際、新庄は死んだ。警察への批判はありましたが、罪はおとなしく認めています。また、国枝や秋葉に対しては、かわいそうだと思うといった程度で、特に触れていません」

「どんな手を使ってでも、かよ。恐ろしいねえ」

自らも任侠(にんきょう)映画に出演しそうな風貌で、原田は歪んだ笑いを浮かべた。

「周作は、どこかで気持ちが変わり、自分の娘を置いてふたりが幸せになるのは許せないと思うようになったんでしょうか。彼は、すでに亡くなってはいるんですが」

「父親でなきゃ、妬みを聞かされた下の娘が代行した、ってとこかもな」

「鳥居幸子のことですか？　しかし彼女は父親に反発していたようですよ」

彼女の行方は、草加と石神井署の中条が調べていた。まだ報告はない。

新庄悟郎もまた、居所がつかめていない。角田が苛立っていた。弟の浩二も、アリバイとしてあげていたパチンコ店での目撃証言が取れていない。ちょうど死角だったのか、防犯カメラに本人の姿が入っていなかったのだ。

「そっちはそっちとして、俺たちは国枝だ。証拠をかためてじっくりしめつけてやろうぜ」

原田が憲吾の肩を叩いてきた。

「じゃあ俺がDNAの試料を届けてくるから、おまえそのままあの女見張ってろ」

「あ、いえ、原田さんを使い走りにするわけには」

「なに言ってんだよ、それはこっちのセリフだ。おまえ捜一なんだから」

じゃあな、と原田が車へと走って行った。

憲吾はビバルディの通路にいた。アヴァンタイトルの近くの休憩スペースでなにかイベントがあるようで、最初は吹き抜けになった二階から見下ろしていたが、風船でいっぱいになり視界が遮られてようすがわからなくなった。仕方なく降りて模造樹木のそばに立ったものの、イベント目当ての客が多く、位置を幾度か替えても不審の目で見られた。音楽も人の声もふだんより大きく、見張りづらいことこの上ない。

やられた、と感じた。

原田はビバルディがこうなることを知っていたのかもしれない。そちらはどこにいますかとメールをしたものの、無視された。

とはいえ見張り続けるしかない。国枝は重要な参考人だ。今は証拠がなく引っ張れないが、家族や仕事など現状に未練のなさそうな国枝は逃亡へのハードルが低い。飛ばれては困る。

「いいかげんにしてくれませんか」

と、その対象者が、憲吾の目の前に立った。

「なんのことでしょう」

睨む国枝に、笑顔で応じる。

「迷惑です。仕事の邪魔です。人権侵害です。あなたたち、これが自分たちの仕事だって言いましたけど、仕事だったら一日中つけまわしてもいいんですか?」

「邪魔にならないよう、お店には入っていませんよ」

「いるだけで目立ちます。同僚に怪しまれます」

「ボディガードだと言ってください。友人の秋葉さんが殺されて、あなたにも危険が迫っているのだと。警察は市民の味方です」

「嘘ばっかり。誰がわたしに危害を加えるんですか。きのうは探偵が接触するかもしれないと言ってたけど、もう死んでるんでしょう？　わたしが、典子ばかりでなくその人まで殺したんじゃないかって疑っているくせに」

憲吾は倉科の表情を思い浮かべながら、真似をした。穏やかに。相手のことを心から考えていると、そんな風に。

「そんなことはありません。ふたりを殺した人間があなたの存在に気づいていたとしたら？　次に狙われるのはあなたかもしれない」

「なんのためにわたしを狙うんです？　だったらどうしてわたしの髪を取っていくんです？　あー、やっぱり拒否すればよかった。どう使われるか考えただけで気持ち悪い」

「そこは信用してください。外に漏れることは絶対にありません」

「二十年前もそうしてくれてたんですか？　わたしたちは約一週間、典子は一ヵ月以上も監禁されてました。わたしたちが消えた場所を通りかかった人みんなから、髪を引っこ抜いた？　唾を取った？　それでも見つけだせなかった？」

小声になるために顔を近づけた国枝は、怒りで瞳を燃やしていた。

「当時の資料を読みました。秋葉さんが誘拐された場所は特定できず、国枝さんとご友人が誘拐された日も、天候のせいで同様の状況でした。しかし最終的には目撃者を見つけ、不審な車から犯人に結びついたのです。当時も懸命に捜査をしていたのは間違いありません」

「犯人……新庄の遺族とか、さっちゃんとか、そういう人の髪や指紋も取ってるの？　嫌だと言ったらわたしみたいに脅すの？」

「脅してませんよ。それに――」

「それに？」

「いえ、ご本人に確認したうえで、提出していただく、とそれだけです」

国枝がじっと目を見てきた。新庄の甥や鳥居の娘の行方はわかっていない。それは悟られてはいけない。

「さっちゃんがアヴァンタイトルの客に紛れていたらわからない、って言いましたよね。大人になった顔は想像つくか、とも。じゃあ今はどういう顔なんですか？　それを見せてもらえば、わたしはさっちゃんが接触してきたかどうかがわかりますよね」

「捜査上の秘密です」

「ドラマとか映画とかでは、四、五枚の顔写真を出して、この中に見覚えのある人は？なんてやってますよね。どうしてそれをしないんですか？　できないんじゃないですか？

本当はどこにいるかわからないから。違いますか？」

国枝の表情が挑戦的になった。

侮っていたかもしれない、と憲吾は感じた。

もしこの女がふたりの人間を殺した犯人なら、いまだに尻尾を出していないということだ。それなりに頭は切れるだろう。

「わたしも典子も、常に逃げる生き方をしてきました。他人に深入りしないよう、気をつけてた。無意識に染みついているんです。新庄の遺族の苗字、言ってくれませんでしたね。変えてるかもしれませんよね。さっちゃんも、ずっとあの町にいるとは思えません。わたしがさっちゃんなら逃げる」

国枝がゆっくりとうなずく。

「わからないんですね。新庄の家族が、さっちゃんが、今どこにいるか」

「……いや。そういったことはですね」

ごまかすか、どうするか、憲吾は迷った。

突然。

ごん、という音に続き、ぎゃーっという泣き声がした。子供の声だ。

うろたえるいくつかの声もした。名前を呼び、叱る声。なにごとか、とみなが休憩スペースに注目している。

　国枝の視線が逸れた。憲吾もつられる。

絵の具のチューブが散乱していた。誰かが踏みつけたのか中身が出ている。拾い集めようとする年端のいかない少女と、その近くには、彼女よりなお小さい男の子。尻を床につけていた男の子は、服と手を赤く染め、泣きながら立ち上がる。

　どうやらチューブに足を取られ、転んだようだ。ふざけているからよ、と母親らしき女性に叱られて引っ張られ、駄々をこねて硬い床を手で叩いている。

　誰かお店の人を呼ばないと、と別の女性の声がした。だが、なにをしていいかわからない人たちが大半で、みなが遠巻きにしているだけだ。その間にも女性の服や床に、男の子の赤い手形が増えていく。

「……あれは」

　国枝がつぶやいた。

「管理事務所かどこかに言いますか？」

　憲吾が訊ねる。

　国枝はぼんやりした表情のままで視線を憲吾に移し、ああ、と答えた。

「お店から電話するのが早いかな。もうしてるのかも」

棒読みのようなセリフを言って、国枝はアヴァンタイトルに戻っていく。店の客も店員も、騒ぎに気を取られてそちらを見ていた。

その間にも野次馬が集まってきた。通路にいた憲吾は誰かにぶつかられた。絵の具を拾っている少女と同じ歳ごろの男の子だ。保護者らしき老夫婦が丁寧に謝ってきて、いいえと返事をする。

「……あ」

アヴァンタイトルに、国枝がいなかった。

ビバルディの管理事務所に人を呼びに行ったのかと思ったが、細川という店長に確認したところ、国枝は気分が悪いと告げて逃げるように退店したと言う。荷物もなくなっていた。

やられた、と捜査本部に連絡を入れ、人を送ってもらう。原田にはさんざんに言われた。自分が人の多いショッピングモールを嫌がったんじゃないか、と腹が立ったが、憲吾が目を離したのはたしかだ。

連絡を取りながら、憲吾は建物の外に出ていった。アパートに戻るにせよ、そのままどこかに行くにせよ、駅方面に向かうことはたしかだろう。

原田に車を残しておいてもらうんだったとぼやきながら、憲吾は走った。

23

品川駅から新幹線のひかりに乗り、途中で乗り換えてJR東海道線の下りに、そしてまた乗り換え、朱里は静岡県の御栗山町に向かった。今まで五年、森林公園に行くためには別の駅からバスに乗っていた。町の中心地にはここ二十年、立ち寄っていない。足を踏み入れたくなかったのだ。

駅につき、そっと周囲を見回す。乗り換え駅で買ったマスクをつけた。

小さな駅舎と小さな売店と、ベンチが少しに周辺の観光地のポスター。二十年前と同じなのかどこか改築しているのか、まったく記憶になかった。

誰か自分の顔を覚えている人はいるだろうか。一年間過ごした小学校の同級生は、今もここに住んでいるのだろうか。不安で下腹が痛くなりながら、駅前のロータリーに一台だけ停まっていたタクシーに乗り込む。

預けられていた祖父母の家には、もう誰も住んでいない。家が残っているかどうかさえ知らない。目的地は、朱里と丸美が通っていた小学校だ。

田舎町のひなびた小学校だと、こちらは朱里の記憶にも残っていたが、しかし校舎は一新され、セキュリティシステムもしっかりしていた。校門が固く閉ざされていて、脇のインターフォンで用向きを説明する。マスクは外した。本当はつけていたいが、怪しまれては困る。身分証明がわりの健康保険証のカードを持っていたことで、校舎への立ち入りは許可された。事務の窓口までいらしてくださいという返事の後に、自動で校門が開く。

外からはコンクリートの塊に見えた校舎も、中に入れば壁に木が張られ、柔らかな印象だ。通知のはがきが来たのが先だろうか、校舎の建て替えが先だったんだろうか。関心などさらさらなかったが。

たしか五年前だ。

朱里や朱里の両親が新しい住所を小学校に知らせていなかったため、タイムカプセルを掘りだしたというはがきは、まだ存命だった祖父母の家に来た。祖父母から両親へ、両親から朱里へと連絡が来たが、取りに行くつもりはなく、捨てておいてくれと言った。

今ごろ必要になるとは思わなかった。まとめて処分されていないことを願うばかりだ。

朱里は昇降口の脇にある来客用スリッパを借り、そばにある病院の受付のような窓口で訊ねた。先ほど校門から話をしたものだと伝える。

中から出てきたのは、朱里より五、六歳若そうな女性だ。自分のことを覚えていません
ようにと願った。

女性が笑顔で言った。

「タイムカプセルならまだいくつか残ってますよ。何年度の卒業ですか？」

「卒業はしてないんです。途中で転校したので。卒業記念ではなく創立三十周年記念のものです。三年生以下はクラスで一枚の絵、四年生以上は個々人で、クラスごとに埋めたと思います。わたしは五年二組」

当時はどの学年も二クラス程度だったはずだと思いながら、依頼する。

待ってくださいね、と言いながら、女性が戻っていく。

遠くで音楽が聞こえた。授業中なのだろう、笑い声や騒ぐ声がさざ波のようにやってきて、また静かになる。

身を乗りだして廊下を見ると、ずらりと絵が並んでいた。コンテストかなにかなのか、小学生にしては上手い絵だ。そういえば丸美は絵が上手かった。教科書やノートの片隅にイラストを描いていたこともあったっけ。当時の交換日記にもなにかしらを描いてくれて、自分も対抗して描いた。丸美とは比べものにならなかったけど。

お待たせしました、と声がして、女性が段ボール箱を手に現れる。

「三十周年のは残りがこれだけで、クラスも学年もうごちゃごちゃなんですが、えーっと、国枝さんっておっしゃいましたっけ？」

段ボール箱の中には、古びた茶封筒がいくつか入っていた。表に学年とクラス、そして名前が書いてある。サイズはB5からA4ほどだ。

「いえ……あの、当時の名前は窪田といいます。窪田朱里」

証拠となるはがきはない。苗字が違っていることをどう証明すればいいんだろうと悩んでいた朱里だが、女性はああそうですかと不審がることもなく封筒を探しだした。

校舎への立ち入りに身分証明書を提示させた割にはあっさりとしていたが、結婚で姓が変わったと思われたのだろう。受け取りの名簿にサインをすると、それではお帰りくださいとばかりに女性が窓口を離れた。

封筒には、懐かしい自分の字があった。今より少し下手で、でも癖は同じだ。水糊（みずのり）でべったりと閉じられた封筒の口を、朱里は破った。さかさまにして、窓口のカウンターに出してみる。花柄と、タータンチェックの便箋を、それぞれキャンディの形と、家の形に折ったもの。それからボール紙に貼られた、五色の折り紙で作った花。

朱里はうなずいた。ボール紙は角を持って、そっと封筒に戻す。

借りたスリッパを元に戻し、校門へと向かった。タクシーには待ってもらっている。そのまま駅まで戻り、朱里はふうと息を吐いた。

汗をかいている自分に気づき、苦笑する。こんなに怯えなくてもよかったのに。二十年も経っているんだから、自分の顔を知る人間なんてそうそういない。電車の時刻表を見上げ、東京への到着時間を計算する。

突然、腕をつかまれた。

きゃあ、と悲鳴を上げた目の前に、男の顔が迫ってきた。

「どこへ行くつもりですか」

眞沢だった。ビバルディの通路で別れたはずだ。

「……帰るんです。あなたこそ、どうしてここへ？」

「逃げようと思っていたのではないですか？　だから突然消えた」

「失礼なこと言わないでください。わたしは証拠を持って帰ろうと思っただけです」

朱里は眞沢を睨んだ。

喫茶店かどこかで話をしようと眞沢に言われたが、留まりたくない場所だ。断って、朱里はいつもの銘柄のお茶のペットボトルを、眞沢は缶コーヒーを買い、電車に乗った。四人が座れるボックス席で向かい合う。

「なんですか、証拠とは」

「ここで見せるものではないので」

「本当にそれを取ってくるだけのつもりだったのですか？　高飛びではなく」

「逃げるつもりなら、誰もこんなところになんて来ません」

なるほど、と納得の表情を見せながら眞沢がうなずく。

「逆にわたしも訊きたいです。なぜここにいるとわかったんですか」

「つけていました。ビバルディのある駅で見つけて、同じ電車で。なにをするか見極めようと思いました。でも国枝さん、あなた品川駅の新幹線乗り場で私をまきましたね」

「知りませんよ。つけられていたことも知らない。まいただなんて、あなたがそう思っただけでしょう？　なにより、ここまでちゃんとやってきてるじゃないですか」

「東海道新幹線に乗るのなら、ここに来るだろうと思ったんですよ。あなたは新庄の遺族と、鳥居幸子の話にひっかかっていた。一、新庄の住んでいた家に行く。二、実は新庄の遺族の行方を知っている。三、鳥居一家の住んでいた家に行く。四、実は幸子の行方を知っている。その四択のどれかだろうと考え、ここにしたんです。まずは彼らの行方を知っているか知らないかで知らないほうを選び、次により心理的圧迫の少ないほうに賭けたんです」

眞沢の顔は得意そうだ。

「少し違います。丸美の家には行ってません。行ったのは小学校です」

「小学校？」

「あるものを取りに行きました」

「……それが、証拠ですか？」

ええ、と朱里は答え、あたりを見回した。

窓の外、太陽は傾きかけていたが、通勤のラッシュにはまだ間があり、人は少ない。制服の学生が少しいるものの、固まって笑い合い、自分たちの世界に入っている。朱里は少しためらったが、鞄の中から茶封筒を取りだした。

「二十年前にタイムカプセルを埋めたんです。一学期の終わり、転校前のことです。学校の創立三十周年の記念で、そこから三十年後だと長いから半分の十五年後。そのタイミングで掘りだしたんです」

「すると出してから五年経っていますね。それまで放っておいたんですか」

「当時のものを欲しいと思わなかったので」

それはそうかもしれませんね、と眞沢が応える。

「この封筒に入るものならなんでもいいという話で、たいていみんな、大人になった自分への手紙を書きました。わたしもそう。でも突然、丸美が自分の手紙も入れてほしいって言いだしたんです。転校の話を伝えたあとでした。もし自分のことを忘れたとしても、十五年後にまた思いだしてほしいって」

「中身はなんです？」

忘れたりしないよと言った。そのとき。もちろん忘れないつもりだった。

今の歳から思えば、はかない約束だ。人は忘れる。御栗山町に越してくるとき、小学四年生の自分が忘れないと誓ったかつての同級生たちの顔を、朱里はもう覚えていない。だからなにもなければ、丸美のことも忘れただろう。

だけど二度と、忘れられない。

今も、手を握ってくる。

「……それが証拠、ですか？」

眞沢が覗き込んできた。泣きそうな顔を見られたかもしれないと思い、朱里は笑ってみせる。

「いいえこっちじゃなく。……これです」

もう一度周囲を確認し、朱里はボール紙を封筒の口から半分ほど見せた。

「さっちゃんがわたしの封筒に入れてほしいって言ってるって、丸美はこれもくれたんです。わたし、妹のさっちゃんとも親しかったんです。祖父母の家にひとり預けられたわたしと、親のことで白眼視されていた丸美は、いじめられることが多かった。今ニュースでやってるみたいな怖いいじめじゃなくて、仲間に入れてもらえないとか、ばかにされるとか、そんな程度だけど、でもやっぱり傷つきます。さっちゃんもさっちゃんで多少なにかあったんでしょう、よく丸美にくっついてきてました」

「折り紙？　なんですかこれ。花かなにかですか」

「ええ。折り紙で花を作って貼ってあるんです。葉っぱは手描きです。でも見せたかったのはそこじゃなくて、ほら、これ。テープが貼ってあるでしょう？　ここの緑色のとこ、指紋なんです。絵の具で汚れた手で触ったから、さっちゃんの手の跡がついちゃったって言ってました。で、途中から糊にすることにしたけど、ここは剝がすと破れちゃうからって、そのまま」

「指紋……、ですか」

「アヴァンタイトルの前で騒ぎがありましたよね。子供が絵の具のチューブを潰して自分もあたりも真っ赤っ赤にして。あのときタイムカプセルのことを思いだしたんです、ここにならさっちゃんの指紋があると。もしわたしの周りに彼女がいるのなら、もし彼女が事件にかかわっているなら、重要な証拠でしょ？」

朱里は眞沢の顔を正面から見つめた。眞沢も見つめてくる。

「国枝さん。これを取りにわざわざここまで来たんですか。我々に言ってもらえれば、誰か代わりのものが取りにきましたよ」

「悪いけど、あなたたちのことを信用してはいません。うやむやのままにされては困ります」

「残念です。ただ、信用していないにせよ、仕事を投げ出すほどのことでしょうか。よい思い出のない土地に来るほどですかと、そう訊ねたんです」

「それは……、だから、指紋が」

「鳥居幸子はたしかに容疑者のひとりです。しかし正直な話、順位をつけるなら、それほど高くはない。お姉さんが国枝さんや秋葉さんとともに監禁され、ひとり死ぬことになったものの、彼女が恨むならまず、新庄やその家族でしょう。それが秋葉さんに向かうとなれば、なにかもうひとつ理由があるはずです」

朱里は言葉を探した。

どう言えば納得してくれるだろう。考えるけれど、出てこない。

「これだけのことをするからには、あなたなりに彼女が犯人だとする理由が、論理があるはずです。教えてください」

タイムカプセルの封筒に視線をやり、眞沢が軽く微笑んだ。

言葉を、……取り繕(つくろ)いの言葉を誰か教えて。

頭の中が真っ白だ。雨の音が聞こえる。冷たい手が伸びる。

助けて。

「そう、あなたはもっとも重要な話をしていませんね」

口調は柔らかいが、朱旦には罪を告げられたようにも聞こえた。

「鳥居周作の話を出したとき、あなたは動揺していた。あなたと彼の間に、いや、もしかしたら丸美さんとの間に、なにかがあったのではないですか？」

眞沢は目を逸らさない。

電車のスピードが、落ちた。

24

次の駅で学生たちが降りていった。電車の中は、ますます人が少なくなる。好都合だと憲吾は感じた。

「あなたと秋葉さんが監禁されていた地下室に、鳥居周作と、他にも男性が三名やってきて、鳥居が犯人の新庄を殴り殺した。あなたたちを含めた全員がそう証言しています。間違っていますか?」

「……いいえ。そのとおりです」

「さぞ怖かったでしょうね。他の男性三人というのは、鳥居の昔の仲間で、その時点で暴力団に属している人間もいた。鳥居が頼んで、娘を一緒に捜させていたんだ」

国枝が思いだすように目線を下にやる。唇が震えていた。

「それともほっとしましたか?　やっと助けが来たと」

目を上げた国枝が、泣き笑いのように顔を歪める。

「突然……、灯りがついたんです。地下室だから、照明がつくのはたいてい突然なんですが、そのときは違いました。怖い顔をした男の人たちに小突かれながら、あいつが降りてきたんです。驚いて典子と一緒に悲鳴を上げて、でもそのなかのひとりに見覚えがありました。……丸美のお父さんだった」

「じゃあ少しはほっとしたんですね」

国枝はその問いには答えず、続きを話しだした。

「丸美のお父さんは、わたしに気づいて声をかけてきました。丸美は、と。わたしと典子は寄り添って座っていて、わたしの足には枷がはめられ、壁のバーに鎖で繋がれていました。丸美は部屋の反対側にいました。床に横たわったまま。……わたしの視線が動いたのが早かったのか、男の人の誰かが気づいたのが先か、丸美のお父さんはわたしの返事も聞かず、丸美のほうに向かい、抱き上げて名前を呼んで……」

「そのときはもう死んでいた。彼女がいつ亡くなったかはわからない、そういう話でしたね？」

「はい。ただ、その少し前には、わたしたち、丸美の死を知っていました。あいつが、……新庄が言ったんです。丸美を蹴って、死んでるよ気持ち悪いよって」

「自分で殺しておいて？」

おかしいでしょう？　と国枝が唇を歪めて笑った。

「新庄はそういう考え方をする人でした。なにか、思考のどこかが抜け落ちてたんです。誘拐したときのことも、わたしが自ら、新庄を慰めるために車に乗った。そんな風に言ってました。全部、わたしたちが自発的に行動した結果だと主張するんです。……誘拐されて、ずっとそう吹き込まれて、違うと抵抗していたんだけど、それを言うと殴られるし、日が経つにしたがって、わたしもだんだん混乱してきました」

眞沢は黙って促した。今、彼女は楽になりたがっている。それを止めてはいけない。

「丸美のお父さんはすごく怒って、新庄を殴りました。そのとき新庄は、お父さんに対して言ったんです。丸美が勝手についてきた、勝手に死んだ、と。そんなこと言われたら、誰だって逆上しますよね。そこからはもう、殴ったり蹴ったりと、とても見ていられませんでした。周りのおじさん――一緒に来た人たちも止めるに止められず、いえ、たしか、止めようとする人を止めた人もいました。丸美のお父さんにはその権利があると言って。その中の誰かが、わたしたちに上着を被せて、見せないようにもしてくれました」

でも、と国枝はひといき入れた。

「新庄は殴られながらもまだ言ってました。丸美を車に乗せるつもりはなかった、わたしが欲しかっただけだ、典子がひとりでいるのを寂しがったからだ、と。……そして、……

そしてこうも言ったんです。……丸美が、丸美が死んだのはわたしたちのせいだ。わたしたちが、丸美に食事を与えなかったのだと」

声が震えてきた。国枝は瞬きをせずに、涙を流していた。そしてもう一度言う。

「あの子たちが丸美に食べさせないと、そう決めたんだ、と」

「それはずいぶんひどいことを言いますね」

憲吾はポケットティッシュを差しだす。

頭の中では疑問が巡っていた。食事を与えなかったとは、なんだ？

国枝はポケットティッシュを受け取り、首を横に振った。

「いいえ、いいえ。……間違っているわけじゃないんです」

「どういうことでしょう」

「新庄から与えられた食事は、……いえ、食事などと言えるものではありませんでしたが、一日にパンをひとつかふたつ、ジュースか牛乳、それだけです。わたしたちより先に、一ヵ月前から監禁されていた典子は、ガリガリに痩せてました」

それは当時の資料にもあった。六年生女児の体重なら三〇キロ台の後半から四〇キロ近くのはずだが、典子は三〇キロを割っていた。もしもその時点で見つからなかったら、典子も死んでいたかもしれない。

「丸美の分は、もらえませんでした」

「なぜですか」

「自分を愉しませることをしていないから。丸美が勝手についてきただけだから」

「え？」

「新庄はそう言いました。最初はわたしたち、もらったパンを丸美に分けていたんです。でも途中で新庄に気づかれて、わたしたちの分もくれなくなりました。罰だよと、食べたくないならやらないよと言われて。……水分さえも」

憲吾は手元の缶コーヒーを見つめた。思わずひとくち飲んでしまう。喉を通る感触に、これさえも与えられなかったのかと重い気持ちになる。暑く暗い地下室で、小学生の子供に。

「その後、……たしか二日後だったかに、わたしたちふたりに、ひとつのパンを見せました」

「見せた？　与えたんじゃなく？」

「はい。わたしの足枷を外して、丸美の前に連れていって、彼女の手が届くぎりぎりのところにパンを置いたんです。丸美はほとんど動けなくなっていたし、足枷もつけられていたから、そこが限度というところ。新庄は、典子も呼んで、さあ誰が食べられるかな、ゲームだよ、と言いました。丸美はうめきながらも、懸命に手を伸ばしていました。でも届かない。わたしたちは動けませんでした。手を出していいものかどうか、わからなくて固まっていた。新庄は、あいつはしばらく見ていたけれど、やがてつまらないと言って、それで、あいつ……、あいつ……」

「どうしたんですか」

「パンを踏み潰しました。何度も何度も踏んで、ぺちゃんこになるまで潰して。……悲しかった。食べればよかったと思った。だけど踏まれただけたら、わたし、食べられると思いました。あいつがいなくなってから食べようと……。だけど新庄は、おまるに、トイレとして置かれていたそれに投げ入れたんです」

想像するだに、胸の悪くなる図だった。

瀕死の少女が横たわっている。乱暴を受けてお腹をすかせた少女もいる。三人の間に一片のパン。男はそのようすを愉しんでいる。少女の飢餓感とためらい、願いや絶望を、ひとり支配する楽しさに酔いながら。

「チャンスはあと一度だよ、食べ物を粗末にするならもうあげないよと、新庄は言いました。……わたしたち、お腹がすいていて、すごくすいていて、結局奪い合いました。一個のパンを。丸美のことはもう目に入らなかったんです。……その後も、その後も、同じような争奪戦でした。典子とわたし、ふたりの間では譲り合いもありました。前回はあなただったから次はわたし、そんな風に。でも丸美の声には耳を塞ぎました。悲しそうな目でわたしたちを見ていたけれど、見張られていたし、なにもできない。……いいえわたしたち……、わたしたちは、丸美はもうぐったりしていて、とても食べられないから、だったらしょうがないじゃないと、そう言って……。わたしたちだけで……」

国枝が左の手で、右の手を握っている。祈るようにも、押さえつけているようにも見えた。

「当時の供述調書を読みましたが、そこまでは書かれていません」

「……わたしたちは口をつぐみました。典子と打ち合わせたつもりはないけれど、言っちゃいけないと思ったんです」

「鳥居周作も、なにも証言していませんよ」

「そうでしたか。新庄の、根拠のない言い訳と受け取ったのかもしれません。あいつの言ってること、めちゃくちゃだったし。……だけど典子が殺されて、典子に恨みを持つ人は誰かって訊かれて、今さら不安になったんです。丸美が死んだのはわたしたちのせいだと思われていたらどうしようって」

憲吾は国枝を見つめた。

「新庄は死んだから、あのとき何があったのか、もう彼には問い質せません。わたしたちも子供だったし、事情が事情だったから配慮してもらったこともあって、丸美のお父さんにはあれきり会いませんでした。でもずっと刑務所にいて丸美のことばかり考えて、恨む気持ちが強くなっていったら……。わたしは今も自分を許せない。丸美のお父さんもわたしたちを許せないでしょう」

「国枝さん」

「わたし、丸美が死んだと知ったとき、少しだけほっとしたんです。もうこれで耳を塞がなくて済むんだなと。あんな目で見られずに済むんだなと。勝手だと思います。だけどあのときそう思ったことはたしかなんです。……わたしたちは、丸美を見捨てた」

左右の手を不自然に握りながら、国枝が顔を伏せた。

肩がまた、泣いている。

「その状況下では、誰もあなたたちのことは責められないと、私は思いますよ」

国枝の嗚咽が治まるのを待って、憲吾は缶コーヒーをすすった。

気持ちはわからないでもない。誰にも当時のことを言えないまま、国枝と秋葉は二十年前に刺さった棘とともに生きてきたのだろう。

しかし、ふたりで抱えてきた秘密があったとしても、彼女が秋葉に嫉妬して殺したという可能性が消え去ったわけではない。

それは別の話だ。

「鳥居周作は死亡したと申しましたよね。当然、彼に秋葉さんは殺せない。そこで丸美さんの妹の幸子さん、とあなたは考えたわけですね」

「典子を……わたしたちを恨む人間と言われて、わたしにはそれしか思いつきません。さっちゃんと丸美はとても仲が良かった。もちろんきょうだいゲンカはするけれど、少なくともわたしと妹よりずっとずっと仲がいいです。もしもさっちゃんがお父さんからあのときの話を聞いてしまったとしたら、わたしたちを恨むでしょう」

憲吾はうなずく。

「あなた自身と幸子さんとの間にトラブルはありましたか？」

「いいえ。でももう二十年前です。彼女がどんな風に変わってしまったかわかりません」

幸子は父親を嫌って家を出ている。分籍までする念の入れようだ。あり得るだろうか。

だが、周作が死ぬ前にふたりの関係に変化があり、話が伝わっていたとしたらどうだろう。

国枝朱里。鳥居幸子。本ボシはどちらなんだ？

しかしまずは、目の前の国枝の信用を勝ち取らねば。

「お預かりしていいですか？　そのタイムカプセルの中身を握りつぶしたりはしません。私が保証します」

「……わかりました」

国枝が折り紙の貼られたボール紙だけを出してくるので、憲吾は止めた。

「全部お預かりしたい。そっちの柄の入った紙のほうもです。それと、保護させていただきます。大事な証拠なので」

憲吾はポケットからビニール袋を出した。ただ、セロファン粘着のテープはすでに劣化し、細かく割れていた。指紋があるという緑色の絵の具も、すっかり粉になっている。指紋の検出は期待できないかもしれない。

封筒から慎重にボール紙を取りだす。先ほどは封筒の中にあって見えていなかった残りの部分に、文字が書かれているのがわかった。

元気でね——

「これは、なんですか？　f……o……？」

そう訊ねると、国枝がやっと笑顔を見せた。ほっとしたような柔らかい表情だ。

「rが反転してるんですよ。from（フロム）です。mもつぶれてnに見えますね。さっちゃんが、どこかで見たか読んだかした英語で書いたんだと思う」

「その次のは、なんです？」

「さっちゃんのマークです。〇の中に、十」

ずん、と憲吾は腹のあたりが重くなった。頭から血が下がっていくような気もする。

自分はこのマークを知っている。

どこで見たか、どんなシチュエーションだったか、覚えている。だが思いだすことを脳が拒絶していた。

「……さっちゃんのマーク、とは？　すみませんが、もう少しわかるように説明してもらえますか？」

「流行(はや)ってたんですよ、あのころ。クラスのみんなが自分のマークを決めて。……なにがきっかけだったかな」

国枝が考え込む。

きっかけなどどうでもいい。早く具体的な話に入れと、憲吾は叫びそうになった。喉元まで出かかった言葉を抑えて笑顔を作る。ひきつっているような気がする。

「そうそう、星占いです。牡羊座とか牡牛座とかのマーク、それぞれの星座には守護星があるんですが、そのマーク。太陽とか、月とかの。それがかっこいいって言って、うちのクラスの女子の間で自分のマークを作ったんです。わたしたちもこんな風に」

国枝が、キャンディの形をした花柄の便箋をほどいてくる。文章のところどころがマークで置き換えられていた。丸のてっぺんから三本のヒゲが角度にして四十五度ずつついているものと、積集合を示す∩に横棒が貫かれたもの。Aの字に似ている。

なるほど、と憲吾は思った。丸に三つの線で丸美、Aの字を変形させて朱里ということか。

「内緒の文章を書くのにも使えました。知ってる人同士はわかるけど、先生にはわからないでしょう?」

国枝がふふっと思いだし笑いをする。

「それで、……幸子さんのは?」

「さっちゃんもそれを見て、自分もマークが欲しいと言いだしたんです。それで三人で考えました。さの字と、ちの字は、鏡文字みたいになっているから、横にくっつけて、○の上に+の記号をつけたものを作りました。わかります? 古という字に似た感じのもの。

でもうちのクラスに古川さんという人がいて、いわゆるボスっぽい人で、彼女に知られて文句をつけられ、さっちゃんのマークは○の中に＋ということで落ち着いたんです」

「マークは、それぞれの名前にちなむんですね」

「たいてい名前か苗字に」

「それは全国的に流行ったんですか？　それとも女子の間だけ？　私はあなたと同じ歳の姉がいますが、聞いたことがない」

国枝が不思議そうに首をひねる。

「さあ？　わかりません。横浜に引越した先では、なにもなかったし。だからうちの小学校だけの……下手すると、クラスだけのブームだったかも。マークのことなんてすっかり忘れてました。いえ、丸美を思いだすから、使わないようにしてたのかもしれません」

「……田中さんという人は、クラスにいましたか？」

憲吾は絞りだすように言った。

国枝がますます不思議そうな顔になり、しばらく考えてから、いないと答えた。

コーヒーが苦かった。

25

憲吾は新幹線の中からゆきこにメールを送ったが、返事は戻らなかった。

国枝の相手をしながらも、頭の中を占めているのはゆきこのことばかりだ。

ゆきこはカレンダーに、自分を示すマークだとして、◯の中に十を入れた記号を使っていた。田中の田だと思っていたが、問いかけただけでそのまま会話は流れ、由来までは聞いていない。ずっと使っているとしか言っていなかった。

ただの偶然という可能性もある。

だが、ゆきこが鳥居幸子だという可能性もある。幸子という名はゆきこと�も読める。そう読ませているんじゃないだろうか。

まさかと思いながらも、憲吾のなかに疑念がどんどんと湧いてくる。

スターガーディアンの星野から紹介される前に、憲吾はゆきこと出会っていた。四年前だ。交番にゆきこが駆け込んできたとき、男につきまとわれていると言ったが、あのときの帽子の老人がそうだったのではないか。あれは烏居周作ではないだろうか。幸子は周作から逃げていた。ゆきこも、一時的なつきまといをされたのではなく、居所を知られそうになって逃げたのではないだろうか。

憲吾は周作の写真をスマホの液晶画面に呼び出した。勤め先に残っていた履歴書のもので、出所後だというから五年前の写真だ。帽子の老人と年頃は同じだ。暗くてよくわからなかったが、頬の傷はあっただろうか。あのとき彼は自分と目が合ってから、帽子を深く被り直した。もしかしたら傷が見えないようにしたのでは。

ゆきこが自分との仲を深めていったのも、冗談ではなく、本当に「寄らば大樹の陰」だったのでは。

考えてみればゆきこから、家族の話を聞いたことがない。おかしくないか？　いやしかし自分も、姉がいるという話をしていない。ゆきこから弟扱いされたくなくて言っていなかったのだ。ゆきこの場合はどうだろう。たまたまか、避けていたのか。

星野はなにか知っているだろうか。ゆきこの部屋の賃貸契約書はどうなっているだろう。あれもこれも、わからないことばかりだ。

国枝を部屋まで送り、石神井署に戻ってタイムカプセルと称する封筒を提出し、北見管理官に叱責を受けた。不在中の情報を知りたいかと、原田が寄ってくる。

立花十造の解剖結果に追加が出たという。

秋葉典子の血液から出たベンゾジアゼピン系の薬品はなかったが、皮膚の一部や衣服、特に襟元から多く、カプサイシンが検出された。唐辛子などに含まれる成分で、催涙スプレーにも使用されている。スプレーを浴びせられて目や呼吸に影響がでたところで、首を絞められたと思われる、とのことだ。離婚した妻と息子にも連絡がついた。離婚の原因は立花の浮気だが元妻はすでに再婚しており、元妻が立花を殺害するとは考え難く、理由も見当たらなかった。息子も婚約中で、父親とは付かず離れずの関係で恨みなどないとのことだった。

銀行口座を調べていた捜査員からも細かい報告がなされていた。九月十五日に、立花の口座にATMから直接五十万円が入金されていた。振り込みではないのでどこから出た金かはわからないが、少なくとも本人の別口座からの移動ではないようだ。秋葉が自分の口座から引きだした額や時期が一致すること、ニイナが脅し取られた額と同じ百万円も当該口座に入っていることから、おそらく秋葉から得た金とみていいだろうとのことだ。他にも、数十万単位の出所不明の入金が複数回あり、脅迫されたとみられる調査対象者を捜している という。

立花が複数台持っていた電話は、番号が判明した。すべて二十五日のうちに電波が辿れなくなっていたため、立花を殺した人間が持ち去って痕跡を消すために壊したものと思われた。逆にそこから、殺害日が二十五日以前である可能性が高まった。なお、二十四日の夜遅くに秋葉にかけられた番号の持ち主はまだわからない。

わからないといえば新庄兄弟についてもアリバイが確定しない。弟の浩二にパチンコ店での目撃者がいないと追及したところ、別の店だったかもしれないと供述を変えた。はたしてそちらを訊ねてみると、似た人物は目撃されていたが、むしろ兄の悟郎の写真に近いという。兄の行方はつかめぬままだ。兄弟で共謀しているのではないかという意見もあり、彼らの捜査を担当する組からはさらなる増員要請もあったという。

草加と中条からは、鳥居幸子のその後について報告されたそうだ。

前のめりになりかけた憲吾だが、平静を装って原田に続きを促す。

鳥居幸子は静岡市から浜松市に本籍を移した後さらに、母親、美雪の兄の家に養子に入っていた。苗字は田中。

顔がひきつるのを感じながら、憲吾は続きを聞く。

田中幸子はその後、本籍を義理の両親宅に残したまま住民票だけを移動し、横浜、東京ときて、四年前、再び義理の両親の家に住民票を戻した。ただし本人はその場所に住んでいない。

父親の周作が連絡を寄越すのを嫌い、居所をわからなくするためにそうしたのだと義理の両親は説明したそうだ。現在は東京にいて、ときどき幸子のほうから連絡が来る。自分たちもボケてきているから、うっかり誰かに喋ってしまいそうで、住所や連絡先は聞かないことにしていると言う。中条によると、義理の両親はかつて美雪の結婚に反対しており、幸子にも同情的で、今は一ヵ月ほど連絡がないが、周作が他界したこともあり焦るようすは見られなかったそうだ。

「真面目で前向きないい子だから協力したかった、なんて言ってたそうだぞ。子供のいない七十代の夫婦だ。本当にいい子なのか、うまく取り入ったのか」

原田が侮蔑したような表情で笑う。

ゆきこが本当に田中幸子なら、いい子、で間違いないだろうと憲吾は思う。よくある名前だ。田中も、幸子も。その組み合わせなら、全国で二桁、いや三桁ぐらいはいるんじゃないだろうか。

「田中幸子は、仕事はなにをしているんです?」

「事務員から飲食店の店員、工員、電話オペレーター、さまざまなことをやってきたってさ。オペレーターの仕事はパソコン関係の会社だそうだから、ネットにも強いんじゃないか。まあ今どきは、仕事をしている人間より引きこもりのほうが詳しいかもしれないが」

胸苦しさがいっそう増してくる。ゆきこの仕事も、ＩＴに詳しくない人間が表現するなら、パソコン関係の仕事、だ。

「眞沢、おまえ、国枝と膝突き合わせて列車の旅だったんだろ？　他に収穫はないのか？」

「報告した以上のことはないですよ。国枝は死んだ烏居丸美に後ろめたさを感じています。それは秋葉も同じだったと。だからもし自分たちに恨みがあるとしたら、烏居周作、または幸子がその筆頭ではないか、それが国枝の考えです」

「丸美の復讐、ってか？　俺は国枝が捜査の攪乱を狙って、吹いているだけだと思うね」

原田は実に楽しそうだった。自分の担当している相手が本ボシとなれば、やりがいも倍増だろう。

「おまえはどう見るよ」

まっすぐに目を見つめてきた原田の言葉に、憲吾は返事を迷う。国枝朱里、烏居――田中幸子。より怪しいのはどちらだ。いや、まったく別の犯人がいるのだろうか。

「……正直、わかりません。国枝の突発的な行動を見ても、精神的に追い詰められているようすが窺えます。ただ、彼女は真剣で、騙してやろうという風には見えなかった」

「ふん。どっちが犯人にせよ、そろそろ年貢の納めどきだな」

その夜、憲吾はゆきこの部屋へと向かった。鍵は預かっていないが、スペアキーの置き場所は知っている。憲吾がゆきこより後に部屋を出るときは、扉についている郵便受けに入れて返すのだ。そこを、そのまま失くしたときの置き場にしているという。

泥棒に感づかれる可能性もあるぞと言ったが、糸のついた磁石でも使わないと吊り上げることはできないのだから、ピンポイントで狙われないかぎり大丈夫だとゆきこは笑っていた。仕事で倒れるかもしれないからそのときはよろしくと、肩も叩かれた。

はたして憲吾は用意した磁石を使い、苦労もなく鍵を引き上げた。

部屋は半分片づき、半分乱雑だった。生活空間は片づいているが、仕事の書類などはそのままという、つまりはいつものゆきこだ。

クローゼットの服が少し減っていて、キャリーバッグがない。出張は嘘ではないのだろう。もしくはそう装っているだけなのか。

卓上カレンダーはなくなっていた。これでは予定がわからない。

憲吾はゆきこに電話をかけてみた。電源が切られていて出てくれない。夕方送ったメールの返事は、原田と話している間に届いていた。

《返事遅れてごめん。元気だよ。貧乏暇なし。ひたすらデータとにらめっこ。ところでどこにいるってなんのこと？　九州って言わなかったっけ》
憲吾はさらに次のメールを送った。
《訊きたいことがある。直接話したい。何時でもいいから電話くれないか》
返事は届かない。

26

出勤予定時間の三十分前に、朱里はアヴァンタイトルのシャッターの脇で待っていた。金曜日の今日、店に最初にやって来るのは細川だ。通路に細川の姿を見つけて駆け寄り、昨日は申し訳ありませんでしたと頭を下げる。しかし細川は返事をせず、朱里を無視したままシャッターの入り口部分を開け、ひとりで中に入っていった。朱里の目の前でシャッターを閉めようとするので、慌てて手を出した。

「痛（いた）っ！」

朱里の言葉に、細川が途中でシャッターを止める。

「そりゃ痛いでしょうよ。無理に手を出したんじゃ。それとも被害者ぶるつもり？」

「そんなつもりは……いえ、ごめんなさい。中に入ろうと思って」

はあ、とため息をついて細川が背を向ける。朱里はシャッターをくぐった。

薄暗い店内だったが、什器がどこにあるかはみんな見なくてもわかっている。細川はずんずん進み、レジカウンター奥の壁に手を這わせ、半分だけ電灯をつけた。げんなりした顔で、朱里に向き直る。

「国枝さん、あなたいつもそういう態度だよね。自分は被害者だ、自分は傷つけられた、って。だからってなにをしてもいいわけじゃないんだよ」

「被害者？」

朱里の胸の奥が、ぎゅっとつかまれる。

知られているんだろうか、監禁事件のことを。

「道長さんが誘ってきたからついてった。友だちが殺人事件に巻き込まれたから大変だ。自分も狙われてるかもしれないからいろいろ大目に見てほしい。そんなのばっかり。いいかげんにしてよ」

「狙われてる、ですか？」

「そう説明されてるけど？　ここんとこ通路に立ってる警察の人に。いかつい顔のおじさんと、背の高い若い人。違うの？　やだ、もしかしてあなたが疑われてるとか？　ちょ、まじ？」

困ったように細川が笑う。

「そんなことないです」

朱里は慎重に答えた。あのふたりも、一応は気を遣ってくれているらしい。

「あの人たちにはいろいろ訊かれたよ。誰かにつけられてるなんて話を聞いていないかとか、トラブルはなかったかとか。悪いけど道長さんのことは伝えてる。……ま、ちょっといい気味。会社にばれて出世の道を絶たれても、自業自得だよ。同情の余地はないでしょ、不倫なんて」

細川は嫌そうに顔を歪める。いい気味というのは、自分にではなく、道長に対してなのか。

「細川さんは、道長さんの味方だと思ってました」

「味方とか敵とか、人間関係は二者択一じゃないでしょ。まあ、道長さんのことは嫌いだけどね。下の人間に手を出すなんて最低。あんなのが上司だなんてあたしも報われないわ。あなたが部下だってことも、もっと報われないけど。なんでこう、普通に働いてくれないかな。仕事場なんだよ、ここは。わかってる？」

すみません、と朱里は頭を下げた。

「あなたさ、世の中で自分が一番不幸だと思ってるんじゃないの？　そういう顔してる。うん、顔に書いてあるよ。見てみたら？」

言われて暗い照明の下、朱里は店の鏡に顔を映してみる。わからない。だが少なくとも生き生きとはしていない。

「どうせ自分は契約社員だ、嫌になったら辞めればいい。そう思ってるから昨日みたいなことができるんだよ」

「そんなつもりは」

「あるよ。あなたはたしかに不幸かもしれない。だけど自分の不幸しか見てないでしょ」

「わたしは……」

この二十年のことを告げたら、細川は自分をどんな目で見るだろう。同情の目か、興味の目か。

ふう、と細川がまたため息をつく。

「友だちが死んだことはかわいそうだと思うよ。だけど、だから察してって態度取られると、違うでしょうとしか言えない。だいたいさ、友だちとの関係なんて、人によって違うわけ。いいことばかりじゃないでしょ。あたしなんか親友だと思ってた子の借金負わされてる。どんだけ不満があっても仕事を辞められない。これって超不幸じゃん」

細川がむくれた顔で、朱里を睨む。

「それにパン屋のおばさんのこと知ってる？　交通事故で旦那と子供、いっぺんに死んだんだって。だけどあのおばさん、元気に笑ってるじゃない。棚卸であなたがいなかったときは、どうしているのって、あなたのこと心配してたよ。そういうとこ、見習ってよ。不幸だからいつも陰気な顔っていうの、やめてほしい。みんないろんな不幸を背負ってる。あなたより何倍も不幸な人はいるの。ってか、比較できないでしょ」

「……細川さんのご事情も、大変だと思います」

「違う！　同情してって言ってるんじゃないの！　不幸自慢をやめろって言ってるの。うっとうしいのよそういうの。ちゃんと、まともに働いてほしいだけ！　なんでわかんないかな。あなた見てるとイライラするっ」

細川が一気にまくしたてたところでシャッターの音がした。定岡が入ってくる。

「あ。……おはようございます」

バツが悪そうに、頭をひょこひょこ下げている。途中から聞こえていたのか、曖昧な笑みを浮かべていた。

「とにかく。国枝さんは真面目に仕事をして。昨日のことは上に報告しておきますから」

細川がレジ奥の小部屋へと入っていった。

朝のこと以降、細川は朱里と目も合わさないし、口を利こうともしなかった。定岡も林も避けてくる。用があっても無言で品物を出すだけだ。

自分は甘えていたんだろうか。そうかもしれない。

不幸に酔っていたんだろうか。……そうかもしれない。

細川が並べた彼女の不幸と浅賀の不幸。どちらがより大変か、何倍不幸なのか、朱里にはわからない。不幸の比較など誰にもできない、そのとおりだ。

ただ、自分だって不幸だと告げた細川もまた、不幸自慢をするなと言いながらも、不満げにむくれていた。

不幸だ不幸だと嘆く姿は、見苦しいのだ。自分も周囲にそんな姿を見せつけていたのだろう。同情しろと圧力をかけていたのではないか。

接客をしながら、ふと鏡に映る自分の顔。

作られた笑顔の下から醜さが透けてみえるようで、目を逸らした。

27

「いつから気づいていたんだ！」

角田一課長の怒声が飛んだ。

——時間は遡る。

同じ金曜の早朝だった。捜査会議にはまだ早い。いつも笑みを浮かべている倉科係長でさえ、こわばった顔をしていた。

憲吾は深く頭を下げた。

「ゆ、昨夜(ゆうべ)です。戻って原田巡査部長から田中幸子の話を聞いて、名前などが一致したので不安になって」

「ようすが変だったよな。心ここに在らずって雰囲気で」

原田が言った。昨夜、原田は不審を感じ、石神井署を出た憲吾を尾行していたそうだ。

憲吾が入っていった部屋の借主を調べたところ、田中幸子という名前が出てきたため驚き、角田たちに報告したという。憲吾より先に。

「恨むなよ。たしかに俺は国枝が本ボシだと思っている。だがおまえも言ってただろ。犯人かもしれないなら、いくら小さな可能性でも突き詰めるべきだってな。俺も同意見だ。ちびっとでも臭うからには無視できねえんだよ」

「名前以外にも気になることがあるんですね、眞沢さん」

倉科が細かいところをついてくる。

「国枝を追って御栗山町に行き、彼女から鳥居幸子の指紋が採取できるというボール紙の作り物を受け取りました。……その際、署名のマークに気づいたんです」

指紋に関してはやはり、絵の具もテープも劣化が激しく、鑑定はできなそうだという連絡を鑑識担当者から報告されていた。ボール紙や折り紙に、他に残っている指紋がないか調べている最中だというが、しかしそれも古いと眉をひそめられていた。

「マークとはなんですか？」

倉科が訊ねてくる。

「○に十の印です。ゆきこ……私の知人の田中ゆきこはそれを自分を示すマークとしてメモなどに使っていました。鳥居幸子も小学生時代に同じマークを使用しており、ゆきこを漢字で書くと幸子になることに気づき、しかし確信の持てぬまま――」

「どうして昨夜のうちに言わなかったんだ」

原田が口を挟む。

「同一人物かどうか、わからなかったからです」

「今はわかりましたか？　同一人物ですか？」

倉科の言葉に、憲吾は頭を横に振る。

あれからゆきこは電話に出ない。メールの返事も戻らない。電源が切られたままだ。

「部屋を調べました。財布も身分証明書も見つけられませんでした。パソコンはノートタイプで、仕事のときは持っていきます。これもありませんでした。ただ、クレジットカードの請求書があり、漢字表記がありました。田中幸子と」

「年齢は？　眞沢さんのようすを見ていると、鳥居幸子と同じぐらいなのですよね」

倉科が問う。

「自分より一歳上と聞いています。……二十九歳」

「確定だよな」

原田がうなずいた。

「待ってください。私はサチコではなくユキコだと聞いていています。彼女と知り合うきっかけとなったスターガーディアンの星野社長も、ユキコという認識でした」

「ひらがなの名前だと聞いていたんだろう。実は漢字だったというだけでも疑わしい」

角田の声が尖っている。

「星野社長に電話で確認したところ、正式には漢字だが、たいていサチコと読まれるのでそれを嫌がって、いつもひらがなにしていると言っていました」

「ゆきこさんはパスポートを持っていますか？」

倉科が訊ねてくる。

「さあ？……わかりません」

旅行に行きたい、しかし海外は無理だと言っていた。日程の問題かもしれないが、パスポートがないのかもしれない。

「パスポートにはローマ字表記がありますね。つまり読み仮名がわかる。しかし運転免許証や国民健康保険証には読み仮名まで載っていない。誤認させることは可能です。もっとも草加君たちの調べによると、鳥居――田中幸子はパスポートも運転免許証も持っていないようですが」

ゆきこが運転免許証を持っているかどうか、憲吾は聞いていない。

「いずれにせよ、連絡が取れないのですね。九州に行っているという話はたしかですか？いつから会っていませんか？」

「最後に会ったのは、九月二十四日の夜です。出張を知らせるメールは、二十八日……五日前の昼に」

九州の仕事なんて知らないぞ、と星野は言っていた。ゆきこが他の誰かから委託を受けていないかと訊ねたが、わからない、自分で新規開拓もしているようだ、と頼りない返事だ。文句を言うと、眞沢にわからないものが自分にわかるわけがないだろと笑われた。ゆきこが話したため、星野はふたりの仲を知っている。

個人的な話は省いて説明し、憲吾はスマホに残るメールを見せた。

「誰か搭乗記録を調べろ。タナカユキコ、タナカサチコ、両方で」

角田の依頼に、わかりました、と捜査員のひとりが駆けていく。

「ゆきこさんの写真はありますね？　提出を」

倉科に促され、憲吾はフォルダを探る。データをパソコンに飛ばすと、補助を担っている石神井署の職員が、すかさず数枚プリントアウトした。こちらが残っていました、と別の写真を一緒に持ってくる。

「……これ、なんですか？」

憲吾はつぶやいた。笑顔のカップルと、少し離れて立っている痩せて小柄な中年男性との写真だった。

「立花十造の最近の写真ですよ。立花の息子が夜中に送ってきたそうです」

倉科の説明に、憲吾は被せるように訊ねる。

「歳を取っているほうの男が立花ですか?」

「当たり前だろ」

原田はそう言うが、今、捜査本部で持っている立花の写真は三年弱前の運転免許証の顔なのだ。もっとふっくらとした顔で、老け方も三年ではきかないほど違う。

「自分は、……この男性を見たことがあります」

憲吾の言葉に、周囲が沸き立つ。

「いつだ?」

「九月の十日すぎぐらい……、板橋の事件を捜査中のことです。原田さんと一緒に三軒茶屋の駅前にいて、たしかちょっとした諍いがありました。ナンパかなにかの」

原田が目を丸くしている。

「ガキどもの騒ぎのことか?」

交番にかけこんでいた女の子たちのようすに、ゆきことの出会いを思いだした。その後でゆきこと似た女性を見かけ、ゆきこのことを考えていたから勘違いしたのだろうと思っていたが。

あれはゆきこだったんだ。小柄な中年の男性がそばにいた。上司と部下のような雰囲気の男女。あの男性の顔だ。あれが立花十造。ゆきこが立花と繋がっているなら、ゆきこは……

憲吾は声を詰まらせながらも言う。

「騒ぎの後で、この顔の男を目撃しました。田中ゆきこと話していました。仕事上の関係とでもいった雰囲気でしたが」

「話をしていて、それで？」

角田が怒鳴る。

「それだけです。ゆきこだという確信が持てなかったんです。自分たちは板橋署の捜査本部へ戻ろうとしており、彼女らは角を曲がって別方向へと移動し、気づけば見えなくなっていました」

「秋葉が殺される約二週間前……かよ」

原田が指折り数えていた。心なしか顔がこわばっている。

「その頃立花は、ニイナから依頼された秋葉の調査をしていたんだよな。いや、領収書の日付からみると、ニイナが調査を途中終了させた後になる」

「もしかしたら、立花は田中にも情報を売っていたんじゃないですか」

「逆に田中から、ニイナの書き込み──アングラサイトの掲示板に調査内容を書いたという情報を得たのかもしれない。立花が気づいたというより、ＩＴ関係の仕事をしている田中の履歴からみてそちらのほうが自然だ」

「田中が立花を殺し、繋がりを知られないよう書類やパソコン類を持ち去ったとか」

集まっていた人間がざわつく。状況が動きそうだという興奮が漂う。

「そのとき気づいていれば、秋葉も立花も死なずに済んだかもしれねえってことかよ。畜生」

原田が舌を打つ。悔しそうに椅子を蹴った。

「待ってください。ゆきこは小柄で、身長も一五五センチぐらいです。十センチも背の高い男性を殺すというのは無理がありませんか」

「そのための催涙スプレーじゃねえのか。スタンガンも使ったかもしれない。死体の皮膚は内部腐敗でぐずぐずだった。解剖したセンセイも見逃したかもしれない」

憲吾の抗議を原田が止める。

「早急に田中ゆきこ──幸子の足取りを確認しろ。草加と中条はまだか！」

角田が指示を飛ばす。

「自分は星野社長が借りているブース貸しのシェアオフィスに行ってみます。彼女がいつからいないのか調べます」

憲吾が頭を下げた。

「いやその必要はありませんよ」

倉科が笑顔で言う。

「あの」

「眞沢さんは外れてください。参考人の知人を捜査に関わらせるわけにはいきません。そのシェアオフィスの名前と場所だけ教えてください」

「じゃあ、引き続き国枝朱里を」

「それは原田さんに任せてください。捜査本部から外しますと言っています」


突然の休暇を申し渡されたが、憲吾は宙ぶらりんの気持ちをどうしていいかわからない。昨日は漠然とした不安だけだったが、ゆきこと立花が繋がったことに打撃を受けていた。国枝が言ったように、彼女と秋葉を恨んでの犯行だろうか。自分と親しくなったのも、そこまでの計算があったのか。

そういえば九州からのメールで、どの捜査本部にいるかなど、事件について訊ねられた。いつだったか、遊びにきた憲吾の顔を見てノートパソコンの電源を落としたこともあった。

情報の保全を理由にしていたが、なにか調べていたのかもしれない。

石神井署の中条が出した資料を、憲吾は思い起こす。ゆきこ……いや、田中幸子、二十歳までは鳥居幸子だ。小学三年生で姉の丸美を亡くし、父親が収監された後は、母親の美雪とふたりで暮らしてきた。周作の逮捕後も、美雪はそれまで通り御栗山町の介護施設で働いていた。同じ施設にいた周作の仕事ぶりは思いのほか真面目で、娘を殺されて逆上したという理由も同情されたようだ。そのため母親は大きな嫌がらせを受けることなく勤め、幸子を高校まで出すことができた。ここを辞めれば他に職はない、母親はそう思って続けていたらしい。

だが反面、幸子が御栗山町から離れるきっかけを失ったとも言える。高校卒業までの多感な時期に、幸子は同情、差別、興味といったさまざまな視線に晒されただろう。生き残ったふたりの少女、典子と朱里を羨む気持ちは、当然あるはずだ。幸子の目からは、彼女らが逃げたようにも映っただろう。ひとびとの好奇心は自分にばかり集中していると感じられたのではないか。

ニイナと室町との三角関係に巻き込まれた秋葉典子は、ネットの中で名前も職業も丸裸になった。ゆきこなら、居所を突き止めることができる。その過程で、立花の存在が浮かび上がった。彼に近づき、利用し……そして。

憲吾は湧き上がる想像を、頭を振って止めた。

国枝の言葉を思いだす。動機さえあれば誰もが人を殺すと思っているのか。

そんなことはない。ゆきこが人を殺すなど、どうにも考えられない。ただ、動機の面でも状況の面でも、怪しいと言わざるを得ない。

父親との仲はその後どうなっていたのだろう。まずはそこからだ。父親を避け続けていたなら、姉の死の際に国枝たちがとった行為を知らないだろう。なによりゆきこは明るく前向きで、さっぱりとした性格だ。たとえ父親からなにを聞いたとしても、殺人など……

ダメだ、と憲吾は息を吐く。

たしかにこれでは、捜査に関われない。気持ちのバイアスが、ゆきこを犯人として認めたくない方向にかかっている。

ならば倉科係長たちに任せておくか？　信用できないわけではないが、それは嫌だ。たしかめなくては納得できない。自分の目で、自分の手で。

憲吾は東京駅へと向かった。昨日と同じルートを辿る。鳥居幸子の卒業した高校は草加たちも行っている。もう一度刑事がやってきたとしても追加確認だと思われ、不審がられはしないだろう。

体育祭準備で盛り上がる高校で、卒業アルバムのコピーをもらうことができた。しかし今はアナログよりインターネット上で繋がっているほうが多いと事務の人間に聞き、そういえば自分自身もＳＮＳに同窓会のグループがあると思いだした。スマホで高校名と幸子の卒業年度を検索したところ、ヒットした。名前と職場を公開している人間がいる。

レンタカーを走らせ、町内のドラッグストアに入った。薬剤師として勤める女性が同窓生のまとめ役らしい。アルバムの顔写真と同じ笑顔が調剤室のそばにあった。そこから主婦、コンビニの店員、と数人に話を聞くことができた。残念ながら女性ばかりで、共学高校だったため一面的になってしまうきらいはあるが、この際仕方がない。

彼女らは幸子に近しい人間だったのか、一様に幸子の不幸せを嘆いていた。幸子本人にはどうしようもないことなのに、という同情が中心。幸子はどちらかというと末っ子にありがちな甘えん坊だったが、事件後はそんなようすを見せなくなり、世間の目をはねのけるように明るくふるまっていたという。高校生にもなると周囲よりもずっとしっかりしていて、みなが頼りにしていたとのことだ。しかし当時、幸子が父親に対してどんな感情を抱いていたのかはわからなかった。遠慮があり、訊ねないようにしていたという。

死んだ姉について訊ねると、不安そうな顔のコンビニ店員の女性は、どこまで本当かわからないけどとつぶやいた。

「お姉さんは本当のお姉さんじゃないかもしれないって、さっちんに聞いたことがあります」

「それはどういうことですか？」

憲吾は訊ねる。

コンビニ店員は、幸子とは小学校からずっと一緒の学校だったと言った。親友かと訊ねると、そうでもないかもと答える。高校卒業後、つきあいは絶えているから、というのだ。それはどの女性も同じだった。今、幸子と親交のある人間はいない。それでも彼女は、幸子をさっちんと呼んだ。

「おまえはもらわれた子だとか言い合うきょうだいゲンカって、よくあるじゃないですか。だからそのパターンかもしれないけど、お姉さんが亡くなった直後に言ってた話だし、なんか違うかもって子供心に感じて、妙に覚えてるんですよね」

「と言いますと？」

「本当のお姉さんがいたはずで、誘拐されて殺されたのは別のお姉さんだって。だけどかわいそうだからおうちのお墓に入るんだとか。あれ、逆かな、本当のお墓に入れないからかわいそうなのかな」

いたはずの姉というのは、一歳半で亡くなった長女のことを言ってるんだろうか。

「他のきょうだいの話は聞いたことがありますか？　上でも下でもいいんですが、丸美さんではないきょうだいが途中で亡くなったといった話を」

「やだ、なに言ってるんですか？　さっちんはふたりきょうだいですよ」

では周囲には長女のことを知られていないのか。憲吾はごまかすことにした。

「例えばの話です。で、幸子さんは、本当のお姉さんはどこにいるといった話はしていましたか」

「どこって言ってたかなあ。お姉さんが死んだことを認めたくないのかなって、そんな風にも思って、あまり追及しなかったなあ」

幸子が長女のことでなにかの誤解をしたのか、それとも一歳半で亡くなったとされているのが誤りなのだろうか。

28

自分では笑顔を作っているつもりの朱里だが、やはり硬いのだろう。客は朱里を避けて他のスタッフを呼んでいた。今日は閉店までフル勤務の予定だが、たった半日で夜中まで働いたような気分だ。

と、朱里は通路からの視線を感じた。

嫌らしく目を輝かせている原田がいた。隣にいるのは見慣れない眼鏡の女性だ。原田と眞沢の中間くらいの年齢だ。

ふたりはアヴァンタイトルの店内に足を踏み入れ、まっすぐに朱里のほうへとやってきた。

「少しお話を伺いたいのですが」

眼鏡の女性が薄い笑いを浮かべた。

「すみません、仕事中です。後にしてくれませんか」

「我々も仕事なんですよ。ちょっといらしていただけますか」

原田が言う。またこのやりとりか、と朱里はうんざりした。

「今度はなんですか。昨日お渡ししたタイムカプセルのことなら、ここで話さなくてもいいでしょう?」

「タイムカプセル?」

不審そうな眼鏡の女性に、原田が、ああ、と手を横に振る。

「すみませんがあれは劣化が激しいんですよ。それはそれとして、我々もこんなところで話したくはないのでお誘いしているわけです。伺いたいことがありますので、署までご同行ください」

「劣化って？　ちょ、ちょっと待って」

原田はそばにぴったりとついて離れない。

「眞沢は説明してませんでしたか？　テープも絵の具も粉々になっていたでしょう。あれでに指紋の確認など難しい」

「ご自身の荷物もお持ちになってください」

眼鏡の女性の声が冷たい。

細川をはじめ、定岡も林も、そのとき店内にいた客までもが、驚きの表情で朱里とふたりの男女を見ていた。

彼らの車はパトカーではなかったが、中にはさらにもうひとりいて、連行されるかのように石神井署に連れてこられた。以前入った部屋より狭い部屋に通される。妙に息苦しい。これはもしや取調べというものなのかと、朱里は不安を感じた。

でもどうして、ここまでされなくてはいけないのだろう。

そう思っていると、初めてここに来たときに話をした倉科という男性が現れた。立花の家で朱里から提出された毛髪と同じＤＮＡ型が見つかった件について、と言う。

「どういうことですか」

「ＤＮＡの知識はありますか？　人の細胞の中には、アデニン、チミン、グアニン、シトシンという塩基が二個ずつ結びついて繋がっているのですが、この配列の繰り返しにパターンがあり、その型が人によって違っているため個人を識別できるわけです」

倉科が説明を進める。待ってください、と朱里は遮った。

「見つかったなんて言われても覚えがありません。立花のことも知りません。理由がわかりません」

「私たちも理由を伺いたいと思って、ご足労願ったんです」

立花の話といいつつも、まずは典子の事件のことで責められた。倉科の口調も表情も柔らかかったが、微に入り細をうがってつっこんでくる。大学時代の寮での諍いから始まり、妬んでいたのではないかと勘繰られる。典子の部屋に怪しまれずに入れるのは朱里だけだと言い、典子の遺体から検出された薬と朱里が処方されていた抗不安剤が同じ成分だが、それはどう説明するのだと迫ってくる。

九月二十四日、二十五日、二十六日という三日間の行動も、昨日よりさらに細かく説明させられた。二十六日の棚卸作業は午後すぎまで倉庫にひとりだったことがわかると、抜けだしたのではないかと言われた。

どの日のアリバイも勤務時間以外はあやふやだが、典子が殺された二十五日のアリバイが立証できないのが最も問題のようだった。ただ眠っていたというだけでは通りませんよと言われ、途中で目の覚めた時間まで訊ねられる。一度話したことを、二度も三度も訊かれると、朱里も混乱してくる。するとたんに、微妙な矛盾が追及される。

眠っていたのは確かだ。薬のことだって知らない。どう説明するのかと問われても、説明のしようがない。

朱里は泣きそうになった。このまま犯人にされてしまうのだろうか。

自分は典子を殺して、ただその記憶がないだけではないのか。狭い部屋の中で責め続けられると、自分自身が信じられなくなってくる。いやダメだ、落ち着こう。それに立花には会ったことがない。知らない人なのだ。

「本当に本当に、わたしは立花のところに行ったことはありません。信じてください」

「一度もですか？　先ほどの三日間以前も含めて、ですよ」

倉科は、取調べがはじまったときと同じ声の調子で訊ねてくる。

「ありません。わたしはその人の家がどこにあるかも知らないんです。立花は典子を調査していたんですよね。典子が捨てたゴミをチェックしたかもしれない。持ち帰って、そこにわたしの髪が交じっていたとしたらどうですか？　髪の一本ぐらい、入り込む可能性はあるんじゃないですか？」

「いいえ。国枝さんのDNA型が見つかったのは髪ではありません。唾液です」

「唾液？　どういうことですか」

「台所にペットボトルのゴミが大量に残っていたのですが、その中の一本から見つかったんですよ」

「……髪って、言ったじゃないですか、最初に」

「言っていませんよ。誤解なさっていますね。国枝さんが提出した毛髪と同じDNA型が見つかった、と申しました」

「ペットボトルなんていっそうわかりません。それこそ典子の家からゴミを持ってきたってことじゃないですか。泊まってるんですよ、典子のところに。……あ、違う……」

「違う、とは？」

倉科が促すように、軽く首をひねる。

朱里はそばの机に座ってパソコンを叩いていた原田に目を向けた。

「原田さん、あなたですね。あなたが置いたんじゃないですか？　わたしを犯人に仕立てるために。あなたか眞沢さんが」

「そんなことあるわけないだろう！」

原田が大声で立ち上がった。

向かい合う倉科が、原田さん、と止めた。

「あなたたち、三日前、わたしにペットボトルのお茶を勧めましたよね。あのとき、わたしは自販機のそばのゴミ箱に空を捨てました。あなた、あれを持っていったんじゃないですか？」

「三日前なら立花の遺体が見つかる前だ」

「利用するつもりで持ち去ったんでしょ。典子のことでもわたしのこと疑ってるじゃないですか。そちらで使おうと思っていて、でも立花のほうに置いた。……だって典子のところで今さら見つかるのは変だもの。そうだ、きっとそうです。そうに決まってる！」

「国枝さん、少し落ち着きましょうか」

倉科が穏やかな声で諭してくる。

「落ち着けるわけないでしょう！　じゃあ商品名は？」

「商品名とは？」

「お茶の名前！　わたしはあの時飲んだ銘柄を覚えてます。いつもそれを飲んでるから」

朱里は三日前に差しだされたペットボトルの商品名を上げた。倉科にためらいが見えた。

朱里はすかさず言い立てる。

「立花の家にあったっていうのも、それですね？　やっぱりあなたたちが持っていったんじゃないですか。だいたい、誰が殺した人の家にペットボトルなんて置いてくるんです？」

「殺したときじゃなく、それ以前に来たときじゃないのか？　あの家はゴミが溜まってたんだよ！」

原田が怒鳴る。

「それをいいことに、あなたたちが増やしたんでしょ！」

「倉科係長、私は決してそんなことはしていません。確たる証拠が鑑識から報告されたからこそ、彼女を引っ張ろうと申し上げたんです」

原田が倉科に向けて言う。朱里は続けた。

「そういえば、今日は眞沢さんはどうしたんですか？　昨日、眞沢さんと一緒にいたときも、電車の中で同じものを飲みました。そのときのものかもしれないですよね」

「眞沢は休みだ！　おまえとは関係ない」

原田が嚙みつくように答える。

「じゃあなたの独断ってことですか？」

「てめえ！」

「原田さん！　あなたも落ち着きなさい！」

休憩しましょう、と倉科が声をかけてきた。原田は肩を怒らせながら、背中を叩かれて部屋を出ていった。

朱里はひとり、取り残される。

いつまで続くのだろう、まさか証拠を捏造されたまま起指されてしまうのではないかと不安を覚えた朱里だったが、しばらくして倉科だけが戻ってきた。お帰りくださいと言われる。外に出ると、足が震えた。

アパートに戻った朱里は床に倒れ込んだ。なにか食べなくてはと思ったが、身体がだるくて動けない。

目を閉じると、丸美と典子の姿が浮かんできた。

丸美は昔のまま。典子は今の顔をしているのに、なぜか子供だった。ふたりは手を繋ぎ、楽しそうに遊んでいる。

これは現実ではない、それはわかっていた。だけどふたりの仲のいいようすが、どこか羨ましかった。自分は大人の姿をしていてふたりの間に入っていけない。のけ者にされているようで悲しかった。

ダメだダメだ、呼ばれちゃいけない、と頭を振る。

目を覚まして冷静にならなくては、と朱里は立ち上がった。よろけた足がなにかにつまずく。

ウサギのケージだった。

餌をやらなくては、掃除をしなくては、と灯りをつけた。

ウサギは眠っていた。ウサギってこんなによく寝るのか。この子は寝ていた時間の証明をしろなんて言われないのだろう。羨ましいなと思いながら覗き込んだ。

四肢を投げだしたウサギは、弱々しい息をしていた。

「……これ、寝てるんじゃなくて、ぐったりしてるってこと？」

だるさが吹っ飛んだ。

譲り受けたときから動きの少ないウサギだった。朱里に慣れないせいだと思っていたが、餌もペットショップで聞いていたほどには食べない。食べないから糞も少ない。

不安を感じて飼い方の本をめくった。病気の項目のページに、消化器系の疾患があった。

食欲不振、元気消失、糞の減少を主症状としていくつかの病気が載っている。X線検査をしたり、場合によっては手術が必要ともある。

どうしよう、と頭を巡らせた。ペットの病院など、どこにあるのかもわからない。慌ててスマホで検索をした。

29

憲吾は何度目かわからない電話をゆきこにかけた。しかし電源が入っていないというメッセージが流れるばかりだ。

ため息をつき、スマホをポケットにしまう。とにかく今は、鳥居幸子の手がかりを求める以外にない。

一歳半で亡くなったという長女、美衣子の情報は、御栗山町で得るのは難しそうだった。死亡当時、一家は三島市にいて、丸美が生まれたころに御栗山町へ移ったようだ。美衣子がもし生きていたとすれば三十三歳。ゆきこや秋葉典子、国枝朱里の周りにいるのはそんな年頃の人間ばかりだ。多すぎて絞りきれない。

美衣子と丸美が入れ替わったのではないか。そんなことも思ったが、いくら引越したとはいえ、幼少期での二歳の差は大きい。しかも、死亡後に再び出生という形になるのも不可解だ。草加たちが調べた戸籍によると、美衣子、丸美、幸子、三名とも実子として届けられていたようすだ。

そちらは後で調べようと考えて、まずは丸美の通っていた小学校に向かう。昨日、国枝はタイムカプセルの封筒を出してきた。死亡した丸美の分もきっと残っているはずだ。なにかの手がかりにならないだろうか。

国枝にも電話をして、丸美が封筒になにを入れたか訊ねたかったが、電話を受けてくれない。居留守なのか仕事中で出られないのかわからないが、念のためメッセージを残しておいた。

小学校の門扉のインターフォンで警察手帳を提示し、学校に入る。ほどなくして年配の男性がやってきた。教頭だという。憲吾は用向きを告げた。

「二十年前のタイムカプセルを捜しています。鳥居丸美さんという、すでに亡くなった方のものなので残されていると思うのですが」

教頭は名前だけではわからなかったようだが、説明を加えると、ああ、と神妙な顔になった。彼は当時、別の学校に勤務していたので丸美のことを知らないという。

「引き取りがなければ残っているはずです。お待ちください」

応接室がないので校長室で、と言われて待っていると、段ボール箱をかかえて教頭が戻ってきた。

「昨日も別の生徒の引き取りがあったようですね。……なにかあるんですか？」

憲吾は曖昧に、まあいろいろ、と答えておく。

段ボール箱の中に、よれた紙が入っていた。名簿のようだ。見せてもらいたいと頼んで受け取った。教頭は箱の中を探っている。封筒が何通か入っていた。

「うーん。鳥居さん、残ってませんね」

「名簿のほうにチェックが入ってますね。これは、誰かが受け取ったということですか？」

ああそうですね、と教頭が答える。名簿にはチェックまたはサインがあった。窪田朱里のところには、国枝とサインがある。

「このサインのあるなしはどう違うんですか？　苗字が変わったかどうかとか？」

「はがきを持ってきたかどうかです。タイムカプセルの引き取りのご依頼というはがきを、卒業生に出したんですよ。それがあればそのまま渡す、なければサインをもらう。はがきがない人には、本人だとわかるものを見せてもらってからですが」

国枝は突然思い立ったようだし、はがきを持っていなかったのだろう。鳥居丸美のほうはサインではなくチェックだけなので、はがきと引き換えのようだ。タイムカプセルは十五年間埋められていたと、国枝が言っていた。鳥居周作の出所もそのころだ。彼が受け取りにきたのだろうか。

「サインがないほうのチェックには、受け取りの日付が書かれていませんね。いつ、誰に渡したかわかりますか？」

えーと、と教頭が頭を搔く。段ボール箱の中をまた探り、ひとつの封筒を出す。

「誰が取りに来たかはわかりませんが、記入を忘れてなければ、日付だけならあるはずです」

教頭は封筒をひっくり返し、机にはがきの山を築いた。一枚一枚名前を見て捜している。憲吾も手伝った。日付の記入は鉛筆だったりボールペンだったりと、適当なようだ。

「ああ、これだ」

鳥居丸美の名が書かれたはがきには、ボールペンで日付が書かれていた。今年の七月。周作の死の直前だ。

取りに来たのは周作だろうか。今まで放置していて、なぜ死ぬ前に？　それともゆきこが来たのか？　このころにはもう、自分たちはつきあっていた。この日、ゆきこはなにをやっていただろう。

「担当者はどなたですか？　その人に訊けば誰が取りにきたかわかりますよね」

「掘りだして五年ですからね。担当はおらず、訊かれた人が渡す、それだけです。はがきと引き換えならもう覚えていないと思います」

「他の職員の方にもお聞きしたいのですが」

「私が対応してたとしても忘れてますよ」

そこをなんとかと頼み込み、教頭に職員室と事務室への案内を乞う。上に知られたら問題になるかもしれないと思いながらも、憲吾は止められなかった。しかし誰に訊いても、覚えていないという答えしか戻ってこなかった。


預かったはがきの住所に行ってみると、鳥居の表札は残っているものの、雨戸は閉められ庭は雑草で覆われ、見るからに空家だった。築四、五十年ほどの二階建て一軒家で、隣の家も似たような空家だ。雑草は玄関のそばまで伸びていて、折れたり曲がったりした形跡はない。つまり最近立ち入った人間はいないということだ。

周作と美雪は、町内の介護施設に勤務していた。周作は丸美が生まれた三十一年前から事件後に逮捕されるまでの十一年間を運転手として働き、出所後も再びアルバイトの形で雑用係になっている。美雪の勤務は、二十六年前から死亡の直前までだ。草加たちはふたりに同情的な職員が多かったという証言をもらってきていたが、憲吾が知りたいのは、周作が出所後に再び職を得た理由だ。その報告は聞いていない。出所後の仕事が見つからない人間は多い。美雪が周囲に頼んでおいたのかもしれないが、前科二犯だ。経営者はよほどの人格者なのだろうか。

また、周作はどんなようすだったのだろう。幸子は、出所後の周作から追われていたと聞くが、本当にそうなのか。幸子と周作に、接触は一切なかったのだろうか。

鳥居の自宅からレンタカーで移動し、彼らが勤めていた特別養護老人ホームに出向く。夕食が十八時とのことで準備に慌ただしい中、美雪とも面識のあるスタッフを呼んでもらった。

「美雪さんはすごくいい人でしたよー。人の嫌がる仕事も率先してやるし、シフトの都合がつかないときも休み返上で来てくれるし。あたしたちも上の人も、みんな頼りにしてました」

残念ながら事件が起きた二十年前にはここで働いていない女性だった。経営母体は変わらないが、介護制度の変化に伴い、施設の形態は変わっているそうだ。

「鳥居周作は五年前から再び働き始めていますね。再就職のきっかけなどはご存じですか」

「人の入れ替わりはけっこうあるんですよ、体力勝負だし。誰かが入ったきっかけなんて、いちいち知らされることはないですね。ただ入ったときに、以前運転手をしていたってこと、あまり表に出たくない人だから雑用中心ってことが紹介されたくらいかな。怒らせたら怖い人だって噂もあったけど、怒ったとこなんて見たことないですよ。喋ること自体、あまりしない人で、静かな感じ。仙人みたいだった。うん、あたしたち、ひそかにそう呼んでたんです」

「仲が良かった方はいらっしゃいますか」

「仙人さんのほう？　全然。美雪さんのほうはみんなと仲が良かった。……でも、そうですね、逆にすごく親しい誰かとかもいなかったかも」

人事に関わる事務長なら多少は詳しいのではと言われ、取り次いでもらう。応接ブースに通されたものの、忙しいのかなかなか現れない。

窓の外、太陽はすでに沈み、夕闇が迫っていた。もう一度スタッフをつかまえて急がせよう、と腰を浮かせたところ、ようやく事務長が現れた。事務だけしているわけじゃないんですよ、配膳の手伝いから雑務からなんでもやるのでごめんなさいねえ、と明るく笑っていた。そんな彼が、鳥居周作の話でと言うと、わざとらしく肩を震わせて渋面になった。

「ええ、ええ。鳥居さんが亡くなってるのを見つけたのは僕ですよ。あれはいまだに夢に見るなあ。そりゃあ、うちの施設だって人は死ぬし慣れてはいるけど、いやもう、そんなもんじゃないからね」

自宅で死んでいたのを確認されたとき、死後十日ほどだったと聞く。それは一般の人間にはさぞ辛かろうと、憲吾は苦笑する。

「伺いたかったのは、生きてる頃の話なんです」

「まさか鳥居さん、なにかしてたの？　いやあ、犯罪者を雇うというのは厄介なもんですね」

歓迎して雇ったわけではないようすが気になったが、その分、忌憚（きたん）のない話を聞けるかもしれない。憲吾は水を向けてみる。

「理事長かどなたかが篤志家でいらっしゃったんですか。立派なお心がけです。ただ現場は大変でしょうね」

「いや篤志家なんてとんでもない。理事長は寒川（さむかわ）先生に恩があるから受け入れただけですよ。鳥居さんは夫婦ともども真面目に働いてたから、まあ、いいですけどね。ただ世間様から、なくてもいい面倒はそれなりに、ね」

「寒川先生とは？」

教師か代議士か？　と思ったが、事務長は医者だと言った。

「うちの施設がお世話になってる三島市の病院の先生ですよ。入所者とどっこいどっこいの歳のはずだけど、やっぱり頭を使う人は違うねえ。いつまでも若々しい」

「どっこいどっこいとは……お幾つですか」

「ええっと、八十になったかならないか、ってところだと思いますね」

周作より十数歳上になる。

「その寒川先生が、烏居さんを紹介したということですか」

「二十年前の事件のときも飛んできて、責めないでやってくれって。まああの事情だと、責めるほうが人の心がないみたいな気分になりますよね。僕はさすがに、殺さなくてもと思ったけど」

「出所後はどうですか」

「うん、どんな仕事でもやるって言ってるからって念押しされて。あの人こそ本当の篤志家で人格者ですよ。そこいくとうちの理事長は、……とと、失礼。なんでもないですよ」

苦笑いを浮かべるので、憲吾も追随した。

「烏居さんが働き始めたころからご存じなんですよね？　お子さんの話はなにかしていませんでしたか？　御栗山町に来る前に、長女を一歳半で亡くしているんですが」

「そうなの？　その話は知らなかったなあ。……彼、子供のことを大事にしてたと思うよ。でなきゃ、あんなことしないしね。そう、だんだん思いだしてきた。ものごころがつくまでは子供も慕ってくれるけど、周囲からいろいろ聞くと距離を取られるって、さみしそうだったね。ほら昔の稼業のこと。結局はなにごとも、自業自得ってことだよねえ」

事務長は同情しながらも厳しかった。世間の見方の代表といったところだろうか。

「下のお子さん、幸子さんのことはなにか覚えてますか？」

「美雪さんが死んでから戻ってきてないはずだよ。晩年の鳥居さんは淋しそうだったな。休みの日に捜しに行ったり、手紙とか書いたりはしていたみたいだけど、会えたという話は聞かなかったなあ」

「一度もですか？」

「刑務所を出てから、あまり人と話さなくなったから実際のとこは知らないけどね。ああ、……そういえば鳥居さん、下の子ができたとき、美雪さんが妊娠したってわかった頃に、皮肉だなあって言って困ってたな」

「皮肉？」

「違ったかな、予定外？　なんだかそう嬉しくはなさそうなようすで。でも生まれたらもうメロメロ。上の子よりかわいがってたね、あれは。絶対に言わなかったけど表情でわかる」

丸美が本当の子供ではない、という証左になるだろうか。可能性としては養子をもらったか、赤ん坊の入れ替えか。

長女が亡くなり、代わりに他の子供を引き取る。それが流れとしては自然かもしれない。しかし、だとしたら戸籍に残る。普通の養子縁組では、戸籍に養子と明記されるし、元の親の戸籍から消滅させる特別養子縁組でも、身分事項欄には家裁での確定内容が表記される。卓加が見逃すはずがない。

入れ替えがあったとしたらどうだろう。しかしそれならば、相手の家族となんらかの接点が生まれるはずだ。今までの捜査で浮かび上がらないのも不自然だ。

「他にお子さんがいらしたという話は聞いてますか?」

「え? 他? 浮気してたってこと? 僕は知らないなあ」

憲吾はそういうつもりで訊ねたのではなかったが、浮気という意味で取られても不思議はないと思った。丸美は周作の浮気相手の子だから同じ墓に入らせるのは云々といった不満を、美雪が漏らしたのだろうか。小学三年生の娘に聞かせるには剣呑だが、あり得なくもないだろう。父親を嫌う理由も増える。

「周作さんのお葬式に、誰か知らない人がいらしてませんでしたか?」

「葬式はしてなかったと思うよ。年寄りが死んで誰も引き取り手がない場合、火葬だけは町ですることになってるんだ。でも葬式をやる義務まではないからね。下の子がやらなきゃ、誰もやらないはずだ。さすがの寒川先生も、そこまでは面倒みてないでしょう」

事務長に寒川医師の連絡先を聞いた。消化器内科の看板を掲げて開業しているが、大半のことはするらしい。できない場合は別の科の医師に引き継ぐのは当然として、それがどの医師も腕がよく頼りになるとしきりに褒めている。顔が広いらしい。

ふと、思いついて訊ねた。事務長は、そちらの科の医師もいるでしょうと答える。

外はすっかり暗くなっていた。憲吾はハンドルを握りながら、ゆきこと国枝に電話を入れた。しかしどちらも繋がらなかった。

30

朱里のアパートの前には車が入らない。入り口側の道が狭いのだ。

とはいえベランダ側から出た先は多少道幅もあるので、引越しの荷物はそこから入れた。

さっき呼んだタクシーも、その道につけてもらう。スマホに車が着いたという連絡が来て、タオルで包んで鞄に入れたウサギを抱えて走った。運転手をせかし、動物病院へと急ぐ。病院の獣医師には、餌の食べ方や糞のようすを観察していればもっと早く異変に気づけたはずだと叱られた。

動物を飼ったことのない朱里には知識が不足していたのだ。自分が引き取らなければよかったのかもしれないと涙ぐむ。泣いても解決しないと思ったが、不安が頭を巡り、申し訳なさにまた泣けてきた。

腹部のX線撮影をして、腸が詰まっているとわかった。すぐに開腹手術が必要だという。

「助かりますか？」

声が震えた。医師は断言しない。

「やってみないとなんとも言えないですね。麻酔に弱い子もいますし」

なんとかお願いしますと頭を下げ、待ち合い室にひとり座る。スマホが震えていた。登録はしていないが相手はわかる。眞沢、あの刑事だ。午後に一度かけてきて、留守録にも入っていた。しかしその時間、自分は石神井署で取調べを受けていた。折り返しの連絡をくれとあったが、なにを考えているのか。

出るべきか、放っておくべきか、少し迷った。そのうちに電話は切れた。

丸美がタイムカプセルに入れていた品物がなんだったのか教えてほしい、それが留守録にあった質問だった。なぜそんなことを訊いてくるのかわからない。事件の手がかりになるのだろうか。

丸美が埋めたのは、自分との交換日記だ。朱里は少し恥ずかしかったが、友情の印だからと言われた。自分は日記になにを書いていただろう。テレビの感想、授業のこと、離れて暮らしていた親や妹に対する愚痴も書いたような気がする。先生やクラスメイトのことは、例によってマークで書いたんじゃないだろうか。自分たちの名前もそうだったと思う。

手術室の灯りが消えるのを待ちながら、ゆっくりと記憶を探る。

そうだ。朱里が恥ずかしいとごねたから、丸美は数ページしか書いていない一番最後のノートを入れた。残りはたしか、自分が一冊、丸美が一冊、分けて持っていたはずだ。丸美のノートはどうしただろう。妹のさっちゃんにも読まれたくないと言っていたから、どこかに隠したかもしれない。自分はどこへやっただろう。何度かの引越しを経て、いつの間にか無くなってしまった。もしも丸美のタイムカプセルに入れてあった日記が手に入るなら、もらいたい。今度は無くさないようにしないと。

思いを巡らせていたのはどのぐらいの時間だったのか。朱里は看護師に呼ばれた。手術が終わったという。

「これが引っかかっていました」

医師が怖い顔をして、銀色の容器を突きだしてくる。

「うっかり床に落としたんじゃないですか？　ウサギはね、いろいろ齧るんですよ。誤嚥も多い。電気コードなんかはもちろん、家具の裏などもウサギが入りこまないようにしないと」

朱里は容器の中のものを見て、目を瞠った。

ウサギの毛と絡まったプラスティックの欠片。

どこかで見覚えがある。だけど……、わからない。

「手術は一応成功しましたが、麻酔も残ってるし身体も弱っているから、一日二日入院してようすを見ましょう」

「これ、いつからお腹の中にあったんですか？」

「それはこっちが訊きたいですよ。食べて間もないのか、排出されなかった毛と絡まって留まっていたのか、そこまではわかりません。あなたのペットでしょ。ちゃんと観察しなきゃだめですよ。それから餌は繊維質の多いものを与えないと毛づくろいのときに食べちゃった毛が出てこない――、ちょっと聞いてるの？」

「すみません。ただあの、これがなにか、わからなくて」

あなたね、と医師がますます怖い顔になる。

「自分は知らないとでも言いたいのかね。命を預かってるんだよ。痛いとか辛いとか、ウサギは言えないんだ。あと一日遅かったら死んでたかもしれない。生き物を飼っているという自覚を持ちなさい」

気をつけます、と答え、出てきたものをまた見つめる。小さなプラスティックの欠片には、三つの色が塗られていた。

なんだろう、これ。……どこかで。


プラスティックの欠片。その正体を思いだしたのは病院を出て電車に乗ってからだった。唐突に、頭に降ってきた。乗客の会話に刺激されたのかもしれない。

しかし自分がそれを部屋に持ち込むはずはなかった。典子ももちろんだ。警察に預けられていた間に飲みこんだのかもしれないが、その三色は特徴的で、他ではまず見かけない。スマホでネットを検索すると、よくある水色のものがヒットした。その独特の形が、ウサギの腹から出てきた欠片と同じだった。

やはり、そうなんだろうか。

だけど記憶違いかもしれない。もともと滅多に目にしなかったものだ。

それに、もしそうだとしたら、あの人が典子の部屋に入ったということになる。あの人が犯人？　でもどうやって典子と知り合ったんだろう。

考え込んでいる間に自宅のある駅を乗り過ごしていた。……この時間なら間に合う。行ってみよう。実際に見てみないと。

朱里は目的の駅で降りた。いつもは遠回りになっても表通りから行くが、近道の裏通りも知っている。道は暗くなっていたが、走ればそう時間はかからない。

警察に電話だけでもしておこうかと思ったが、犯人に仕立てられそうになったばかりだ。こんどはどんなふうに曲解されるだろう。タイムカプセルにあった指紋だって握りつぶしたのに違いない。信用がならない。

スマホが鳴った。

液晶に流れていく番号は、また眞沢のものだ。登録はしてやらないと決めたが、数字の並びを覚えてしまった。それもまた悔しい。鳴らしたまま、鞄にしまった。

顔を上げる。

ふと、不安に襲われた。さっきも同じ車とすれ違ったような気がする。

そう思ったとたんに前を塞がれた。窓が開いて誰かの手が伸びる。

朱里は目に、強い痛みを覚えた。喉が苦しい。身体が熱く、咳が出る。咳き込むとなお喉が痛くなった。地面にしゃがみこむ。

なにが起きたのかわからないまま、首元に痛みを感じた。身体が痺れて声が出ない。腕と肩をつかまれ、車に押し込まれた。

31

憲吾が寒川の自宅を訪ねたときには、夜の八時になっていた。外灯で照らされた門構えは大きく、庭には松が植えられていた。その奥は暗闇に融けて、庭の広さがわからない。玄関もマンションの一室ぐらいはありそうで、正面には金色の屏風が置かれている。その玄関を上がって、すぐ左側の和室に通された。続きの部屋が正面に、つまり玄関の反対側にあり、床の間にはのたくった漢字の並ぶ掛け軸と、薄い青色の壺。もしや青磁とかいう代物だろうか、と憲吾は首をひねった。見るからに金持ちそうだなと、子供のような感想しか浮かばない。

烏居の家のことで教えてほしいことがあり東京から来たと警察手帳を見せると、そんな遠くからと驚かれた。それほど遠くないと答えたが、しかしわざわざやってくるとは大きな事件なんでしょうと訊ねてくる。鳥居周作のお嬢さんと同時期に監禁されていた女性が殺されたのだと答えると、家に上がるようにと言われ、絹の座布団を勧めてきた。居心地の悪い思いをしながら、茶を淹れるという寒川を待つ。茶などどうでもいいから早く話が聞きたいと思ったが、機嫌を損ねてはいけないと自重した。寒川は年齢の割に身体ががっしりとして大きく、声もしっかりしていた。プライドが高いかもしれない。

その寒川が手ずから茶を運んできた。妻に先立たれて長いので、と前置きがつく。飲んでみるとまろやかな味がした。淹れ方がうまいのか値段の高い茶葉なのか、と憲吾が思っていたところ、いきなり寒川が頭を畳にこすりつけた。

「申し訳ありません。……すべて私の責任です」

「鳥居はヤクザものだが、悪い男じゃなかった。筋を通そうとして世間からずれていく、そんな人間です。先輩連中の罪を被って警察に出頭し、戻ってきたら所属していた組が無くなっていて、それを機会に足を洗った。よくある話でしょう。私が知り合ったのはその後です。以前勤めていた病院で入院患者が自殺騒ぎ……というか刃物を持ちだして乱闘騒ぎを起こしましてね。居合わせた私は殺されるところだった。盲腸で入院していた彼が身体を張って止めてくれたんです。頬に傷があったでしょう。あれはそのときのものです」

　神妙な顔をして、寒川が言う。

　人を助けてできた傷だったのか。鳥居周作の写真は出所後のもの以外にも、二十年前の収監時のものを見ている。まだ老いてはおらず、いかにもスジものといった顔つきだった。過去とセットにされたなら、さぞ生きづらかっただろうと憲吾は思う。

「親しいというほどではないが多少の行き来があり、子供を亡くした頃に、相談を受けました。本人もだが、奥さんの嘆きようが見ていられなかった」

「子供とは、どのお子さんですか」

「これは失礼。彼の最初の子で、たしか美衣子といったかと」

「寒川さん。こちらに伺う前に出生届について調べました。出生届の提出には、医師か助産師のサインがついた出生証明書が要るとのことですが、それは逆に、証明書があれば実子として戸籍に載せられるということですよね？　あなたは顔が広いと、御栗山町の介護施設で聞きました。産科医の知り合いもいらっしゃいますね」

32

気づくと、暗闇にいた。朱里は目を開けようとしたが、瞼が一ミリも動かせない。粘着テープかなにかが貼られているようだ。腕が後ろに回され、足もぴったりと固定されていた。身体の左側が硬い。どこかに横たえられているようだ。

朱里の中で、二十年前の記憶が体感としてよみがえった。叫ぼうとしたが声が出ない。口元もテープのようなもので塞がれていた。

あいつがやってくる。

そう思った。丸美を殴り、典子を殴り、自分を殴る。いたぶっていたぶって、好きに扱う。朱里の身体が震えた。汗が噴き出る。息が苦しくなって、でも思い切り吸えなくて、うめき声となって漏れる。

落ち着いて。落ち着かなくては。

あいつは死んだ。もういない。だから違う。違う。

ゆっくりと息を整える。ツンとした灯油のにおいが鼻腔を刺激した。

真夏にも似た異様な暑さは、恐怖のせいだけじゃないかもしれない、と思った。汗が止まらない。突然のゴウゥ、という音がして、温かい風が身体に当たり、すぐに止まった。エアコンがあるのだろうか。だとしたらここは室内だ。

目か、口か、手か、どれかが外れないかと、朱里は顔を床にこすりつけた。頬と口の筋肉を動かしてみるがまるで外れない。あのときは典子がいて、口に貼られた粘着テープを剝がしてくれたと思いだす。あの地下室も異様に暑かった。

幻の手が、氷のような手が、縛られた手を握ってくる。丸美のうめき声が聞こえる。空耳だろう。けれど耳が塞げない。

バタン、と扉かなにかの音がした。

と、突然肩に衝撃を受けた。次は腰、そして腹。痛みが続く。朱里は身を縮めて耐えた。殴り疲れたのか、相手が大きく息をつく。

「ねえ、どんな気持ち？　国枝……ううん、窪田朱里。暑い？　痛い？」

声がした。やはりそうだったのか、と思う。

ううう、と朱里は喉で答えた。

「そうか。忘れてた」

顔に痛みが走った。口元のテープが剝がされたのだ。

「なぜ自分がこんな目に遭うんだろう、そう思ってるんじゃない？」

「……思ってる。あなたは誰？」

「やだ、わからないの？」

「名前なら知ってる。浅賀さんでしょう？　あなたが典子を殺したの？　ううん、殺したんだよね。証拠がある」

鼻で笑う音が聞こえた。朱里は暗闇に向かって話しかける。

「バッグ・クロージャー。そんな名前なんだって、検索してわかった。パンの袋を閉じているプラスティックの留め具のこと。エピの、あなたが勤めてるパン屋のものは、青、白、赤のトリコロール。フランス風の店名に合わせたテーマカラーでしょう？」

もう一度確認しようと、ビバルディに向かってるところだったのだ。

「その三色のバッグ・クロージャーがウサギのお腹から出てきた。典子が飼っていて、譲り受けたウサギから。そんなこと、絶対にありえないのに」

「証拠だのありえないだの、なにを息巻いているかと思ったら。おおげさね。あの典子って子がビバルディに来たときに買ったんでしょ」

「いいえ。典子はパンを食べない。わたしもそう。あることがきっかけで食べられないんです」

二十年前、ふたりでパンを奪い合った。丸美に分けてあげることができなかった。どうしても思いだしてしまうのだ。

「ふん。だったら口に押し込んでやるんだった。あの女、曖昧な笑顔でごまかして、お腹がいっぱいだからまた後で、だなんて。表面を繕うのがうまいだけのいやらしい女！」

ゴン、と顔の横で鈍い音がした。

「おっと、下の階から苦情がきたら大変。叩くならちゃんとクッションを叩かないと。ねー、クッションさん」

途端、重い痛みを伴って腹が押された。反射的に吐いてしまう。朝食べたきりで、胃の中にはなにもない。苦いものが口に広がった。

「ふうん。大人って飲まず食わずだとどのぐらいで死ぬんだっけ。忘れちゃったわ。ホントはあなたも八日間ぐらいかけて殺したいところだけど、警察も動いてるし、早めに始末させてもらう」

「八日？」

「それだけ放置されてたんでしょ？　あの子は。あなたの、あなたたちのせいで」

「…………丸美のこと？」

「すっかり忘れていたんでしょう？　全部なかったことにして人生楽しんできたんでしょう？　仕事は適当で周囲に迷惑かけても平然として、くだらない男と不倫して、親切を受けても感謝しない。あなたみたいなのが生きてて、なんで丸美が生きていないの？」

「……浅賀さん？」

「浦添典子だってそう。優しいだとかいい人だとか賞賛受けて、新進気鋭とかいう男ひっかけて、かと思えばすぐ袖にして。思い上がりも甚だしい。あー、本当に腹立たしい。バカばっかりが生き残る。バカばっかり、バカばっかり、不公平だったらありゃしない」

暗闇に、浅賀の荒い息の音がしていた。

33

「可南子、といいます」

寒川が絞りだすように言った。

「中学三年生でした。自慢の娘です。……でした。頭も良く成績も優秀で、しかしそこに油断があったのかもしれません。家庭教師との間に子供ができました。可南子は相手と結婚すると言い張り、そこまで計算していたのか、妊娠六ヵ月も過ぎてから打ち明けたのです。相手は逃げましたよ。興信所を使ったけれど、本人は見つからなかった。親を責めたがのれんに腕押し、そのうち開き直られました。一方的な関係ではないだろう、うちの子も将来を潰されたと。それはそうです。私もまた、責められる親です」

「堕胎は」

憲吾が口を挟む。寒川が首を横に振った。

「その時期を過ぎていました。可南子を病気ということで家に隠し、ひそかに出産させました。子供をどうするかは迷いました。私と妻の子にすることも考えたけれど、妻は背こそ高いが痩せ形で、妊娠していなかったことに気づかれてしまう。いえ、正直、子供を可南子のそばに置きたくなかった。可南子には、その子を忘れて別の人生を歩ませたかった。養子に出すしかないと考えたとき、鳥居のことを思いだしたんです。親戚を頼って田舎に行くと聞きました。そちら、御栗山町には私もつてがある。仕事を紹介するともちかけ、子供に会わせてみたら夫婦ともに喜び、特に奥さん、美雪さんのほうは放したくないと。彼らの実子として届けさせました。名前も鳥居がつけました。……そうして私は、孫の存在を忘れることにしました。彼らに次の子供が生まれたことは知ったけれど、もう、鳥居に任せたのだからと。ただ……」

寒川が表情を険しくする。

丸美が行方不明になったのだ。

「報道で、あの子が行方不明になったと知ったとき、鳥居から連絡がありました。申し訳ないと。万が一のことがあったら死んで詫びると。そんな筋の通し方はしてほしくないと止めましたが、結果は、ああです。鳥居は、なんとしても義理を果たさねばと思ったのでしょう。馬鹿な男です」

「丸美さんが亡くなったことを知って、どうお感じになったんですか」

「私と妻は、残念ですがそれがあの子の寿命だったと、納得するしかありません。可南子には知らせませんでした。当時、可南子は婚約を目の前にしていたんです」

「それじゃあ、ずっと子供が生きていると？」

「ええ。ただ、子供を譲り渡した後、可南子がなにを考えていたのか、正直わからないんです。あれだけ執着していたのに産んだことさえ忘れているような。……もっともそれは、私たちにとって安心もできたので追及することはありませんでした。可南子は出産後に復学し、大学は東京の医学部に入りました。跡を継いでくれるかと思ったのですが遊んでばかり。女子大生が持てはやされる、あのころはそういう浮かれた時代だったのです」

憲吾は頭の中で計算をする。寒川可南子は、四十六か七歳といったところだろう。原田と同じぐらいだ。彼に浮かれた時代があったのかどうか、想像もつかない。

「もちろんツケはやってきます。成績は散々、国家試験に二度落ち、それが面白くなかったのか三度目は受けず、そろそろという歳なので見合いでもさせようと思ったが仕事がしたいと言いだし、人に頼んで就職させたところ、すぐにそこで恋人を作りました。……こうやって話をしていてもお恥ずかしい限りです。親馬鹿ですね。尻拭いばかりをしている。しかしその恋人、結婚相手は、医者ではないけれどそれなりに名の通った商社に勤めており、数年経って子供も生まれ、可南子とも仲良く幸せに暮らしていて」

感慨深そうに話していた寒川が、話の途中で息をついた。

「今年の春、夫と子供が交通事故に巻き込まれ他界しました。可南子はひとりになって……、そこで訊ねられました、あの子、丸美のことを。会いたいと、一緒に暮らしたいと」

今の今まで、寒川はなにも知らせていなかったのか。いやもう、彼も記憶の彼方だったのかもしれない。

二十年前に死んだ少女のことを。

「なんて答えたんですか」

「起きたままを言うしかありません。それまでもずっと、可南子はわが身の不幸を嘆いていた。夫と子供が死んだことより、自分がひとりになったことを訴え続けた。交通事故は夫の実家からの帰り道でした。その道を通らなければよかったから始まって、そこを通る人間と結婚しなければよかったとまで言いだす。自分の選択がどこで間違ったのか、可南子は延々と遡ります。就職先が悪かった、東京の大学に進んだのも悪かった、そして間違いの始まりは、最初に産んだ娘と引き離されたこと。そして言ったのです。なんだ自分は失ってはいないじゃないかと、取り戻せばいいのだと」

寒川がため息をつく。

取り戻すもなにも、もういないのだ。鳥居丸美は。

「わかっています。わかっているんです、私も。……遅すぎた」

憲吾は思わず非難の目で見てしまったのだろう。寒川が、大きな身体を震わせていた。

「二十年前のことを知った可南子は、意気消沈し、見ていられませんでした。食べず、眠れず、点滴と睡眠薬で生きていた。しばらくして、せめて墓参りにと言われてつい、誰にあの子を託したかを教えてしまったんです。……そして、可南子は行動しはじめました。可南子は享楽的な性格ですが、自分が飽くまではたいそう執着します。お腹の子を人質に、家庭教師と結婚したいと言いだしたときのように」

「可南子さんは、鳥居と会っていたんですか？」

「そのはずです。彼がまだ生きていたころですから。可南子が彼になにを聞いたかはわかりませんが、可南子はその後、姿を見せなくなりました。先日、久しぶりに可南子と電話で話したところ、声が異様に弾んでました。子供のことはもういいのかと、なにか夢中になるものを見つけたのかと訊ねると、自分はあの子のためにがんばっているのよと」

「あの子のため？　それはどういう……」

「刑事さん。申し訳ない。申し訳ありません！」

突っ伏す寒川に、憲吾は声をかけた。可南子さんの写真はありますかと。

寒川の家を辞した憲吾は、再びハンドルを握った。法令違反を承知の上で捜査本部に電話をかける。と、逆に向こうが興奮して先に喋りだした。原田だった。

「国枝朱里が逃げたぞ。あの女、アパートの向こうの道にタクシーを呼んで、俺たちが追ったら猛スピードでまきやがった。絶対になにかある！　早く帰ってきて手伝え！」

34

「本当の母親？　……嘘」

「あなたが信じようが信じまいが、どうでもいい。丸美はあなたのせいで誘拐された。あなたがいなかったら、山の中の公園になんて行かなかったんだから」

浅賀が言う。それはそうかもしれない。丸美は自分のためにあの場所を選んでくれたのだ。遠足に行けなかった、朱里のために。

突然、髪をつかまれた。目にまぶしい光が入ってくる。目隠しのテープが毟り取られたのだ。

どこかの部屋のようだった。エアコンに加えて、円筒形の石油ストーブが見える。やっぱりそうか。真夏のように暑いのも当然だ。

浅賀が顔を寄せてくる。ビバルディの社員食堂で会っていた浅賀とは雰囲気が違っていた。綺麗にメイクをして眉も整え、シャープな印象だ。ぴったりしたパンツとシャツは体型のふくよかさが目立つが、光沢があり質のいい生地だ。その手には、バットが握られていた。さっき重い痛みを感じたのは、それで腹を押したからだろう。

「丸美は私に似てる。なのにあなたは、私にずっと気づかなかった。丸美のことなんてこれっぽっちも覚えてなかった証拠じゃない」

「そんなことありません。丸美を忘れてなんていない」

嘘ばっかり、と浅賀が顔をはたいてくる。

「まあ、私もわざとおばさんっぽいふりをしていたけどね。白髪を染め直せなかったのは辛かったわ。でもほら見て。本当は美人でしょ。若いときはもっともっと綺麗だった。丸美もそうなるはずだった。子供のころの写真を見せてもらって確信したわ」

「写真？」

「会いに行ったのよ、鳥居周作にね。暴力団員だったたって話だけど、ただのじいさん。だけど全部教えてくれた。丸美がどんなにかわいかったか。父親の、そいつのせいでどんな目に遭っていたか。申し訳ない申し訳ないって泣いて謝ってたけど許さない。階段から落としてやったらあっけなく死んだわよ。身体がボロボロみたいだから放っておいても死んだでしょうけどね」

殺したのは典子だけじゃなかったんだ。じゃあ、立花もこの人が殺したのか。

「いじめてた子たちにも復讐したいけど、さすがに手が回らないわ。あなたたちで精一杯。浦添典子と、あなたと、……そしてその子とね」

浅賀が腰を蹴ってきた。朱里の身体の向きが、その勢いで変わる。

あ、と声が出た。

人がいた。女性だ。後ろ手にされて転がされている。口が粘着テープで塞がれ、殴られたのか顔が腫れている。

丸美のうめき声が聞こえたと思ったけれど、空耳じゃなかったのか。

「起きなさいよ、ほら!」

浅賀がそちらに行って、胸を蹴った。女性が塞がれた口で苦しそうに咳き込む。吐く息を外に出せずに、いっそう苦しんでいた。

「……誰?」

「わからないの? あなただって、遊んだことあったんでしょう?」

もしかして……、さっちゃん?

「どうして。どうしてさっちゃんを?」

「丸美の友だちに会いたい、死んだときのことを訊きたいって泣いてみたら、ころっと騙されて手伝ってくれたのよ。思ったより優秀だったわ。興信所じゃ一ヵ月以上捜させたのに、その子しか見つけられなかった。なのにその子はすぐ、秋葉典子の情報をネットの中からつかんだ。もちろん最初のバカはクビよ。ま、立花よりはましな探偵だったけどね。立花は輪をかけてバカ。でも一番のバカは典子ね。社長なんて目立つ男を狙ったのが命取りよ」

「立花を殺したのも、……あなたね」

「ええ。掲示板の書き込みのようすからプロが関わってることがわかったから、その子に捜してもらったの。あなたたちの情報が欲しかったからね。でも立花は単なるゴロツキだった。バカモデルが依頼していたそれまでの調査結果と、典子の新しい電話番号や引越しの情報をもらうのに、かなりの金を渡した。ところが今度は私を脅してくる。領収書を切れない仕事ってことは後ろ暗いことがあるんですね、なんて言って。始末に負えないってこのことね。無能のくせに。答えを目の前にしながら、あなたの存在に気づかなかったぐらいの間抜けよ」

「わたしの存在？」

「あらやだ。あなたもわかんない？　それはうかつね」

浅賀が笑いだす。

「ヒント。ゴミのスクラップ。でもあのバカ、ただ貼っただけで中身を見てやしない」

「ゴミ？　あ、……レシート」

朱里は唇を嚙む。

立花は朱里のところに現れなかった。そこからみて、典子がアヴァンタイトルを訪ねてきた日に尾行がなかったのはたしかだ。だが立花は、その際のゴミを収集していたのだ。

「典子はわたしが勤めるアヴァンタイトルで服を買った。レシートには、売り上げ管理のために担当者の名前が印字される。わたしの名前が」

「ご名答！　ってあなた自身のことなんだから、わかって当然か。だから私はビバルディに勤めることにしたわけ。大変だったたわ。仕事は立ちっぱなしだし、客は横柄だし。それで時給が千円もないっておかしいんじゃない？　私には無理。あなたに近づくためじゃなきゃやるもんですか」

「それが普通です。みんな生活のためにやってるんです」

「はあ？　なに説教してるのよ！　生意気なこと言ってんじゃないわよ！」

バットで腹を殴られた。押し込まれた車は、バンタイプの大きなもの。今いる場所も下の階があるというし、マンションのようだ。資金も準備も充分に整えてあるのだろう。簡単には逃げられないかもしれない。

どうしよう。丸美のお父さんは、もう来ない。

幸子も苦しそうにうめいている。あのときの丸美のように。

「三人も殺して、自分がどうなるかわかってるんですか」

「私のことなんて誰も疑わないわよ。鳥居は足も悪かったたし、事故として処理されたって聞いた。立花だって、あなたのせいってことでいいんじゃない？　あなたが飲んでたペットボトルも置いてきてあげたし」

「それ……、浅賀さんが」

社員食堂だ、と朱里は気づいた。

浅賀とは何度も一緒になっていた。自分はたいてい、食堂で買ったペットボトルのお茶を飲む。銘柄もいつも同じ。ゴミ箱に捨てたものを拾われたのだ。

「あなたの休みがなかなか決まらないから、何度も細川さんに確認したわー。大変だったのよ、一日にふたりも処理するの。だけど一方の死体が見つかったら、もう一方に警戒されちゃうでしょ。とにかく早くしなきゃって思ったから、立花にはあなたの情報のことでって会いにいって、あなたに使ったのと同じ、防犯スプレーとスタンガンで乱暴に処理しちゃった。隠したいものが多くて、帰りの荷物が重くて苦労したわ」

浅賀は、バットを朱里の身体の上で、幾度も振り回す。

「典子には？　典子にはどうやって近づいたの」

「まんまよ。丸美の実の母親として。丸美の最期を聞かせてほしいって訪ねていったの。あ、でもその前に、部屋にいるように仕向けておいたけど。裏声使って電話して、明日、引越しの見積もりに行くってね。平日の訪問で申し訳ないけどその分割り引きますからって言ったら、OKしてくれたわ。お金がなかったんでしょうね、乗ってくれた」

昨日、原田から訊かれた、転売されて持ち主をたどるのが難しい飛ばしの携帯というのは、そのときに使われたもののことだろう。

「丸美のことを話したら、あの子、悪事がばれたって顔になった。けどすぐに、しおらしそうなふりして部屋に上げてくれたわ。図々しいわよね。もっとも私も私で、田舎のおばさんの雰囲気を押しだしたけれどね。手土産代わりにこれ買ってきたの、お昼に一緒に食べない？　なんてパン出して。そしたら飲み物ぐらい出してくれるでしょう？　なかなかのものだったわよ、私の名演技。どうやって薬を飲ませようか考えてたけど、意外と簡単だったわ。だってあの子、器をしまっちゃったからって自分の分の紅茶は湯飲みに入れるのよ。申し訳ないわって言って私がもらったわ。そしたら私に出したマグカップをあの子が飲むでしょう？　もちろんそこには、ね」

ふふ、と浅賀が含み笑いをする。

「でもそのせいで、バッグ・クロージャーが典子の部屋に残った。それこそ、あなたが来たっていう証拠ですよ」

「はあ？　典子はパンを食べないとかいう話？　誰が知ってるのそんなこと」

「電話、しましたから。警察に。ウサギのお腹から出てきたって話をして、あなたが怪しいって。……だから、だからすぐ、あなた、捕まる」

朱里の声が震えた。ウサギの中から三色のバッグ・クロージャーが出てきたことは、動物病院の人が知っている。調べてもらえればどこのものかはわかる。ただ……

「あなた私のこと、バカだと思ってるの？　スマホの履歴ぐらい確認するわよ！　警察になんてかけてないでしょ」

浅賀がなにかを投げつけてきた。

朱里のスマホだった。肩にぶつかって跳ねる。

返答に詰まった。警察には電話をしていない。

あのとき、少しは迷ったのだ。だが怒りと不審が先に立ってやめてしまった。眞沢からも電話がきた。あれを取ってさえいれば……

「さて、潮時ね。さすがに私も暑くて耐えられないわ。……でもあなたたちにはもっと、熱い思いをしてもらうけど」

浅賀が隣の部屋に消え、ポリタンクを持って現れる。

「おおっと、いけない。このままじゃ危ないから念のため」

そう言ってストーブを消した後、ポリタンクのキャップを外し、朱里に中身をかけてきた。灯油だ。においにむせかえり、咳き込む。

「な、なにするの！」

朱里の問いに、浅賀が冷笑で答える。

「想像したままよー。楽しみね」

「さっき、下の階があるって言ってたじゃないですか」

「マンションなんだから部屋ごとに防火設備ぐらい整ってるでしょ。この部屋は外してあるけどね。間違って他が燃えたとしても、賃貸の名義にはその子のを使ったから私はだいじょうぶ。それに、やったのはあなた。あなたが典子と立花を殺した。典子は自殺に見せかけようとして失敗した。立花にも同じようにしたけど、彼には自殺する理由はないからこの計画も失敗。あらヤバい、逃げなきゃ。立花を見つけるのにその子を使ったから口封じに始末、でも誤って自分も燃えちゃった、そんな感じね」

「そんなに都合よくいくわけがない！」

浅賀は、ポリタンクの中身を床にも撒いた。フローリングの床だ。しみこんでいかない。朱里の肩に、腰に、水たまりが広がっていく。

においと恐怖が、朱里の肺へと満たされる。

「いくわよ！　私は丸美だけが死んだことが我慢ならないの。元凶のあなたが生きてることが気に入らないの！　不公平でしょ？　そんな不公平、正されなくてどうするの！」

幸子が口を塞がれたままむせていた。喉がぜいぜいと鳴っている。

「わざとらしい。いいかげんにしなさい」

幸子に向け、浅賀が叱責する。

朱里は足を結ばれたまま、床を蹴った。灯油が身体を滑らせていく。浅賀の足元に向け、膝をぶつける。

わ、という驚きと悲鳴の混じった声を出し、浅賀は転んだ。灯油の水たまりに着地する。しかしすぐに立ち上がり、バットを手にする。

「ふざけた真似を！」

「火……、火をつけたら、あなたも巻き添えになります！」

殴られながら、朱里は答えた。

「バカじゃないの？　着替えぐらいあるわよ！」

悪態をつきながら、浅賀が部屋を出ていった。水音が聞こえる。シャワーだろう。少しは時間が稼げた。

だけどどうしよう。どうやって助けを呼べばいい？　投げつけられたスマホも浅賀が持っていってしまった。

「さっちゃん、さっちゃん。だいじょうぶ？」

幸子がだるそうにうなずく。そばに寄って幸子の顔に頬をつけると、異様に熱かった。

「ちょっと痛いけど、我慢して」

朱里は幸子の頬の粘着テープに噛みついた。無理やり剝ぎ取る。幸子が悲鳴を上げかけ、なんとか留めていた。

「手のほうも取るから待ってて」

朱里は後ろ手にされた幸子の背中に顔を寄せた。幸子が、無理、とつぶやく。

「あたし、足、折れてるみたい。すごく……痛い。動けない。あたしが取るから、朱里さん、……逃げて」

「そんなわけにはいかない」

無視して手の粘着テープの端を探す。歯の先を引っかけて毟るように引っ張る。

「ごめんね、朱里さん。こんなことになるとは思わなかった。あたし……、あたし、父のことはずっと警戒してたけど、死んだことでほっとしちゃって。そのあと、あの人が訪ねてきてお姉さんのことが知りたいって言われたから、つい。……でも秋葉さんが殺されたことをニュースで知って、びっくりしてあの人に連絡したら、捕まっちゃって」

何重かに巻かれていた幸子の手のテープがようやく取れた。

「手、動く？　足は自分で外せる？」

幸子がうめきながら肩を動かしている。

「待って。朱里さん、手をこっちに」

そう言って、幸子は自分の足よりも先に朱里の手の粘着テープを剝いだ。

「さっちゃん、逃げよう」

朱里は自分の足から粘着テープを剝いだが、幸子はぐったりとして横たわったままだ。苦しそうに息をしている。

「……逃げて。誰か……呼んできて」

朱里は迷った。幸子が立てないのなら、そのほうが早いかもしれない。だけど自分がいなくなった隙に幸子が殺されでもしたら。

二十年前、丸美を見捨ててしまった。その後悔が、その罪が、頭から離れない。

幸子の足の粘着テープを剝がした。よほど痛いのか、幸子は悲鳴を上げる。

「肩を貸すから一緒に行こう、さっちゃん」

幸子の腋を持って立たせようとした。

と、そのとき部屋の入り口で音がした。浅賀がバットを持って仁王立ちをしている。

「油断も隙もないわね」

浅賀が大股でやってきて、バットを振る。朱里は思わずよけた。浅賀が幸子の肩にバットを押しつけ、倒した。幸子がうめく。

「動くんじゃない。この子、殺すよ！」

「……なんで。さっちゃんは関係ないでしょう」

「私をごまかそうたんて甘い考えは捨てることね。私がなにも知らないと思って、その子は口先だけで淋しいとか悲しいとか言ってたのよ。本当に腹立たしい」

「口先じゃない。さっちゃんは丸美を慕ってた。丸美もさっちゃんの面倒をよく見てた」

「騙そうったってそうはいかない。その子は騙してばかり。警察と通じてたことも、私に隠してた」

「警察？」

「カレシが捜査一課の刑事だった。だったらこっちも情報を取ってやろうと思ったのに、捜査の話はなにも聞いてないって、口を割らない。荷物隠して出張に行くふりをして、メールで探ってみたけど、向こうも向こうでとぼける。履歴もことわざとかのくだらないものばかり。合わせるのにひと苦労よ。その分、向こうは疑いもしなかったみたいだけど」

幸子が辛そうに肩で息をしていた。ゆっくりと首を横に振る。

「あたし……、本当に、仕事のこと、知らない……」

「それ全然、あなたを騙してるとかじゃないじゃない。さっちゃんと丸美が仲良かったのも本当です。さっちゃんはよく、わたしたちにくっついてきてた」

「ふん、こっちはちゃんとわかってるのよ」

「わかってるって、なにを」

鳥居周作からなにか聞いたのだろうか。彼が誤解していたんだろうか。

「あなたそれも忘れたの？　呆れたものね。丸美とやってたんでしょう？　交換日記を」

「交換日記？」

「鳥居は、自分が受け取っても死んだら捨てられてしまう。それぐらいなら小学校に残しておきたいって、タイムカプセルの通知のはがきを放置してたのよ。代わりに取ってきてやった。読んで泣いたわ。それもあって鳥居が絶対に許せなかった。丸美は周り中にいじめられていた。両親は自分のことなんてどうでもいい、妹ばかりかわいがる、妹は王女さまで自分はいつも我慢させられてるって書いてた。……ひどすぎる」

浅賀の顔が悔しそうに歪む。

「……それ、なんのこと？」

「だから交換日記の話をしてるんでしょう！　あなたもあなたよ。そんなことないよ、気のせいだよ、一緒にいれば仲良くなるよ、そんな通りいっぺんのなぐさめばかりで、後はテレビの話、漫画の話でごまかして」

浅賀は目に涙を浮かべている。

そんなはずはない。どうすればそんな解釈ができるのだ。丸美と幸子の仲は良かったし、それにむしろ……

あ、と朱里の頭に浮かぶものがあった。

「待って！　それ、違う」

「違わないでしょ！　丸美がそのときの本心を綴ったものじゃない」

「逆です。両親への愚痴を書いたのは、丸美じゃなくてわたし。妹を恨んでいたのはわたしです。なぐさめてくれたのが丸美のほう。交換日記は、誤って誰かに見られてもいいように、名前を記号で書いていたんです」

「そのぐらい読めばわかる。丸美が丸に三つの線でしょう？　あなたはAの字。丸くて下手くそなAだけど、イニシャルじゃないの」

「だから逆！　丸に三つの線のほうが、わたし。もともとはアカリって言葉から太陽のマークにしてた。だけど太陽って、星占いでは一番の位置づけだから生意気だ、クボタ……

元の姓の窪田から、クオーター、四分の一で充分だって言われた。だから丸のてっぺんから九〇度、ヒゲが三本分ついているものになった。Aの字みたいなのが丸美。あれはAじゃなく、積集合を示す∩に横棒を貫いたもの。鳥居からきてるんです」

「鳥居？」

「鳥は鳥より線が一本多い。だから上の線が足りない。丸美の、鳥居というマーク」

浅賀の顔が歪んだ。

「な……、なによそれ。逆？ ふざけないで」

「丸美はさっちゃんと仲が良かった。お父さんのことだって、丸美は敬遠してたけれど、でもお父さんは丸美を大事にしてた。だってそうじゃなきゃ、お父さん、丸美を死なせた犯人のことを殺したりしない！」

鳥居周作の訴えに、浅賀は聞く耳さえ持たなかったのだろう。日記を見つけて、怒りに凝り固まり、そして殺した。

うるさい、と浅賀が怒鳴った。

「そんなのどうでもいい！ あなたが丸美を殺したことには違いない！ 聞いたのよ、鳥居から全部を。あなたと典子が丸美に食べ物を与えないと決めた、悪いのはあなたたちだ。そう反論しながら、丸美を監禁した犯人は死んでいったって。鳥居は犯人の言い訳だろうとか、もし本当だとしてもあなたたちを責められないとか言ったけど、私は違う。不公平そのものよ。納得できるわけない！」

「……朱里さん、そ……れ、……本当？」

消えそうな声で、幸子が訊ねてくる。

「それは………、その……」

「言えないってことは本当ってこと！　丸美を返しなさい！　返せないなら自分の命で償いなさい」

浅賀がバットを手に、朱里に殴りかかってきた。さっきまではいたぶっていただけなのだと悟らされた。痛みにふらつき、足がもつれた。転んでしまう。

横たわったところをさらに殴られた。このまま殺されるんだろうかと、朱里は思う。

それもいいかもしれない。どうせ生きているのか死んでいるのかわからないような毎日だ。

向こうには典子も丸美も待っている。丸美はなんて言うだろう。わたしはなんて言えばいいんだろう。いや、謝ろう。許してもらえないかもしれないけれど、謝るしかない。

背中にまた、痛みが走った。痛みが痛みの記憶をつれてくる。

……あいつがいる。

あいつもまた、向こうにいるかもしれない。あの男、わたしたちを監禁した犯人。そう気づいたとたん、身体の芯がうずいた。吐き気がして、胃の中と外が反対になりそうな感覚に襲われる。

それは嫌だ。あの男には会いたくない。絶対に。

朱里は立ち上がろうとした。そこをまた殴られる。浅賀が一歩を踏み込んでくる。その足を、蹴った。

浅賀が転倒した。

「このぉっ」

着替えたばかりの浅賀の服が、床の灯油にまみれていく。

髪をつかまれた。その手を引っかく。ひるんだところを突き倒す。浅賀の手からバットがこぼれた。

朱里は手を伸ばす。浅賀もバットをつかもうと、身体を投げ出した。

35

中条が、田中幸子名義で借りたマンションを国分寺市内で見つけだした。原田や十四係のメンバーをはじめとした他の捜査員は、その報を受けて現場に向かっていた。

憲吾が遅れて到着したまさにそのとき、部屋から炎が上がった。

玄関先では数人の捜査官が団子になり、慄いている。

「どけ、邪魔だ！」

怒声が飛ぶ。原田ともうひとりが、灯油のにおいがするなにかを引きずりながら外の通路へと運んでいた。女性の足が見える。

「なにが起こったんですか」

「バカが、火ぃつけやがった！　死ねば済むと思うなよっ！」

悪態を残して、原田が中に戻って行った。台所はどこだ、水を貸せ、と叫んでいる。

周囲に問いかけるも、誰がなにをしたのかがわからない。

背中から誰かにぶつかられた。抱えている赤の色が見えた。すぐさまホースを向けて中身を撒き散らしている。どけ、どけ、と複数の声がして、別の捜査員が追加の消火器を手に入っていく。ガスとけむりが充満し、中がどうなっているか見えない。

人間がまたひとり、通路に引きずりだされた。捜査員のひとりが、くすぶる衣服に上着を打ちつけて消している。うめき声だけで誰かわからない。消防を、救急車は、と、他のものたちも単語でしか話さない。

「ゆきこ。ゆきこはいるんですか？　田中幸子は」

憲吾が訊ねるも、誰も答えない。それどころじゃない、邪魔をするな、これ以上中に入るなと怒鳴られる。

「……さっちゃんは……？」

女性の声に憲吾は振り返った。最初に原田が外に出した人間が、通路の腰高の壁にもたれながらつぶやいた。血と灯油の混じったもので髪が濡れ顔を覆っていたが、国枝の声だった。

「だいじょうぶか？　いったいなにが」

「殴られて、バットを奪って、殴り返して、でもまた転ばされて、そこに警察が、あの原田さんが来て、助かったと思って。でも浅賀さんがキレて火をつけて」

「ゆき……、幸子は！」

「動けなくなってて。……ホントは、ホントは浅賀さん、わたしこそ道連れにしたかったはず——」

憲吾は最後まで聞かず、玄関へと飛び込んだ。と、しかしすぐに屈強な何本かの腕に、もう危ないと止められる。

サイレンが憲吾の耳に聞こえてきた。耳慣れたものだけでなく、救急車と消防車のものも交ざっている。

後から通路に出されたほうの人間が身動きをした。上着がずれる。火傷（やけど）を負っているが大柄なことはわかった。浅賀——旧姓寒川可南子だろう。

もうひとり中にいることは確実だった。原田もまだ戻っていない。

浅賀可南子は警察病院に運ばれて治療を施され、殺人及び殺人未遂の疑いで逮捕された。鳥居周作の件に関しては証拠が散逸していたが、改めて捜査している。秋葉典子、立花十造、国枝朱里、田中幸子と、彼らに対する殺意と犯行を、浅賀は否定するつもりはないようだ。しかし悪いのは自分ではない、と主張を変えない。

不公平ではないか。最初に踏みにじられたのは、丸美なのに、と。

朱里と秋葉は、丸美を殺したのだ。なぜそのふたりが断罪されないのだ。世間が断罪しないから自分がやったのだ。

いつの間にか浅賀の弁護団が結成され、夫と息子を亡くしたことによる心神喪失状態であるという精神鑑定結果が作られていた。

エピローグ

「国枝さんも神経太いわよねー。まだうちの店で働きたいなんて。うちにこだわるメリットあるの？　まさか道長さんと復活してないよね。それだけはまじやめて。あたしそういうの大嫌いなの。鳥肌が立ちそう」

客が途絶えたときに、細川が話しかけてきた。朱里は乱れていたセーターを畳み直した。アクセサリー類のディスプレイも整える。

クリスマスを意識して、店に流れる音楽もそれらしいものばかりだ。赤や緑といった色味の服も人気がある。結婚式やパーティなどの需要もあって、ドレス類の動きもいい。

「八月に落ちた売り上げ分を取り戻せてませんから。……がんばります」

朱里の答えに、ふうん、と細川は鼻先で答えた。

「正直迷惑してるよ。変な雑誌の人が国枝さんのこと訊きにきたり、勝手に写真撮ってったり。あなただって嫌でしょう。昔のことまで取り沙汰されて。逃げても文句は言わないからね。銀行口座に給与は振り込んであげる」

迷惑料として給与は差し引くから、じゃないのか。

朱里はふと可笑(おか)しくなった。細川ならそう言いそうだと思ったのだ。だが違うようだ。どうやら心配してくれているらしい。ここは仕事場だからプライベートを持ち込むな。ちゃんと仕事をしてくれ。それが根の真面目な細川にとって、一番重要なのだろう。自分が道長と不倫関係にあったから、嫌われていたのだ。

「その分、お客も来てますよ。物見高い人たちが」

「ま、あなたがいいなら、それでいいか」

どうぞいらっしゃいませー、と細川が通路を行く客に声をかける。

アヴァンタイトルにこだわるつもりはない。ただもうしばらく、典子のように真摯に働いてみようと思った。二十年前のことに決着をつけるためには、今の自分に向き合うしかない。

この先どうするか考えるのは、それからだ。

早番だったので、病院には夜の面会時間が終わるまでに着くことができた。朱里は顔見知りになった看護師に会釈をする。

と、廊下を早足でやってくる男性の姿が見えた。

「こんばんは。お仕事はお休みですか？」

「ああ、いやあの、休みではなく当番というか定時に終わったのですが、呼び出しがあって行かなくてはいけないんです。急ぎますのでこれで」

立ち止まらずに顔だけ向けて話す眞沢を、看護師が注意する。

「周囲に注意してください。患者とぶつかったらどうするんですか」

「すみません、失礼します！」

手だけで謝って、眞沢が角を曲がる。

「マメに来るのはいいけれど、いつもバタバタバタバタして」

看護師は朱里への語りかけとも文句ともつかない言葉を残して、自分も忙しそうに去っていった。

ナースステーションの奥側の入り口に近い個室に、朱里は入った。

ＩＣＵから出ることはできたが、田中幸子の意識はまだ回復していない。命が助かっただけでも奇跡と言われたそうだが、自発呼吸ができるようになり、移植した皮膚も定着してくると、ひとつまたひとつと、できてほしいことが増えていく。

朱里は横たわる幸子を見つめた。右手が毛布から出ている。触れてもだいじょうぶだと看護師から教えられていた。眞沢が握っていたのだろう。

幸子に謝らなくてはいけない。

丸美を見捨ててしまったことを告白できなかった。言いよどんだままで終わってしまった。

朱里は幸子の手を毛布の中に戻そうと持ち上げた。

わずかに、動いた。

驚いて握り返すと、相手も握ってくる。手が、温かい。

「や、やだちょっと。……どうするのこれ。医者呼ぶべき？　ナースコール？」

ほっとしながらも、朱里は苦笑している自分に気づく。

わたしじゃないでしょ。目覚めるなら、気づくなら、眞沢さんのいるときじゃなきゃダメじゃない。

それとも丸美の代わりに応えてくれたのか。終わらせてもいいよと。

次を、はじめるために。

主要参考文献

『警視庁捜査一課殺人班』　毛利文彦 著　角川文庫
『警視庁捜査一課刑事』　飯田裕久 著　朝日新聞出版
『ミステリーファンのための警察学読本』　斉藤直隆 編・著　アスペクト
『ミステリーファンのためのニッポンの犯罪捜査』　北芝健 監修　双葉社
　相楽総一 取材・文
『法律家のための科学捜査ガイド　その現状と限界』　平岡義博 著　法律文化社
『死体入門!』　藤井司 著　メディアファクトリー
『わが家の動物・完全マニュアル　ウサギ』　スタジオ・エス

その他の書籍やウェブサイトなども参考にさせていただきました。

解説

福井健太（書評家）

水生大海の長篇ミステリ『冷たい手』は、二〇一五年に光文社から四六判ソフトカバーで上梓された。本書はその文庫版である。

著者の経歴から紹介しよう。水生大海は三重県出身。教育系出版社に勤めた後、派遣社員を続けながら一九九五年に漫画家としてデビュー。二〇〇五年に『叶っては、いけない』（亜鷺一名義）で第一回チュンソフト小説大賞（ミステリー／ホラー部門）の銅賞を受賞。〇八年に『罪人いずくにか』が第一回ばらのまち福山ミステリー文学新人賞の優秀作に選ばれ、翌年に同作（『少女たちの羅針盤』と改題）で小説家デビュー。〇九年には『希望の家』（亜鷺一名義）が第二十九回横溝正史ミステリ大賞の最終候補になっていた。

四人の女子高生からなる劇団「羅針盤」の一人が死んだ四年後、メンバーだった新進女優のもとに「お前こそが殺人者だ」「証拠が残っていたんだ」という脅迫文が届く――そんなストーリーの『少女たちの羅針盤』は、選者の島田荘司に「滑らかな筆運びによる演劇少女たちの日常描写、外へ向かうエネルギーを抱える娘たちの内面を描く表現の冴えは、この作があきらかに抜きん出ていた」と評された。一〇年には「羅針盤」の元メンバーが後輩たちの演劇部で起きたトラブルに挑む『かいぶつのまち』が刊行され、一一年には『少女たちの羅針盤』が映画化されている（監督＝長崎俊一／主演＝成海璃子、忽那汐里、森田彩華、草刈麻有）。

この二作で注目を浴びた著者は、第三長篇『善人マニア』で作風を先鋭化させた。中学校の修学旅行で男を死なせた二人の女が再会し、それぞれに身勝手な行動をする同作には、著者が後に愛用するモチーフが詰まっている。第四長篇『転校クラブ　人魚のいた夏』は、父親の都合で転校を重ねる女子中学生・早川理が名家の娘と知り合い、その父親の死体探しに協力する――という青春ミステリだが、パステル調の装画や惹句に比してダークな内容は多くの読者を驚かせた。

結婚詐欺に遭って失職した女が詐欺師になる『熱望』では、利己的な女が転落していくドラマが描かれた。『転校クラブ　シャッター通りの雪女』は廃業した店で変死体が発見され、理が友人を救うために真相を追う話。文庫書下ろし長篇『消えない夏に僕らはいる』は、校外学習中の女子小学生に怪我をさせた少女が高校生になり、当時のメンバーに再会する青春冒険譚だった。

これらの長篇と並行して、著者は多彩な連作も手掛けていた。『ｗｅｂ文芸マガジンＣＯＬＯＲＦＵＬ』の連載を纏めた『夢玄館へようこそ』は、古いアパートを改装した小さなショッピングモールを舞台として、管理人代理・風見花純が各ショップのオーナーにまつわる騒ぎを処理していく成長譚。『てのひらの記憶』は質屋の娘である女子大生・結城円が物に刻まれた記憶（残留思念）をヒントに真相を見抜く超常ミステリ。季刊小説誌『紡』掲載の六話に書下ろしを加えた『ランチ合コン探偵』は、住宅メーカーの経理部に勤めるＯＬコンビ――阿久津麗子と天野ゆいかがランチタイムの合コンをセッティングし、相手の体験談を聞いたゆいかが謎を解く安楽椅子探偵ものだ。

一三年には社会保険労務士・朝倉雛子が主役の〈ひよっこ社労士のヒナコ〉シリーズが始まり、第一話「五度目の春のヒヨコ」は第六十七回日本推理作家協会賞（短編部門）の候補に推された。同年に幕を開けた〈まねき猫事件ノート〉シリーズは、母親と二人暮らしの女子中学生・朝比奈凪が伊勢神宮で黒いまねき猫を買ってもらい、黒猫に変身して人語を喋るそれ（マネコ）とともに奮闘するジュニアミステリだ。

そんな筆歴を辿ってきた著者の八冊目の長篇――それが本書『冷たい手』である。

ショッピングモールのアパレル店に勤める国枝朱里のもとに、幼馴染みの保育士・秋葉典子が訪ねてきた。典子はアパレルメーカーの社長・室町延兼と結婚するという。数日後、モデルのニイナが室町との関係を吹聴し、二人の結婚は破談になった。典子は「昔のことを知られたくなかったら」「金を出せ」と探偵に脅されたことを明かし、朱里に「巻き込みたくない」と告げるが、その願いは砕かれてしまう。いっぽう警視庁捜査一課に配属された巡査部長・眞沢憲吾は、恋人のゆきこが怪しげな男に逢う場面を目撃していた。

序盤のプロットからも解るように、本作は過去が追いかけてくるタイプのサスペンスだ。学生時代の罪に囚われた女性は『少女たちの羅針盤』『善人マニア』『消えない夏に僕らはいる』などにも登場する。不倫相手の朱里を貶めるエリアマネージャー、朱里を犯人と決めつけて煽る刑事などの不快な人物を取り揃え、性格に難のあるヒロインに迷走させる構成もこの著者らしく、まさに持ち味が発揮された一作と言えるだろう。

もう少し説明を加えると、エゴイズムを主要なモチーフとする水生作品には（ヒロインの年齢を問わず）剥き出しの利己主義者たちが頻出する。『消えない夏に僕らはいる』のあとがきに「他のひとからはよく、白水生と黒水生がいると言われます。切ない話とどす黒い話の両方を書くからですが、自分は白いつもりで書いていたのに、パンダのようにところどころ黒いと言われたこともあります」とあるように、人間に対するシビアな視座を貫くことで、軽いはずの連作が闇を孕むことも珍しくない。本作は「どす黒い話」に徹した作例というわけだ。

さらに注目すべきポイントは、本作が周到な逆転劇の骨格を擁することだ。登場人物と読者に対するミスリードを回収することで、過去と現在の事件はそのありようを変えていく。なにげない会話や刑事の反応に伏線を忍ばせ、犯人に辿り着くための根拠を示し、クライマックスの反転を成立させる——という律儀な手続きがここにはある。ミステリの骨格を組み、封印された過去を持つヒロインや陰湿な心理描写で肉を付け、サプライズを伴うサスペンスを造型する。本作はそんな試みにほかならない。

ちなみに文庫化に際しては、携帯電話をスマホに変えるような細部だけではなく、重要なアイテムの描写を改め、台詞や独白を加えるといった推敲が施されている。これによって明快さが増したことも強調しておきたい。

本作の刊行から文庫化までの約四年間に、著者は十冊の小説を発表している（六冊は短篇集）。単にペースが速いだけではなく、学習塾を舞台にした連作、祖父と孫の身体が入れ替わる特殊状況ものなど、精力的に作風を広げる姿勢はすこぶる心強い。著者の活躍はこれからも続きそうだ。

最後に著作リストを載せておこう。新装版以降の『少女たちの羅針盤』には短篇「ムーンウォーク」が併録されている。＃は〈羅針盤〉シリーズ、『かいぶつのまち』はデビュー作の続篇。＊は〈転校クラブ〉シリーズ、†は〈ランチ探偵〉シリーズ、☆は〈風見高校〉シリーズ、★は〈まねき猫事件ノート〉シリーズである。

＃『少女たちの羅針盤』原書房（〇九）↓原書房・新装版（一二）↓光文社文庫（一二）
＃『かいぶつのまち』原書房（一〇）↓光文社文庫（一三）
『善人マニア』幻冬舎（一一）
『夢玄館へようこそ』双葉社（一一）↓双葉文庫（一五）※短篇集
＊『転校クラブ　人魚のいた夏』原書房（一二）
『てのひらの記憶』ＰＨＰ研究所（一二）↓『結城屋質店の鑑定簿　あなたの謎、預かります』ＰＨＰ文芸文庫（一六）※短篇集
『熱望』文藝春秋（一三）
＊『転校クラブ　シャッター通りの雪女』原書房（一四）
†『ランチ合コン探偵』実業之日本社（一四）↓『ランチ探偵』実業之日本社文庫（一六）※短篇集

☆『消えない夏に僕らはいる』新潮文庫nex(一四)
★『招運来福! まねき猫事件ノート』ポプラ文庫ピュアフル(一四)※短篇集
☆『冷たい手』光文社(一五)↓光文社文庫(一九)※本書
『君と過ごした嘘つきの秋』新潮文庫nex(一五)
『運命は、嘘をつく』文春文庫(一五)
★『千福万来! まねき猫事件ノート 化け猫の夏、初恋の夏』ポプラ文庫ピュアフル(一六)※短篇集
『教室の灯りは謎の色』KADOKAWA(一六)※短篇集
†『ランチ探偵 容疑者のレシピ』実業之日本社文庫(一六)※短篇集
『だからあなたは殺される』光文社(一七)
『ひよっこ社労士のヒナコ』文藝春秋(一七)※短篇集
★『福徳円満! まねき猫事件ノート 猫たちの生まれる街』ポプラ文庫ピュアフル(一八)※短篇集
『17×63 鷹代航は覚えている』祥伝社(一八)※短篇集
『僕はいつも巻きこまれる』講談社タイガ(一八)